선애야 선애야

Fantasy Frontier Spirit

박신애 판타지 장편 소설

선애야, 선애야 2

박신애 판타지 장편 소설

초판 1쇄 찍은 날 § 2005년 7월 5일
초판 1쇄 펴낸 날 § 2005년 7월 15일

지은이 § 박신애
펴낸이 § 서경석

편집장 § 문혜영
편집 § 서지현 · 최하나

펴낸곳 § 도서출판 청어람
등록번호 § 제1081-1-89호
등록일자 § 1999. 5. 31
어람번호 § 제1-0614호

주소 § 경기도 부천시 원미구 심곡1동 350-1 남성B/D 3F (우) 420-011
전화 § 032-656-4452 팩스 § 032-656-4453
http://www.chungeoram.com
E-mail § eoram99@chollian.net

ⓒ 박신애, 2005

ISBN 89-5831-624-1 04810
ISBN 89-5831-622-5 (SET)

Fantasy Frontier Spirit

곽신애 판타지 장편 소설

선애야 선애야

2

타이거 상회

도서출판 청어람

Contents

타이거 상회

Chapter 8 ◆7

Chapter 9 ◆31

Chapter 10 ◆81

Chapter 11 ◆129

Chapter 12 ◆193

Chapter 13 ◆237

FANTASY FRONTIER ASPIRIT FANT

Chapter 8

다음날 점심 시간, 시오나는 또 슬그머니 몸을 일으켰다. 선애에게서 미리 언질을 받았던 달시와 에밀리는 오늘은 무슨 변명을 댈지 무지 기대된다는 시선으로 시오나를 주시하고 있었다.

그런데 시오나는 어제처럼 눈치를 살피는 것이 아니라 그런 선배들의 시선을 마주 보며 씨익 웃는 것이었다. 그에 선배들도 영문을 모르고 같이 씨익~ 하고 웃어주자 시오나가 드디어 입을 열었다.

"선배님들, 저 데이트 좀 하고 오겠습니다."

어제까지만 해도 변명을 대느라 진땀을 빼던 녀석이었는데 갑작스레 직구를 날리자 달시와 에밀리는 한 방 먹은 표정을 지었다.

"어, 그, 그래라."

"잘 다녀와."

너무나 당당하게 말하는 시오나의 태도에 벙쪄서 어제처럼 못 가게 붙잡아두는 장난도 못 치고 얼결에 허락하는 한마디를 내뱉자 시오나는 선애를 향해서도 생긋 웃어 보이며 인사하는 것이었다.

"갔다 올게."

선애 또한 시오나의 직구에 한 방 먹은 터라 풀린 표정을 채 수습하지 못한 채로 마주 인사했다.

"어, 그래."

시오나가 가벼운 발걸음으로 나가 버리자 두 선배의 놀라움이 담긴 시선이 선애를 향했다.

"뭐야, 이게 어떻게 된 거야? 시오나가 이미 너에게 다 털어놓은 거야?"

달시의 추궁에 선애는 고개를 설레설레 저었다.

"아니에요. 저에게는 입도 뻥긋 안 했는걸요."

"그럼 우리가 알고 있다는 걸 눈치챘나? 너, 혹시 어제 미행했을 때 들킨 거 아냐?"

"설마요. 그럴 리 없어요."

'맞아, 미행은 내가 했는걸.'

선애의 부정에 에밀리가 달시를 돌아봤다.

"어제 우리가 너무 놀렸나? 그래서 눈치챘을지도."

"좀 심했나? 에이, 재미없게시리. 오늘도 장난칠 수 있을 거라 생각했는데."

달시가 아깝다는 듯 입맛을 쩝쩝 다셨다.

"하는 수 없지. 그래도 뭐, 앞으로 기회는 얼마든지 있잖아? 감히 선배들을 제치고 먼저 애인을 만들다니… 그 대가를 치러야 하지 않겠어?"

에밀리가 씨익 웃으며 말하자―에밀리도 은근히 사악한 구석이 있다―
달시도 웃었다.

"우흐흐흐, 당연한 말씀."

그런 둘의 모습에 동감한다는 듯 고개를 끄덕인 선애가 느긋하게 자
리에서 일어났다.

"그러면, 저도 자리를 좀 비울게요."

미행을 하기 위해서는 우선 상대와 일정한 거리를 둬야 하는 법. 시
오나가 나가는 즉시 쫓아 나간다면 들킬 염려가 있었기에 일부러 약
간 기다려 줬던 것이다. 어차피 그녀의 목적지는 알고 있었으니 말이
다.

선애가 어디를 가려 하는지 알고 있는 선배들은 피식피식 웃으면서
선애를 배웅했다.

"적당히 해라, 적당히."

"너무 가까이 붙으면 들킬지도 모르니까 주의해."

"네에~"

그런 선배들에게 선애는 여유있게 손을 흔들어 인사를 하며 너무나
도 가벼운 발걸음으로 밖으로 나섰다.

기대감으로 가득 차 반짝이는 선애의 눈동자에 나는 피식 웃었다.

[그 마음은 이해가 되지만… 너무 좋아하는 거 아니야?]

내 말에 선애는 키득키득 웃었다.

"하지만 기대가 되는 걸 어쩌라구. 짜슥이 기특하게 이 언니를 제치
고 먼저 애인도 만들고 말이야."

[넌 한국에 있을 때 남자 친구 있었잖아?]

"에잇, 그땐 그때고. 여기시는 이미 한 명도 없었잖아."

[여기 온 지 얼마나 되었다고⋯ 벌써 있는 게 놀라운 거 아니냐?]

별관 밖으로 나와 보니 시오나가 저~ 멀리 자그마하게 보였다.

"빠르네. 아무리 내가 느긋하게 나왔다지만⋯⋯."

[그만큼 빨리 만나고 싶다는 거겠지. 어제도 거의 뛰다시피 가더라.]

"그래? 그럼 나도 서둘러야겠네."

내 말에 선애는 서둘러 발걸음을 옮기기 시작했다.

"오옷, 나 여기는 처음 와봐."

시오나가 사라진, 거대한 마구간을 감싸고 있는 숲으로 조심스레 들어가며 선애가 신기한 듯 주변을 두리번거렸다.

하기야 신입 하녀들 중 여기까지 와본 이는 아마도 시오나를 제외하고는 오늘 선애가 처음일 것이다. 그만큼 신입 하녀들의 별관에서 여기는 좀 먼 거리였던 것이다.

[쉬잇, 이제 조용히 해. 여기는 인적이 별로 없어서 조금만 큰 소리를 내면 들킬 수 있단 말이야.]

"알았어."

내 말에 선애가 작게 속삭이며 고개를 끄덕였다.

[천천히 조심해서 오고 있어. 시오나가 어디 있는지 찾아볼 테니까. 소리는 될 수 있는 한 내지 말고.]

선애랑 같이 찾아가는 것보나는 내가 미리 가서 찾아놓는 게 나을 것 같아 앞으로 나서며 말하자 선애가 고개를 끄덕였다.

"응, 응."

다행이라고 해야 할까. 시오나와 그 남정네는 어제와 같은 자리에 있었기 때문에 나는 어렵지 않게 그들을 찾아낼 수 있었다.

하기야 아무리 인공적으로 조성된 숲이라고 해도 시오나와 그녀의

애인일지도 모를 남자가 차지하고 있는 명당자리는 쉽게 발견되는 게
아닐 터였다.

[조심해서 따라와. 저쪽이야.]

"응, 응."

숲에 들어오기 전에 조용히 하라고 주의를 주지 않았다면 당장이라
도 선애의 입에서 므흐흐 하는 웃음소리가 나올 것만 같은 표정이었
다.

선애를 데리고 다시 시오나와 그 남자가 있는 곳으로 조심스레 다가
가자 그들은 자리를 잡고 앉아 점심을 펼쳐 들고 있었다.

처음에 꼬맹이는 그들의 모습만 볼 수 있을 정도로 좀 멀~찍이 자
리를 잡고 관찰(?)했는데 그들의 얼굴은 물론이거니와, 조용한 숲 속임
에도 그들의 속삭이는 소리가 전혀 들리지 않자—그들도 작게 속삭이고
있기 때문에…—좀 불만스러웠던 모양이다.

"조금만 가까이 가자."

[위험해. 그냥 여기서 봐.]

"조금이면 괜찮겠지."

그러면서 선애가 다섯 발자국쯤 다가갔다.

하지만 그래도 별반 나아진 것이 없자 선애가 다시 말했다.

"젠장, 조금 더 가야 하나?"

[야, 야, 조심하는 게 좋지 않아?]

내가 말렸음에도 불구하고 선애는 시오나 쪽에서 별달리 눈치챈 기
색이 없어 보이자 조심스레 몇 발자국 더 다가갔다.

그에 전보다는 좀 나아지긴 했지만, 선애는 여전히 만족스럽지 못한
표정이었다.

[그만 다가가. 너무 가까이 간 것 같아. 차라리 내가 중간에서 통신기 역할을 해주마. 나는 큰 소리로 말해도 괜찮잖아.]

그렇게 말한 나는 선애가 뭐라 하기도 전에 시오나 쪽으로 다가갔다.

그런데 그때였다.

무표정하게 그냥 숲을 바라보던 남자의 고개가 천천히 돌려지더니 똑바로 내 쪽으로 시선을 보내오는 것이었다. 약간 멍하던 시선이 날카로운 빛을 보내면서 말이다.

날 보는 건 아니고 내 뒤쪽을 바라보는 시선에 놀라 뒤를 돌아보니 거기에는 선애가 있었다. 하지만 있다는 걸 알고 있어도 정말 있는지 긴가민가 할 정도로 선애의 모습은 보이지 않았다. 눈을 찌푸리고 봐야 수풀 밖으로 약간 삐져 나온 옷자락이나 나무 뒤에서 빼꼼히 바라보고 있는 얼굴을 겨우 볼 정도?

그런데도 그 남자의 날카로운 시선이 그쪽으로 향하자 나는 심장이 철렁 내려앉는 기분이었다. 그래 통신기 역할이고 뭐고 그대로 몸을 돌려 선애 쪽으로 후다닥 뛰어왔다.

"왜, 왜 그래?"

다급한 내 모습에 선애가 덩달아 긴장한 채로 작게 숨죽여 묻자 나는 대답 대신 고개를 돌려 남자의 모습을 확인했다.

지금은 시선을 다시 돌렸지만, 아까 선애 쪽을 정확히 바라보던 눈길을 잊을 수 없었던 나는 거기에 안심하지 못하고 선애의 손목을 잡고 뒤쪽으로 이끌었다.

[남자가 예리한 것 같아. 아까 네 쪽으로 시선을 돌렸단 말야. 뭔가 눈치를 챈 건지도 몰라. 조금만 뒤쪽으로 가.]

선애는 뭐라 항의하고 싶은 표정이었지만, 내가 뭐라 할 새도 없이 팔을 잡아끌자 어쩔 수 없었는지 조심스럽게 뒤로 물러났다.

하지만 단지 몇 발자국뿐이었기에 나는 이걸로도 괜찮을지 자신이 없었다.

[오늘은 그냥 돌아가는 게 어때? 대충 얼굴도 봤고, 어제도 점심 먹고 그냥 헤어지는 것뿐이었으니 오늘도 그럴 테구. 게다가 너도 점심 먹어야 하잖아.]

내 말에 선애는 금방 고개를 저었다.

"하지만 너무 멀어서 남자 얼굴을 제대로 못 봤단 말이야. 앉아 있어서 키가 얼마나 큰지도 잘 모르겠고."

[그렇다고 더 이상 가까이 갈 수도 없는걸. 왠지 저 남자 예민한 것 같단 말이야.]

"언니가 그냥 착각한 거 아냐?"

[그러면 좋겠지만… 그래도 가까이 다가가는 건 위험하다고 봐. 그러니까 그냥 돌아가자.]

나는 재차 그냥 갈 것을 권유했지만, 선애는 여기까지 와서 제대로 얼굴도 못 보고 돌아간다는 것이 너무 아쉬운 모양이었다.

"그냥 우연인 것처럼 가까이 다가가 볼까? 어차피 시오나도 우리가 눈치챘다는 걸 아니까… 산책 나왔다가 우연히 마주치는 걸로……."

선애가 망설이는 동안 혹시나 남자가 또 이쪽을 볼까 싶어서 고개를 쭈욱 내밀고 살펴보던 나는 선애의 말에 한숨을 내쉬었다.

[이렇게 멀리까지 산책을…….]

그렇게 선애의 말의 맹점을 지적하며 고개를 돌리던 나는 그 자세 그대로 굳어버렸다.

그러나 자신만의 생각에 빠져 있던 선애는 이런 내 모습을 보지 못하고 혼자서 계속 말을 이었다.

"으음, 역시 그건 좀 말이 안 되겠지? 평소 다니지 않던 산책을 나왔다고 해봤자 시오나가 믿지도 않을 거야. 차라리 그냥 대놓고 궁금해서 왔다고 하는 게 나을 것 같은… 응? 왜 그래?"

나에게 동의를 구하기 위해 날 쳐다보던 선애는 그제야 내가 굳어 있는 걸 발견하고는 물었지만, 나보다도 먼저 선애 뒤에 불쑥 나타난 존재가 선애에게 말을 걸었다.

"혼잣말을 하는 게 취미인가 보지? 그건 서대륙 언어인가?"

얼음 왕자였다.

운동이라도 한 듯 가벼운 옷차림에 이마가 약간 땀에 젖은 그는 신기하다는 듯한 시선으로 선애를 바라보고 있었다.

생각지도 못한 그의 모습에 선애는 그 자리에서 얼어붙어 입도 벙긋 못한 채 눈만 동그랗게 뜨고 있었다.

그 모습을 빤~히 쳐다보던 얼음 왕자는 고개를 슬쩍 옆으로 기울이더니 입을 열었다.

"눈도 깜빡이지 않으니까… 정말 커다란 흑진주 같군."

'흑진주? 갑자기 웬… 설마, 선애 눈을 말하는 거야?'

그의 말에 그제야 정신을 차린 듯 선애는 눈을 몇 번 깜빡거리더니만 느닷없이 허리를 숙이며 외치는 거였다.

말 그대로, 큰 소리로 외.쳤.다.

"아니, 루빈스타인 도.련.님. 아니시옵니까아~"

특히나 '도련님' 자를 강조하며 말이다.

돌발적이라고 할 수 있는 선애의 갑작스러운 행동에 이번에는 그랜트 루빈스타인이 놀라 아무 말도 못하고 있는 사이 선애는 계속 이어서 외.쳤.다.

"도.련.님.이 계시는 줄 모르고 감히 제가 돌아다녀서 정말 죄송하옵니다아~ 다시는 이런 일이 없도록 주의하겠사옵니다아~"

그러더니 허리를 살짝 숙인 상태에서 힐끔 뒤쪽으로 눈길을 주고는 더욱더 그에게 허리를 숙여 보인 뒤 그 상태로 냅다 뛰어서 순식간에 그의 시야에서 사라져 버렸다.

얼떨떨한 상황에서도 선애를 바라보고 있던 나는 그제야 선애 행동의 의미를 알 수 있었다. 시오나에게 여기 그랜트 루빈스타인이 나타났으니 데이트는 후딱 치워 버리고 몸을 피하라고 경고를 해준 거였다.

조용한 숲 속이었으니 선애가 외친 고함 소리는 분명 시오나 커플에게 들렸을 게 분명했다. 하지만 혹시나 싶기도 했고 확인도 해볼 겸 나는 여전히 황당의 세계에서 빠져나오지 못해 멍하니 서 있는 그랜트를 냅두고 시오나 쪽으로 발걸음을 옮겼다.

그랬더니 과연, 시오나와 그 남자는 잽싼 동작으로 주변을 치우고 자리에서 일어나고 있었다.

시오나는 무지 당황한 표정으로 흔적이 남겨졌을까 봐 주변을 다급하게 훑어보고 있었는 데 반해 남자는 느긋한 표정으로 피식피식 웃고 있었다.

"아주 의리있는 친구를 뒀군. 나중에 가면 고맙다고 전해줘."

"예? 아……."

갑작스러운 남자의 말에 시오나가 순간 의아한 표정으로 돌아보았지만, 곧 그의 말이 무슨 말인지 깨달은 듯 자신도 같이 피식 웃어 보였다.

"꼬옥 전할게요."

그녀의 말에 남자는 손을 들어 보이고는 느긋한 걸음으로 그 자리를 떠났고, 시오나도 조심스러운 발걸음으로, 그러나 그랜트 루빈스타인과는 마주치지 않도록 멀찍이 돌아서 서둘러 그곳을 떠나기 시작했다.

서두르는 시오나를 쫓아 하녀들이 사용하는 건물로 돌아가 보니, 선애는 차마 들어가지 못하고 건물 입구에서 서성거리고 있다가 시오나의 모습이 보이자 반색하며 다가왔다.

"시오나, 괜찮아? 무사히 돌아온 거야?"

그런 선애를 시오나는 가늘게 뜬 눈으로 보더니 피식 웃으며 어깨를 으쓱해 보였다.

"보다시피. 선애 덕분에 무사히 왔지. 아, 드렉이 고맙다고 전해달래."

"드렉?"

처음 듣는 이름에 의아한 표정으로 선애가 되묻자 시오나가 비실비실 웃으며 설명해 준다.

"방금 나랑 데이트 한 사람. 궁금해했잖아. 날 미행했으니 얼굴은 당연히 봤겠지?"

"뭐, 보기는 했는데… 너무 멀어서 제대로 못 봤어. 아마 마주 보더라도 못 알아볼지도……."

미행했다는 걸 다 들켰기 때문인지 선애는 순순히 사실대로 털어놨다. 아마 시오나가 남자의 이름을 가르쳐 준 덕분일지도 모르지만.

"음, 사실 인상이 좋은 편은 아니야. 나도 처음에는 인상만 보고 무지 놀라고 겁먹었으니까. 말투도 무뚝뚝하고. 그런데 그러면서도 은근히 다정하고 꼼꼼히 챙겨주는 거 있지? 인상과는 다른 모습에 그냥 반해 버렸지.”

‘뭐, 꼼꼼히 챙겨주는 다정한 면이 있는 것 같기는 하더라만.’

“뭐 하는 사람이야?”

시오나의 말을 듣던 선애는 그녀의 말이 끝나자 제일 궁금했던 것을 물었다.

‘그래, 나도 그게 궁금하다.’

그러자 선애는 주변을 슬쩍 둘러보더니 마치 중요한 이야기라도 하려는 듯 선애 쪽으로 몸을 기울이더니 작게 속삭이는 것이었다.

“듣고 놀라지 마. 사실 그는… 견습 기사야.”

‘그냥 기사도 아니고 견습 기사인데… 놀라야 하는 건가?’

나는 시오나의 말보다는 그녀의 행동이 더 놀라웠다.

선애도 나와 같은 심정인지 어리벙벙한 표정으로 시오나를 돌아봤다.

“견습… 기사?”

그러나 시오나는 선애의 심정을 아는지 모르는지 혼자 기분이 좋아서 배실배실 웃고 있었다.

“응, 응, 그것도 내년 봄에 정식으로 기사 작위를 받는대. 정말 대단하지 않니?”

지금이 여름이 완전히 끝나고 가을로 완전히 진입한 시기였으니 기사 작위를 받기까지는 얼마 안 남았긴 하지만… 그게 대단한 건지는 솔직히 감이 잡히지 않았다.

그러나 철저한 계급 사회인 곳에서는 평민이 기사 작위를 받는다는 건 정말 대단한 일이었다. 특히나 이 나라에서, 아니, 대륙에서 알아주는 루빈스타인 후작가의 기사가 된다는 것은 말이다

하지만 대한민국에서 태어나 자라 계급 사회라는 건 책에서만 봤던 선애와 나였던 터라 시오나가 말하는 것만큼 그렇게 대단하다는 것이 가슴에 와 닿지가 않았다. 뭐, 대충 대단한 거구나… 라고 여길 뿐.

"정말 대단하네."

그러나 시오나가 너무 좋아했기에 선애는 시오나의 기분을 맞춰주려는 듯 어리벙벙한 표정을 지우고 그녀의 말에 장단을 맞췄다.

"그렇지? 아아, 정말 대단해."

'흠, 하녀와 기사의 사랑이라… 부디 잘되었으면 좋겠는데 말이야.'

우선 기사라고 하면―정식 기사든 견습 기사든 말이다―아무래도 검술에 뛰어나야 하고 그 실력을 증진시키기 위해서는 많은 수련을 쌓아야 할 것이다. 게다가 정식 기사에 비해 견습 기사는 아무래도 뭔가 허드렛일이나 그 비슷한 일도 해야 할 테고 말이다. 뭐, 드렉 암스트롱 군은 견습 기사가 거의 끝나는 시점이라서 허드렛일은 다른 견습 기사들에 비해 안 하는 편이라고 하지만 수련만은 적게 하면 안 될 테니 데이트 하는 시간이 별로 없다고 한다. 한국처럼 주말이나 휴일이 따로 있는 것도 아니고.

덕분에 그들이 만날 수 있는 시간은 오로지 점심 시간뿐이란다.

처음 미행하고 곧바로 들킨 선애는 그 뒤로부터 미행 같은 건 하지 않았지만, 드렉 암스트롱에 대해 밝힌 시오나는 그 뒤로 곧잘 자신들의 이야기를 해주곤 했다. 아무래도 연애를 할 때에는 마음속에 있는 걸 털어놓을 누군가가 필요한 거 아니겠는가?

비록 나는 연애 한 번 못해봤지만, 내가 읽은 소설들이나 T.V, 영화에서 볼 때 다들 그랬다.

즐거울 때 흥분을 공유하거나 힘들 때 고민을 털어놓을 수 있는 존재 말이다.

시오나는 그런 존재로 선애를 선택한 듯.

뭐, 선애뿐만이 아니라 선배들에게도 이야기는 하지만 말이다(자발적으로는 아니고 반강제적으로지만…).

그러는 동안에도 시간은 흘러서 가을도 막바지에 돌입했다.

하늘의 푸른 달이 희미해지며 이제 얼마 있으면 사라질 거라는 걸 내비치는 즈음, 저택은 분주해졌다. 아무래도 가을은 수확의 계절이고, 곧바로 돌아올 겨울을 대비하는 계절이니 바쁜 게 당연했다. 게다가 이렇게 많은 사람들이 살고 있는 거대한 저택이라면 더욱더.

그의 영향으로 인하여 에밀리와 달시, 선애와 시오나도 덩달아 비상사태에 돌입하고 있었다.

엠브라 부인이 별관 관리를 정식으로 내년부터 맡겠다는 선언을 했기에 그 관리가 다 에밀리와 달시에게로 떨어졌기 때문이다.

단지 관리뿐이라면 조금 바쁘기는 해도 정신없을 정도는 아니었겠지만, 문제는 주방의 일도 같이 맡겨졌다는 것이다.

에밀리와 달시가 선애나 시오나보다 고참이라고 해도 기껏해야 4, 5년 정도로, 현 신입 하녀들이 들어오기 전까지는 그녀들이 제일 신참이었던 처지였다.

달시는 숫자 계산을 할 줄 안다고 해서 전 주방 담당 전속 하녀로 배정이 되었지만, 전 주방 담당은 공금 횡령에 빠져 있느라 달시를 따돌리고 자신이 모든 걸 알아서 했기 때문에 달시가 아는 건 거의 없었다.

그나마 나은 게 에밀리였지만, 에밀리 또한 건 히녀 별관 담당인 스카티 부인이 시키는 대로만 움직였기 때문에 필요한 물품 목록을 작성하고 예산을 짜서 청구하라고 하자 제일 먼저 굳어버렸다.

아무래도 밑에서 움직이던 사람이 갑자기 위쪽으로 올라오니 공포부터 다가온 모양이었다.

그동안은 정리되지 못한 서류를 정리하는 것이었고, 별관 관리도 스카티 부인이나 전 주방 담당자가 미리 계획해 놓은 걸 따라가기만 하면 되었지만, 지금은 그들이 처음부터 하나하나 일일이 정해야 하니 겁이 나는 건 당연한 일일 듯했다. 지금까지 그들이 해온 일과 같다고 해도 말이다.

그러면서도 그들은 전년도에 사용했던 자료들을 그대로 써먹기 위하여 열심히 뒤적거리고 있었다. 이번에만 어떻게든 하면 내년부터는 엠브라 부인이 맡아서 할 거라는 걸 위안으로 삼으면서 말이다.

"저기, 우선은 식재료부터 하자. 그거 내일 모레까지 필요한 목록 제출하라고 했단 말야."

달시의 제안에 나머지 삼 인은 반박할 생각도 없는지 다른 자료들은 모조리 치우고 그동안 정리해 놨던 주방 재료 목록들을 꺼내 들었다.

"시간이 별로 많지 않으니까 3년치만 보자."

에밀리의 제안에 달시는 고개를 저었다.

"괜찮아. 어차피 가을 것만 보면 되니까. 그냥 5년치 다 보자. 아무래도 불안하단 말이야."

"그럼 그러든지. 5년 동안 겹치는 목록만 우선 쭈욱 빼놓고 양은 평균적으로 하자고. 그리고 나중에 주방 담당 선배 하녀 한 명 불러와서 더 필요한 건 없는지 보게 하지 뭐."

에밀리의 말에 달시는 고개만 끄덕이며 자료를 펼쳐 들었다.

그렇게 해서 얼결에 같이 자료들을 쭈욱 훑어본 내 소감을 한마디로 표현하자면… '엉망이군' 이었다.

뭐, 이 장부를 쓰는 데 나도 일조를 했으니 다른 이들에게 뭐라 말하기 전에 나부터 반성을 해야겠지만 말이다.

이 장부를 쓸 때는 너무 양이 산더미처럼 쌓여 있어서 '무조건 끝내고 보자' 라고 생각한 게 잘못이었다. 고생을 좀 더 하더라도 양식을 정해 그에 맞춰서 정리를 해야 했는데 말이다.

한국에 있을 때 이런 장부 정리를 맡아서 한 적이 있어 좀 아는 건데, 이런 장부 정리를 할 때 가장 명심할 것은 목록을 동일한 순서로 써야 한다는 거다. 그렇지 않으면 나중에 지금과 같은 일을 할 때나 연말 정산할 때 두서없이 적힌 목록 때문에 같은 품목 찾느라 고생한다는 거다. 지금처럼 말이다.

그나마 다행인 것은 '가을' 이라는 계절에 한한 것이라 목록이 크게 차이가 없는 것이라는 거였고, 만약 1년 동안의 것을 찾아야 했다면 이보다 몇 배는 더 고생했을 거였다.

[그러니까 다음부터는 가장 많이 사용하는 목록은 순서를 정해서 기록하자고 해. 안 그러면 나중에도 또 고생하니까.]

목록 찾는 걸 도와주며 선애에게 잔소리를 했더니 선애의 인상이 팍 찡그려진다.

"알았어, 알았어. 알았으니까 잔소리는 나중에 해. 방해할 거면 저리 가든가. 가서 혼자 놀아."

'아니, 이 언니의 금과옥조 같은 충고를 단순한 잔소리로 치부해 버리다니.'

물론, 바쁠 때 잔소리한 나도 잘못하긴 했지만 말이다.

산에의 말투에 조금, 아주 조오금 삐쳐 버린 나는 투덜대며 선애의 옆에서 떨어졌다.

그리고 밖으로 나가 시오나의 애인인 드렉이 열심히 수련을 하고 있는─마구간을 중심으로 하인을 위한 별관 반대편에 기사들 기숙사 건물과 그들이 훈련하는 연무장이 있었던 것이다─연무장에 가서 구경하다가 해가 질 즈음 돌아왔다.

돌아와 보니 그 넷은 여전히 일하고 있었다.

5년 동안의 장부는 다 훑어봤는지 이제는 주문(?) 목록과 양을 작성하고 있었다.

양을 산출하는 것도 꽤나 고민될 것 같았다. 아무래도 그동안보다 식구가 10여 명이나 팍 늘어났으니 말이다.

배정된 재정을 넘지 않으면서도 물품이 부족하지 않게, 거기서 좀 더 나으면 넉넉할 정도의 수량을 책정한다는 건 꽤나 골치 아픈 일이었다.

거기다 주방 재료를 구입하는 책임이 에밀리와 시오나에게 넘겨지기는 했지만 그녀들의 위치가 아직 '머니'를 직접 다루지는 못하는 위치라, 혹시나 그녀들이 필요한 물품을 빼먹는다면 나중에 따로 구입하기 어려웠기에 목록 작성에도 많은 주의가 필요했다.

하지만 주의가 많이 필요하든 말든 나와는 상관없는 일이었다. 속이 좁다고 비난받을지도 모르겠지만, 아직 아까 삐친 게 안 풀렸던 것이다.

그래 방해는 하지 않았지만, 그렇다고 도와주기는 싫었기에 왔다는 인사도 안 하고 구석에 짱 박혀서 구경만 하고 있었다.

그러나 그것도 잠시, 혼자 아무것도 안 하고 가만히 있으려니 심심해지기 시작했다.

연무장에서야 멋진 근육질 몸매의 남정네들이 멋들어진 검술을 보여줬으니 그나마 눈요기라도 할 수 있었지만, 이 방에 있는 익숙한 여인네들뿐이었고, 그들이 하는 일은 서류 작업이었다. 머리는 아플지 몰라도 구경하는 건 하나도 재미가 없는 그런 작업 말이다.

심심하면서도 삐친 마음에 선애를 절대 도와주기는 싫었던 나는 그리하여 딴 짓을 하기 시작했다. 그들이 다 훑어본 뒤 미련없이 옆으로 미뤄뒀던 장부를 끌어다가 그거 가지고 그래프를 그리기 시작한 것이었다.

이제 와서 말하는 거지만, 나는 대학 다닐 때 통계학과였다. 그래서 이런 장부 같은 자료를 보면 제일 먼저 생각하는 게 어떤 그래프가 이 자료와 잘 어울릴까… 하는 거였다. 뭐, 어떤 목록이 몇 %이고 하는 건 당연한 거고 말이다.

'그걸 전공했다고 심심한 이때 그래프 그릴 생각을 하다니……'

스스로의 생각에 피식 웃으면서도 그래프를 그리는 손길은 멈추지 않았다. 쓸데없을지도 모르는 일을 할 정도로 어지간히 심심했던 모양이다.

남들이 보면 허공에서 펜이 스스로 움직이는 아주 신기한 광경이었을 테지만, 모두들 자신의 일에 바빠 한쪽 구석에서 벌어지는 그 신기한 광경을 아무도 보지 못했다.

식품 목록은 무지 많았지만 그걸 간단히 곡류, 야채류, 과일류, 육류로 분리하여 매년마다 각 분류의 소비량으로 원 그래프를, 5년 동안 소비 변화를 막대 그래프로 그렸다.

여기는 칼라 펜이 없고 오로지 검은 잉크뿐인데다 자도 없어 깨끗하고 멋들어지게 그럴 수는 없었지만, 심심해서 하는 거에 뭘 멋을 부리겠는가.

그리하여 대충 5년 동안의 육류 소비량 변화의 막대그래프를 그리고 있을 즈음 재빠르게 다가온 선애가 급히 속삭였다.

"도대체 뭐 하고 있는 거야? 그만 해."

고개를 들어보니 시간은 꽤나 지나가 있었고, 나머지 셋은 일을 끝냈는지 서류를 정리하고 있었다.

아마 선애도 서류를 정리하다가 내 모습을 보고 남들 눈에 뜨이기 전에 잽싸게 말리러 온 모양이다.

[끝났냐?]

"대충."

도와주지 않았다는 것에 대한 원망인지, 아니면 쓸데없는 일을 해서 자신을 기겁하게 한 데 대한 원망인지 선애의 말투는 퉁명스러웠다.

그에 아까까지만 해도 삐친 마음은 어디로 갔는지 싸그리 사라져 버리고 오로지 머쓱한 기분이 들어 나는 슬그머니 자리에서 일어났다.

"어라, 이게 뭐야? 웬 그래프? 이걸 그리고 있었어?"

[뭐, 심심해서리.]

선애의 눈초리가 가늘어지며 한심하다는 기색이 떠오르는 즈음 시오나가 다가왔다.

"뭐 해, 빨리 정리하고 가자. 나 피곤해."

"어, 응."

선애가 나에 대한 눈길을 거두고 내가 그래프를 그리려고 슬그머니 가지고 왔던 장부들을 정리하자 시오나도 도우려 하다가 내가 그린 그래프를 발견한 모양이었다.

“어라, 이게 뭐야? 그림인가?”

원 그래프가 그려진 종이를 들고 뭔지 모르겠다는 듯 고개를 갸웃거리던 시오나가 선애를 바라봤다.

“이거 선애가 그린 거야?”

그에 움찔한 선애가 슬그머니 나를 한 번 노려보더니 어색하게 웃었다.

“아하하, 그냥 전에 심심해서 한번 그려본 거야.”

“이게 다 그린 거야, 아니면 그리다 만 거야? 뭘 그린 건데? 안에 글씨까지 썼네?”

‘거야, 그래프 안에 목록은 당연히 필요하니까.’

고개를 갸웃거리는 시오나를 보며 선애가 의아하게 물었다.

“그리다 만 거라니… 그래프를 그린 거잖아. 몰라?”

“그래프? 그게 뭐야?”

시오나의 말을 들은 선배들이 궁금증이 들었나 보다. 슬그머니 다가와 시오나가 들고 있던 원 그래프를 그린 종이를 가져가 본다.

“육류, 곡류?”

달시가 고개를 갸웃거리는데 에밀리는 막대그래프를 그린 종이를 발견하고는 집어 들었다.

“호오, 이건 그냥 선이네.”

“어, 그래프 모르세요? 그냥 자료들을 쉽게 볼 수 있게 간단히 그림표로 만드는 건데…….”

선애의 설명에 세 사람이 신기하다는 듯 그래프를 들여다봤다.

“그런 것도 있어? 헤에~ 서대륙 사람들은 역시 신기하구나.”

“니, 이런 거 처음 봐.”

"이거, 서대륙 수리인가 보지?"

"뭐, 수리의 영역이긴 하죠."

그렇게 신기하게 그래프를 들여다보던 세 명은 곧 흥미를 잃어버리고 그걸 장부랑 같이 아무렇게나 탁자에 올려놓고는 선애를 재촉했다.

"자자, 그래프고 뭐고 정리 다 했으면 나가자. 이제는 종이만 봐도 지긋지긋하다."

달시의 말에 나머지 셋도 동조를 하며 우르르 밖으로 나갔다.

다음날, 오전에 전날 대충 정했던 목록표를 다시 한 번 정리한 뒤 식당일 경력이 많은 선배 하녀들에게 도움을 받아 부족한 부분을 채워넣고 수량을 한 번 더 정리하고 나서야 일이 완전히 끝났다.

물론 주방에서 사용하는 물품뿐이고, 별관 관리 물품이 아직 남아 있긴 하지만 말이다.

"좋아, 이건 이걸로 끝이야. 이 정도면 완벽은 아니더라도 괜찮은 거 아니겠냐?"

완성된 목록표를 손바닥으로 탁 치며 달시가 선언하듯 외치자 옆에 있던 에밀리가 얼른 고개를 끄덕이며 동조를 표했다.

"그래, 그래, 그 정도면 괜찮아."

이미 수십 번은 보고 또 봐서 거의 외울 정도의 목록표를 지긋지긋하다는 듯 바라보고 있었다. 아마 방에 있는 다른 이들도 에밀리와 비슷한 심정일 것이다.

"그럼 이번에는… 에밀리가 본관에 갈 차례던가? 잘 내고 오길 바래."

엠브라 부인을 방문하러 본관으로 가는 건 당연히 선배들의 일이었다. 그러나 본관을 방문하는 일은 자주 있는 일이 아니어서 에밀리와 달시는 번갈아가며 가기로 했는데, 이번에는 에밀리가 갈 차례인 모양이었다.

"알았어. 이왕 이렇게 된 거 지금 당장 갔다 오도록 하마. 그래야 내일부터는 별장 관리 목록을 작성하지."

'별장 관리 목록'이란 말에 나머지 세 사람의 인상이 저절로 찌푸려졌다. 요 며칠간의 일을 다시 한 번 하려니 그럴 만도 했지만.

그런 그녀들에게 에밀리가 배시시 한 번 웃어주고는 목록표를 들고 밖으로 나갔다.

"자, 우리는 오늘은 이만 끝내도록 하자. 내일부터는 또 험난한 과정이 기다리고 있으니 오늘 최대한 쉴 수 있는 만큼은 쉬어두어야지."

"네에~"

달시의 제안이 너무나 마음에 든다는 듯 시오나와 선애는 한마음 한뜻으로 대답했다.

오랜만에 생긴 넉넉한 자유 시간에 시오나와 선애는 따끈한 물로 목욕을 하기로 했다.

별관에는 하녀들을 위한 커다란 목욕탕이 있기는 하지만 하녀들 대부분 쉼나는 시간이 비슷비슷한 데다가 선배 하녀들도 있으니 느긋한 목욕은 쉽게 할 수가 없는 일이었다. 기껏해야 후다닥 하는 샤워 정도?

게다가 하녀들을 위하여 따뜻한 물을 항상 준비해 줄 리도 없었기에, 만약 따뜻한 물로 목욕하려면 하고 싶은 사람이 스스로 물을 데워서 해야 했다.

그러니 하녀들에게 따뜻한 물로 목욕하기란 정말 쉬운 일이 아니었다.

그걸 오늘 좀 시간이 남는 김에 하기로 한 것이었다.

저녁 시간 전인, 다른 하녀들이 일할 시간이었기에 목욕탕은 텅 비어 있어 완전히 전세 낸 목욕탕에서 단둘이 뜨끈뜨끈한 물로 느긋하게 목욕을 하고 나온 시오나와 선애는 무척이나 기분이 좋아져 있었다.

그러나 그런 둘을 맞이한 건 초긴장 상태인 에밀리와 달시의 모습이었다.

"어, 왜들 그러세요?"

그 둘의 모습에 시오나가 의아해져서 묻자 에밀리가 힘겹게 입을 열었다.

"저기, 둘 다 본관으로 가야겠어."

"예? 왜요?"

의아해서 되묻는 선애의 말에 달시가 약간은 차갑게 대답했다.

"가보면 알아."

그러면서 휙 하고 몸을 돌리는 모습에 선애와 시오나는 어벙벙한 채로 제대로 말리지도 못한 머리에 그대로 머리 수건을 쓰고 종종걸음으로 그녀의 뒤를 따라야 했다.

CHAPTER
9
FANTASY FRONTIER ASPIRIT FANTA

Chapter 9

달시와 에밀리의 무거운 분위기에 선애와 시오나는 괜히 움츠러들어 그 둘의 눈치만 조심스레 살필 수밖에 없었다.

그런데 본관으로 가는 길에 갑자기 에밀리가 무거운 한숨을 내쉬더니 측은하다는 시선으로 선애를 돌아봤다.

"선애야, 혹시 본관에 가서 무슨 질문을 들으면 무조건 솔직히 이야기하도록 해. 그게 제일 좋은 거야."

뜬금없는 에밀리의 말에 선애는 눈을 둥그렇게 떴다.

"예?"

그러나 에밀리는 설명을 해줄 생각이 없는지 다시금 무겁게 한숨만 내쉴 뿐이었다. 본관으로 앞서 가는 그녀의 어깨가 어째 점점 더 밑으로 처지는 것만 같았다. 그런 그녀가 안쓰러웠는지 달시가 어깨를 쳤다.

"괜찮을 거야. 단지 오해했을 뿐일 수도 있잖아. 선애가 그런 애도 아닐 거구."

"내 탓이야. 빨리 제출하고 돌아오려고 생각해서 가지고 간 걸 제대로 살펴보지도 않았어. 그게 거기 끼어 있을 줄 누가 알았냐구."

'뭔 소리야.'

선애와 시오나의 어리둥절한 표정에도, 평소라면 설명해 줬을 에밀리와 달시는 자기들도 암담한 상황에 빠졌는지 속 시원히 설명해 줄 정신도 없는 것 같았다.

도대체 무슨 일인지 모르는 데다 두 선배까지 저러니 선애와 시오나도 무지 불안한 눈치였다.

[괜찮을 거야. 넌 잘못한 거 없잖냐. 게다가 만약 뭐가 잘못되면 내가 들구 튈게.]

내 장담에 선애가 그나마 안심하는 표정이다.

이럴 때 기댈 수 있는 존재가 있다는 건 정말 든든한 일일 것이다.

'그러니 언니에게 좀 고마움을 가져 봐라, 이 녀석아.'

본관에 도착하기도 전에 그곳에 있는 하인, 하녀 전용 문 앞에 엠브라 부인이 나와서 기다리다가 우리를 보고 다가왔다. 그녀의 얼굴도 긴장으로 인해 살짝 굳어 있는 걸 보니 아무래도 뭔 일이 있기는 단단히 있는 모양이었다.

그녀는 선애의 얼굴을 한 번 물끄러미 바라보고 옅은 한숨을 내쉬더니 사무적인 어조로 내뱉었다.

"따라오너라."

엠브라 부인을 졸졸졸 따라서 도착한 곳은, 나는 예전에 한 번 스쳐 지나가다 본 적이 있지만 선애들에게는 낯선 곳이었다.

크기도 크지만, 고급스러운 가구들이 방 곳곳에 우아하게 자리잡고 있었고, 벽에 붙어 있는 커다란 액자 속에 멋들어진 산수화가 그려져 있었다. 침실과 응접실, 자그마한 서재로 나뉘어진 그 방의 응접실에는 노년에 이른 두 남자와 잘생긴 젊은 남자 두 명이 있었다.

유일하게 소파에 자리를 잡고 편히 앉아 있는 남자는 루빈스타인 후작가의 후계자인 그랜트 루빈스타인 자작, 그 옆에서 샤방~한 미소를 띠고 서 있는 사람은 그랜트의 보좌관인 엘리엇 제네비아였다. 그리고 엘리엇의 반대편에 깐깐한 표정으로 정자세로 서 있는 노년에 이른 할아버지가 본가에서 왔다는 고든 켐벨 집사였고, 마지막으로 안절부절 못하는 표정으로 그 켐벨 집사 옆에 있는 사람이 라킨 그레샴 총집사였다.

그들까지 나타난 것은 의외였던 일인 듯 네 사람을 힐끔 본 에밀리와 달시가 헛바람을 내뱉으며 온몸을 경직시켰다.

그런 소녀들을 잡아먹을 듯 무서운 눈으로 노려보던 켐벨 집사가 제일 먼저 입을 열었다.

"그건 가지고 왔겠지?"

'뭘?'

내 의문은 잠시, 미리 선배 하녀들에게 이야기가 된 듯 달시가 조심스레 종이 뭉치를 엠브라 부인에게 건넸고, 엠브라 부인은 그걸 켐벨 집사에게 건네줬다.

분명 이 일의 원인이거나 아니면 깊은 관련이 있을 종이 뭉치에 호기심이 생긴 난 막 종이를 펴보고 있는 켐벨 집사의 옆으로 가서 들여다보다가 어이없는 기분을 맛보았다.

그긴 내가 그린 그레프였던 것이다.

[뭐야, 이거 그래프잖아?]

캠벨 집사는 그걸 보고 만족스러운 표정으로 앉아 있는 그랜트에게 넘기며 의기양양한 목소리로 말했다.

"이걸 보십시오, 도련님. 이건 제 말이 틀림없다는 증거입니다. 제가 엠브라 부인 방에 볼일이 있어 가지 않았다면 정말 큰일날 뻔했습니다."

아무래도 에밀리가 엠브라 부인에게 목록표를 제출할 때 캠벨 집사도 그 자리에 같이 있다가 그래프를 보고 이 난리를 치는 것 같았다.

그랜트가 아무 말 없이 그래프를 받아 살펴보자 엘리엇도 슬그머니 그의 옆으로 다가가 같이 살펴보기 시작했다.

그러는 동안 캠벨은 의기양양한 목소리로 말했다.

"이걸 그린 게 누구라고?"

그에 선애가 머쓱하게 서 있는 날 한 번 째려보고는 나섰다.

"제가 그렸습니다."

"그래, 잘 말했다. 너는 도대체 누구의 사주를 받아 이걸 그린 거지?"

"사, 사주요?"

정말 황당하고 뜬금없는 말이 아닐 수 없었다. 그에 선애가 뜨악한 표정으로 되묻자, 캠벨은 다시금 다그쳤다.

"그래, 넌 분명 루빈스타인 가문을 음해하려는 다른 세력이 보낸 스파이가 틀림없다! 솔직히 말햇! 이걸 누구에게 넘기려고 했느냐?"

"그, 그런……."

이런 걸 바로 귀신 씻나락 까먹는 소리, 혹은 자다가 봉창 두드리는 소리라고 하는 거겠지?

그래프 몇 개 가지고 그런 추측까지 할 수 있는 켐벨 집사가 그저 경악스러울 뿐이었다.

"그, 그건 그냥 단지 심심해서 한 번 그려본 것뿐인데요."

[미, 미안해애~]

선애가 대답하는 사이사이 날 노려보는데 나는 정말 미안해서 어쩔 줄 몰랐다.

정말 심심해서 그린 거 가지고 이게 무슨 날벼락인지.

"거짓말 마라! 넌 이걸 분명히 다른 사람에게 넘기려고 한 걸 거야. 이런 암호로 정보를 빼내려 한 게 틀림없으렷다!"

그래프를 가지고 암호라고 하는 사람은 또 처음 봤다.

선애가 기가 막힌 건지 아무 말도 못하고 있는데 그래프를 살펴보던 엘리엇이 처음으로 입을 열었다.

"이건 참 재미있군요. 장부의 그 많은 내용을 간단한 그림으로 표현할 수 있다니 말입니다. 이걸 뭐라고 하는 거죠?"

"그래프라고 합니다."

"호오, 이 원 그림 말고 선 그림도?"

"원 그림은 원 그래프라고 하고, 선 그림은 꺾은선 그래프라고 합니다."

"이거 말고 다른 것도 또 있나요?"

"막대그래프라고 하는 게 하나 더 있습니다."

계속 질문하는 거 보니 엘리엇도 그래프를 처음 보는 모양이었다.

"대단하군요. 서대륙은 이런 걸 사용하나 보죠?"

"제가 있던 곳에서 배운 수학 교육의 한 분야입니다."

"오오, 시대륙의 수리기 우리 쪽보다 무척 체계적인가 보규요. 이거

대단히 유용할 것 같지 않습니까, 그랜트님? 그냥 장부만 보면 너무 머리가 아프거든요. 몇몇 목록만 따로 추려내서 이렇게 그림으로 표시한다면 보는 것도, 이해하는 것도 훨씬 간편하고 좋을 것 같은데요."

엘리엇의 자자한 칭찬에 무사히 넘어갈 수 있는가 싶었지만, 이런 내 생각에 켐벨 집사가 찬물을 끼얹었다.

"엘리엇, 자네는 무슨 소리를 하는 건가? 이건 다 저 녀석이 지어낸 거짓말이라는 걸 모르겠는가?"

"어어, 하지만 집사님, 이건 집사님께서 주장하시는 암호라고 하기에는 누구나가 쉽게 알아볼 수 있는걸요. 게다가 서대륙의 수리라잖아요."

"멍청하기는… 그게 바로 저 계집이 거짓말을 하고 있다는 걸 증명하는 거라고. 일개 하녀 주제에 어떻게 수리를 배울 수 있겠는가 말이야!"

켐벨 집사의 강력한 주장에 그동안 불안한 표정으로 서 있기만 했던 그레샴 집사가 황급히 나섰다.

"아닙니다. 저 소녀를 데리고 있던 고아원 원장이 말하기를, 저 소녀는 서대륙에 있을 때 꽤 부유한 집안의 소녀였던 것 같더라고 했습니다. 그곳에서 교육을 상당히 받은 것 같다고 말입니다."

"어허, 그 사람의 말을 어찌 믿는단 말인가! 그도 매수되었을 가능성이 있어."

"설마요. 그는 꽤 오랫동안 왕래가 있던 사람으로 제가 잘 압니다. 절대 그럴 사람이 아닙니다."

"사람 속은 모르는 거야. 돈을 왕창 준다고 하면 안 흔들릴 인간이 어디 있겠는가?"

그래프 하나 가지고 너무 심한 억측이었다.

그런데 그런 켐벨의 주장을 저지한 사람이 있었으니…….

"그만 됐네, 켐벨."

"도련님."

그동안 조용히 그래프만 살펴보고 있던 그랜트였다.

"물론 자네 말에도 일리가 있네."

그의 말에 켐벨은 그것 보라는 듯 씨익 웃었고, 소녀들은 죽상을 지었다.

만약 선애가 스파이로 몰리게 된다면 그녀와 같은 고아원 출신으로 같이 들어온 시오나는 물론이거니와 선애와 시오나를 별장 관리인으로 끌어들인 에밀리와 달시에게도 화가 미칠 게 뻔했기 때문이다.

거기에 더해 선애를 고용한 그랜트 집사에게도 그 영향이 미칠 것이다.

분위기가 점점 안 좋은 쪽으로 흘러가자, 이쯤에서 나는 여기를 불을 지르고 도망쳐야 하는지 심각하게 고민하기 시작했다.

"하지만 이것만 가지고 그녀를 스파이로 몰기에는 증거가 너무 빈약한 것 같군."

"예에?"

잘 나가다 '하지만'이란 말이 붙자 켐벨의 의기양양함이 사그라들었다.

그의 되물음에 이번에는 엘리엇이 나섰다.

"에이, 그렇지 않습니까? 중요한 것도 아니고 이건 단지 하녀용 별관의 장부일 뿐인데요. 그것도 장부의 극히 일부분일 뿐이고요. 이걸 보면 님에게 넘기려고 한 거라기보다는 저 서대륙 수녀의 말대로 그냥 심심해서 한 번 작성했다고 보는 게 더 타당하다고 보는데요. 게다가 정말 스파이라면 하녀용 별관에만 머무는 신입 하녀 주제에 뭘 벌써부터 정보를 빼돌리겠다고 설치겠습니까? 진짜라면 아마 더 높은 지위에 올라갈 때까지 조용히 있었을 겁니다."

"끄응."

조목조목 논리적인 말이라 반박하기 어려웠는지 켐벨 집사의 인상이 살풋 찡그려졌다.

그런 그를 위로하려 함인지 그랜트가 입을 열었다.

"내 자네의 우리 가문에 대한 충성심은 잘 알고 있네. 아마 이번 일도 자네가 우리 가문을 너무 염려하다 보니 좀 지나치게 생각한 거겠지. 하지만 그런 자네가 있어 나는 너무나 든든하군."

얼음 왕자는 무뚝뚝해서 전혀 상인 같지 않았는데, 지금의 매끄러운 저 말솜씨를 보니 역시 상인이다… 라는 생각이 들었다.

"도련님."

그 매끄러운 말에 홀딱 반한 것인지 켐벨이 감격에 찬 눈으로 그를 바라봤다.

'쯧쯧, 저 할아버지, 참으로 열혈 성격이면서도 단순하군. 깐깐해 보이는 인상인데 성격은 인상과 다르네.'

그러니까 그래프 하나 가지고 이렇게 사건을 확대시킬 수 있었던 것이겠지만, 다행히 그것도 저 얼음 왕자나 엘리엇 덕분에 무난히 넘어갈 수 있을 것 같았다.

'기특한 녀석들, 너그들 덕분에 그나마 선애에게 덜 시달릴 수 있겠구나아~ 고맙다.'

"그리고 저 하녀는 당분간 엘리엇 자네의 보조로 일하게 하게."

"예?"

너무나 갑작스러운 말에 엘리엇과 켐벨은 합창하듯 되물었고, 소녀들과 엠브라 부인의 눈은 둥그렇게 커졌다.

"아니, 도련님, 그건 또 무슨 말씀이십니까? 스파이인지도 모를 저 소녀를 갑자기 엘리엇의 보조로 쓰다니요. 그건 너무 천부당만부당하신 말씀이십니다! 위험이 크다고요."

"뭐, 저야 보조 인력을 주신다면 좋지만… 혹만 될 보조는 필요없는데요."

엘리엇이 선애를 힐끔 보며 탐탁지 않다는 듯 반박했다.

'뭣이라? 저넘이… 아까 기특한 녀석들이라고 말한 거 다 취소다! 넌 나한테 찍혔어.'

비록 원하지 않은 자리였다 하더라도 저런 거절을 받는다는 건 기분 안 좋은 일이었다.

엘리엇의 반박에도 그랜트는 눈썹 하나 까딱 안 했다.

"아까 이 그래프라는 서대륙 수리 그림이 유용하다고 말한 사람이 누구였지? 그래서 자네를 생각해 채용한 건데… 그럼 앞으로 자네가 하는 말은 가볍게 생각해도 되는 건가?"

그랜트의 말에 엘리엇은 항복한다는 건지 양손을 치켜 올렸다.

"알겠습니다, 알겠어요. 제가 누구의 명이라고 거역하겠습니까? 보조를 주신다면 감사히 받겠습니다."

'야~! 선애가 물건인 줄 알어?'

그동안 자신의 의사에 관계없이 자신의 거처가 정해지는 걸 눈 뜨고 보고만 있던 선애에게 그랜트의 시선이 향했다.

"그렇게 되었으니까 그렇게 알고 있도록."

'이놈아, 뭐가 그렇게 되었으니까 그렇게 알고 있으라는 거냐아아~!'

정말 힘없는 게 죄라고, 하녀 신분이다 보니 그랜트가 마이 페이스로 멋대로 일을 진행시키더라도 뭐라 한마디 뻥끗할 수도 없어 대신 선애는 이번 일의 모든 원흉인 나만 열심히 째려보고 있었다.

그러는 동안 그랜트는 켐벨 집사에게 지시하고 있었다.

"저 하녀는 이제 엘리엇의 보조가 되었으니 본관에 숙소를 마련해 주도록, 이상."

그랜트가 그렇게 말하자 켐벨 집사는 뭐라 말하고 싶어하는 표정이 역력했지만 어쩔 수가 없었는지 고개를 숙였다.

"알겠습니다."

그리고는 그랜트와 엘리엇만 남기고 모든 인원을 데리고 밖으로 나갔다. 아마 마지막으로 한 말이 이제 모두 나가라는 뜻도 있었던 모양이다.

켐벨 집사는 밖으로 나가자마자 선애를 못마땅하게 바라보더니 퉁명스레 입을 열었다.

"너, 내가 계속 지켜보고 있을 테니 허튼 짓은 안 하는 게 좋을 거다."

'큰일이야. 이제 선애에게 계속 시달리게 생겼잖아? 에휴, 저 할아버지는 정말… 쓸데없는 말만 해가지구……'

켐벨 집사는 그렇게 말한 뒤 대답은 들을 생각이 없는지 곧바로 그레샴 집사에게 시선을 돌렸다.

"이 하녀에게 숙소를 마련해 주도록 하고, 내일 아침에는 일찍 엘리엇 방으로 보내도록 조처하게."

"알겠습니다."

그레샴 집사의 대답에 켐벨 집사는 선애를 한 번 더 찌릿~하게 노려보고는 몸을 돌려 걸어갔다.

그와는 반대로 그레샴 집사는 그곳에 있던 여자들에게 손짓해 켐벨 집사와 반대쪽으로 걸어가 하인, 하녀 전용 복도로 가더니 한숨을 내쉬었다.

"젠장, 죽는 줄 알았네. 하여간 영감탱이가 뭐가 저렇게 열혈 성격인지……."

그리고는 선애를 노려보는 것이다.

"너는 또 왜 쓸데없는 짓은 해가지고 밤에 이 난리를 치게 하는 게냐?"

"정말 죄송합니다."

선애가 고개를 숙이고 사과를 하자 나는 점점 더 걱정되었다.

'아이고, 난 정말 죽었다. 이제 우야노? 크허허허.'

그러나 다행스럽게도 그레샴 집사는 선애에게 정말 화가 난 건 아닌 모양이었다. 단지 켐벨 집사의 난리에 자기까지 휘말렸던 게 언짢았던 것 같았다.

"에휴, 됐다. 솔직히 네 잘못은 아니지. 그냥 별거 아닌 거 가지고 이 난리를 치는 저 영감을 상관으로 둔 운명일 뿐. 후우~ 아, 올리버 부인에게 말해 놓을 테니 넌 지금 빨리 가서 네 짐이나 싸서 올리버 부인을 찾아가거라. 늦으면 또 저 영감이 닦달할 테니."

"예."

선애의 말에 고개를 끄덕이고 가려던 그레샴 집사는 다시 몸을 돌리고 입을 열었다.

"앞으로 넌 죽었다 하고 지내. 저 영감에게 단단히 찍힌 것 같으니… 너에게 문제가 생기면 그 영향이 나에게까지 미친다는 걸 명심하고."

전에 대대적인 감사를 했을 때 그레샴 집사도 좀 위험했다고 하더니만, 아무래도 몸조심을 하는 모양이다. 뭐, 덕분에 선애를 신경 써주게 되었으니 우리로서는 좋다고 해야 하나?

"알겠습니다."

"그래, 그럼."

그레샴 집사가 몸을 돌려 저 멀리 사라져 가자 네 여인이 동시에 안도의 한숨을 내쉬었다.

"아아, 저는 진짜 뭔 일 나는 줄로만 알았어요."

에밀리가 제일 먼저 긴장된 얼굴을 비비며 중얼거렸다. 아마 선애 빼고 가장 많이 긴장한 사람이 바로 그녀였을 것이다.

"어쨌든 무사히 해결되어서 다행이다. 모두⋯⋯."

엠브라 부인이 에밀리의 말에 동의하며 말하다 선애를 힐끗 보더니 말을 흐렸다. 그러더니 헛기침을 하고는 다시 말을 이었다.

"너도, 이번에 무사히 넘어간 걸 다행이라 생각해라. 그리고 엘리엇 님의 보조라니 어찌 보면 더 잘된 거라고 볼 수도 있어."

"예."

너무 상투적인 위로였다.

엠브라 부인도 자기가 해놓고 너무 상투적이라 멋쩍었는지 머쓱한 표정으로 어깨를 으쓱해 보이더니 낮게 한숨을 내쉬었다.

"그래. 하지만 내 보기에 아마 곁에 두고 보자는⋯ 에, 의미도 있으니까 조심하는 게 좋아. 무조건 시키는 것만 하고 다른 건 일절 하지 말아라. 오늘 같은 것 말이야, 알았지?"

"예."

선애가 대답하며 힐끔 날 바라본다.

'저 잘못한 거 알았당께요. 다시는 안 할 거예요오오.'

"그래, 그럼 이제 가봐라. 오면 올리버 부인 찾아가는 거 잊지 말고. 에휴, 타향까지 온 애를… 뭘 그리 크게 잘못했다고……."

엠브라 부인이 마지막으로 선애를 안됐다는 시선으로 힐끔 보더니 혀를 쯧쯧 차면서 가버렸고, 그제야 가만히 서 있던 네 하녀도 움직이기 시작했다.

"뭐, 좋겠네. 내 사랑 엘리엇님과 같이 일할 수 있다니… 이거 부럽다고 해야 하나?"

달시가 분위기를 좀 띄우기 위해 장난스레 말하자 그제야 딱딱하게 경직된 하녀들이 겨우 얼굴을 풀었다.

에밀리는 조심스레 선애의 얼굴을 살피더니 작게 중얼거렸다.

"미안."

"괜찮아요. 에밀리 선배 때문이 아닌걸요."

선애가 웃으며 말하자 시오나도 선애의 어깨를 툭툭 치며 말했다.

"그래, 엠브라 부인 말대로 차라리 잘됐다고 생각해."

"그래야지, 어쩌겠냐."

선애가 피식 웃으며 대꾸하자 에밀리가 얼른 거들었다.

"심심하면 자주 놀러 와."

"예."

달시와 에밀리는 선애가 본관으로 가는 게 자기들 때문인 것 같아 무지 마음에 걸렸는지 숙소 안에까지 따라와서 짐 싸는 것을 도와주려 했다. 그래 봤자 짐이 얼마 되지도 않아 시오나와 선애 선에서 끝냈지만.

거기에서 그치지 않고 본관에 도착할 때까지 배웅한답시고 시오나와 에밀리와 달시가 달라붙어 같이 가는 바람에 선애는 나에게 화풀이할 기회를 갖지 못했다.

게다가 본관에 도착하자 미리 언질을 받았는지 하인, 하녀 전용 입구에 본관 하녀 제복을 깔끔하게 차려입은 한 하녀가 기다리고 있는 거였다.

"네가 선애지? 올리버 부인께서 널 도와주라고 하셨어."

"잘 부탁드리겠습니다."

선배 하녀에게 선애가 깍듯이 인사를 하자 옆에 있던 달시가 입을 열었다.

"저어, 잠깐 작별 인사를 해도 될까요?"

"좋도록 해."

보아하니 에밀리와 달시보다 선배인 모양이었다.

그녀의 선선한 허락에 달시는 얼른 선애를 끌고 약간 떨어졌다.

"선애야, 저 선배에게 잘 보여라. 제법 당차고 똑똑한 선배라서 마음에만 들면 많은 도움이 될 거야. 배울 것도 많을 거구."

"명심할게요."

자기를 생각해 주는 달시의 말에 선애가 웃어 보였다.

"그래, 그래, 부디 조심해라."

"예."

그곳에서 셋과 작별 인사를 하는 걸 보자니 마치 다시는 보지 못하는, 선애가 어디 멀리라도 가는 것 같았다. 시간상으로는 겨우 1, 20분 거리에 있는데 말이다.

잠시 후, 그들 셋과 헤어진 선애가 본관 안으로 들어서자, 마중 나왔던 하녀는 선애를 데리고 5층으로 올라갔다. 본관의 꼭대기 층이었다.

"1층부터 3층까지는 이곳 가문에서 쓰는 거야. 우리 하인, 하녀들이 사용하는 층은 4층과 5층인데 4층에는 집사님들과 부집사님들, 그리고 부인들 방이 있고, 나머지 하인, 하녀들 방은 5층에 몰려 있어."

하기야 엘리베이터가 없는 곳이니 아무래도 아래쪽이 명당일 것이다.

그녀가 선애를 데리고 간 곳은 계단 바로 앞쪽에 있는, 복도 맨 끝에 있는 방이었다.

본관에 계단은 세 개였다.

우선 가운데의 가장 크고 우아하게 꾸며진 계단은 이곳 주인이나 손님들이 사용하는 곳으로 1층부터 3층까지만 연결이 되어 있었다.

그리고 본관 양 끝의 비좁은 계단은 하인, 하녀용으로 그것이 5층까지 연결되어 있었는데 선애의 방은 오른쪽에 있는(그쪽에 하녀용 별관이 있다), 5층까지 연결된 계단의 맞은편에 있었다. 계단을 이용하는 사람들 때문에 가장 시끄러울 것만 같은 방이었다. 게다가 건물 맨 끝에 있어서 단열은 잘되는지도 걱정이다. 아무래도 가장 신참이니 그 방이 주어진 거겠지만.

문을 열고 들어가니 2인실로 보이는 좁은 방이 나왔다. 싱글 침대 두 개가 자리를 잡자 그 가운데 사람 둘이 겨우겨우 다닐 만한 공간만 남은 크기였지만, 그래도 많은 이들이 시트 깔고 같이 자던 지금까지의 숙소보다는 훨 나은 공간이라 할 수 있었다

침대 머리맡은 자그마한 창이 있는 벽과 붙어 있었고, 그 벽의 반대
편에는 옷장과 세숫대야가 놓인 탁자가 있었다.

"나는 이쪽을 쓰니까 너는 저쪽을 써."

"어? 그럼, 선배가 저와 같은 방을 쓰세요?"

선애가 조심스레 묻자 그녀가 고개를 끄덕였다.

"원래 다른 방에 있었는데, 올리버 부인이 널 좀 데리고 있으라고 하
셨어. 너, 내일부터 제네비아님을 돕는다면서?"

그녀의 말에 선애가 고개를 갸웃거렸다. 제네비아가 누구인지 모르
는 모양이다.

[엘리엇 말야. 꽃미남.]

"아아, 예. 어쩌다 보니 갑자기 그렇게……."

내 설명에 선애가 얼른 고개를 끄덕였다.

사실 그 사람이나 높은 사람들이 없는 곳에서는 하녀들이 엘리엇님,
엘리엇님 하고 이름을 함부로 부르지만 그건 들키면 크게 경을 칠 만
한 일이었다.

일반 예법에 의하면, 상대의 이름을 부를 수 있는 건 타인인 상황에
서 그 상대보다 지위가 높아도 상대가 허락한 경우나 가능했다.

뭐, 없는 데서는 나랏님도 욕하는 법이라고 하녀들도 저희들끼리 있
을 때만 그럴 뿐이었지만, 덕분에 신애는 계속 엘리엇을 이름으로만 들
어왔던 것이다. 그러다 갑자기 성을 들으니 누군지 헷갈리는 것도 당
연했다.

하지만 그는 그랜트의 보좌관의 역할을 하지만 특별한 직책이 없어
서 성으로 불리는 것일 뿐, 일반 하인, 하녀들은 성도 함부로 부를 수가
없는 존재였다.

"그분 보기에는 무지 다정해 보이지만 일에 관련된 것에서는 조금의 흐트러짐도 허용 안 하시는 완벽주의자시거든. 내일부터 곁에서 모시려면 알아두는 게 좋을 거야."

"아, 예, 명심하겠습니다."

"그래, 내일부터 나랑 같이 일하겠네. 나는 그분 거처 담당 하려거든. 내 이름은 린이야."

"예, 린 선배. 선애라고 합니다."

"알아, 서대륙에서 왔다며? 솔직히 서대륙 사람은 처음 봐서 좀 신기하기는 하다. 이 대륙에서는 검은 머리도 검은 눈동자도 쉽게 볼 수 없는데 그걸 둘 다 가지고 있다니 말야. 서대륙 사람들은 모두 검은 눈동자에 검은 머리라며?"

그렇게 말하며 하녀 모자를 벗는 그녀의 머리는 출렁거리며 등까지 내려왔다. 약간 짙은 갈색의 곱슬머리였다. 파마머리인지―이곳에 파마 기술이 있는지는 아직 모르겠지만―천연산인지 모를 정도로 무척이나 곱슬거렸다. 거기에 쌍꺼풀이 진 초록 눈을 가진 그녀의 얼굴은 하트형이었다. 주근깨가 콧잔등과 양 뺨까지 퍼져 있었지만 크게 거슬리지 않는, 제법 예쁜 얼굴이었다.

"예."

"어쨌든, 이제부터 잘해보자. 네가 뭔가 특출난 게 있으니까 갑자기 차출된 거겠지."

"잘 부탁드리겠습니다."

본관에 와서 좋아진 점이 한 가지 있다면, 그건 바로 아침 먹기 전에는 일을 하지 않아도 된다는 점인 것 같았다. 별관에서 있었을 때는 무척 이른 새벽에 선배 하녀들이 잠에 취한 신입 하녀들을 깨웠다.

그런데 본관으로 숙소를 옮기고 난 다음날, 아무도 깨우는 사람이 없어 신나게 잠을 잔 선애는 아침 먹을 시간 즈음이 되어 깨어나 늦잠을 잔 걸 알고 하얗게 질렸다.

"헉! 어떻게 해. 언니, 뭐 한 거야? 왜 나 안 깨웠어?"

허둥지둥 일어나 세수는 할 생각도 못하고 급하게 하녀복을 꿰어 입는데 문이 벌컥 열리더니 어제부로 선애와 룸메이트가 된 린이 들어오는 것이었다.

그에 선애는 옷도 제대로 입지 못하고 황급히 고개를 꾸벅꾸벅 숙였다.

"정말 죄송해요. 깜빡 늦잠을 잤어요. 다시는 이런 일이 없도록 주의하겠습니다."

선애의 갑작스러운 행동에 린이 놀랐는지 잠시 멍청히 있다가 풋 하고 웃었다.

"괜찮아. 너 늦잠 잔 거 아니니까."

"예?"

"별관에서야 아침 먹기 전에 할 일이 있었을 테지만, 여기서는 아직 네가 할 일이 없잖아. 그래서 나도 일부러 안 깨운 거고. 그러니까 다 급혜하지 말고 천천히 해. 나도 슬슬 널 깨워야겠다 싶어서 온 거니까."

그녀의 설명에 그제야 선애의 얼굴에 안도감이 돌았다.

"아, 그렇습니까?"

"세수도 해. 설마 처음 네 상관을 뵈러 가는 날인데 세수도 안 하고 갈 생각은 아니겠지?"

“서, 설마요.”

그럴 예정이었지만, 시간이 남았는데 예정을 고수할 필요는 없을 것이다.

슬쩍 놀리는 듯한 린의 말에 선애는 얼굴을 붉힌 채 서둘러 세수를 했다.

‘에구, 그나마 다행이네. 저 린이라는 아가씨가 나쁜 아가씨는 아닌 것 같아서.’

그러고 보니 이 저택에 들어와서는 딱히 성격 나쁜 사람을 만나지는 않은 것 같았다.

만났던 나쁜 사람들이라면… 전 별관 하녀 담당이었던 스카티 부인이나 주방 담당 뚱땡이 정도? 하지만 그들은 하루에 한 번 얼굴 보기 힘들었으니 성격이 더럽든 말든 크게 상관이 없었다.

‘후우, 부디 여기서도 성격 나쁜 사람과는 마주치지 않았으면 하는 바람이 있는데.’

아침을 먹고 난 뒤 린은 선애를 데리고 3층으로 내려갔다.

보통 하인이나 하녀들 중 윗자리를 가진 이들의 방이 4층인 것을 볼 때 엘리엇은 그들보다 한 단계 높은 대우를 받는 듯했다.

‘그럼 그 엘리엇에게 반말을 하는 켐벨 집사는 더 높은 건감?’

“여기가 제네비아님의 사무실이야.”

본관 3층에 있는 방이라 그런지 문부터가 달랐다.

별관에 있는, 선애가 일하던 사무실은 문짝이 하나밖에 없었는데, 엘리엇의 사무실은 커다란 문짝이 두 개나 달려 있었다. 나뭇결이 그대로 살아 있어 고풍스러움이 느껴지는 큰 문짝에는 단순하지만 우아한 곡선 무늬까지 새겨져 있었다.

'참내, 문짝에서부터 차이를 느끼는구만.'

그 문을 린이 노크 하자 안에서 엘리엇의 목소리가 흘러나왔다.

"예."

문짝부터 차이를 느끼게 하더니만, 사무실 안은 더욱더 큰 차이를 느끼게 했다.

선애가 일하던 곳보다 세네 배 정도는 큰 것 같은 그곳에 들어서자 제일 먼저 보이는 것은 우아한 비로드 커튼으로 꾸며진 커다란 아치형 의 창이었다. 그 앞에는 엘리엇이 앉아 있는 커다란 책상, 문 옆에는 많은 책들이 빼곡히 꽂혀 있는 커다란 책장, 그와 직각을 이루는 벽에 는 수많은 서류함이 있었다.

그것 말고도 바닥에 깔린 무지 두꺼운 카펫이라든지, 무지 폭신해 보이는 소파와 탁자라든지, 여러 종류의 술이 들어 있는 장식장이라든 지, 벽에 걸린 액자와 사무실 곳곳을 차지한 장식물들을 보면 이건 한 국 대기업 회장 사무실로 써도 손색이 없을 듯 보였다.

엘리엇은 서류를 들여다보고 있다가 린과 선애가 들어서자 고개를 들고 바라봤다.

"말씀하신 하녀를 데리고 왔습니다."

문 안으로 들어서자마자 린이 공손히 고개를 숙이며 말하자 선애도 얼른 그녀와 같이 고개를 숙여 인사했다.

"고마워요. 린은 나가봐도 좋습니다."

"예."

엘리엇의 말에 린이 나가자 선애 혼자 뻘쭘하게 서 있었다. 별관에 서 하녀로서 교육받은 대로 차마 엘리엇과 눈도 마주치지 못하고 땅만 바라보고 있으려니 무지 초조한 모양이었다.

그런 선애에게 엘리엇이 책상에서 일어나 다가왔다.

"자, 그렇게 서 있지만 말고 이쪽으로 오세요. 여기서는 편하게 행동해도 좋습니다. 그래야 일의 능률도 오를 것 아니겠어요?"

그렇게 말하면서 그는 선애를 한쪽으로 데리고 갔다.

서류함이나 책장 대신 장식장과 장식물들로만 꾸며진 벽 쪽에는 웬 문이 하나 있었는데 엘리엇은 그 문을 열고 안으로 들어갔다.

문 하나 지난 것뿐인데 방금 전에 봤던 사무실과는 완전 딴판인 삭막한 사무실이 하나 나타났다.

전에 선애가 일하던 곳보다 약간 작은 듯한 공간이었는데, 그래도 혼자 일하기에는 충분한 곳이기는 했다.

하지만 문 너머 사무실과는 비교가 너무 됐다.

우선 사무실 안을 꾸미는 액자나 장식물들은 하나도 없었고, 심지어 바닥에 천 조각 하나 깔려 있지 않아 잘 가꾸어지지 않은 거친 나무 바닥을 그대로 드러내고 있었다.

엘리엇의 사무실에 있는 무지 두터운 값비싸 보이는 초록색 카펫은 고사하더라도 바깥 복도에도 붉은색의 카펫이 깔려 있는데 말이다. 물론 그 복도는 하인, 하녀 전용이 아니기는 했지만.

창에는 커튼도 없었다.

사무실에 있는 건 오로지 낡아 보이는 나무 책상 하나, 의자 하나, 그리고 사무실 안에서 그나마 제일 좋아 보이는 좀 긴 장의자 하나와 낮은 나무 탁자 하나가 다였다.

엘리엇 스스로도 너무 비교가 되었는지 약간 머쓱한 표정으로 둘러보다가 입을 열었다.

"급하게 준비해서 너무 번번찮군요. 이곳이 이제부터 당신이 일할 곳입니다. 부족한 건 말을 하면 곧바로 마련해 드리도록 하죠.”

선애가 고개를 끄덕이는 것을 확인한 엘리엇이 몸을 돌려 자신의 사무실로 다시 들어가면서 선애에게 따라오라고 손짓했다.

그가 이번에 선애를 이끌고 간 곳은 그가 방금 전까지 앉아 있던 커다란 책상이었다. 그곳에는 많은 수의 장부들이 쌓여 있었는데 그는 한쪽으로 분리된, 대략 봐도 3, 40권은 되어 보이는 장부들을 선애 쪽으로 밀어냈다.

“이것이 당신이 가지고 일할 장부입니다. 무슨 일을 할 건지는 대충 눈치채고 있겠지요? 이걸 가지고 당신이 능력껏 어제 보여준… 그래프라고 했던가요? 그걸 그리면 됩니다. 물론 내가 그 그래프란 것을 잘 모르니 그리는 것은 전적으로 당신에게 맡기겠습니다.”

그의 줄줄 나오는 말에 선애는 무조건적으로 고개만 끄덕일 수밖에 없었다.

“대략 5년 동안의 자료입니다. 목록은 10여 가지밖에 없구요. 아침을 먹고 이곳에 와서 시작하고, 제가 돌아가라고 할 때까지 일하면 됩니다. 혹시 의문점이 있으면 언제든 물어도 좋습니다.”

아마 이것은 선애를 시험해 보는 것 같았다.

“자, 그럼 그래프를 그리는 데 필요한 것은요?”

“종이와 펜, 그리고 색색의 잉크, 자가 필요합니다. 거기에… 혹시 원을 그리는 도구와 각도를 재는 도구가 있으면 같이 주시면 감사하겠습니다.”

선애 옆을 계속 꿋꿋하게 지키고 있던 내가 혹시나 하는 생각에 말해 보라고 한 거였다. 컴퍼스하고 각도기 하면 못 알아들을 것 같아서 설명조로 말해 본 건데 역시나 생소한 것인지 엘리엇은 고개를 갸웃거렸다.

"원을 그리는 도구와 각도를 재는 도구? 그런데… 각도는 또 뭐죠?"

"에, 그러니까 각도는… 원 하나를 360도라고 하고, 그 절반은 180도라고 하는…….."

갑자기 설명하려니 말이 꼬이는지 선애는 더듬거리며 대충대충 겨우겨우 각도에 대해 설명했다. 그러나 그것만으로는 알아듣기 어려웠는지 엘리엇은 고개만 갸웃거리더니 한참 후에야 입을 열었다.

"수리를 전문적으로 연구하는 이들이 원을 그리는 도구를 가지고 있다는 건 알고 있습니다만… 각도라… 그건 잘 모르겠군요. 그들이 그것까지 가지고 있는지도 확실치 않습니다만… 그게 꼭 필요한 겁니까?"

"꼭 필요한 건 아닙니다. 단지 좀 더 그래프를 깨끗하게 그리려고 한 것일 뿐… 그게 없어도 그릴 수는 있습니다."

"그렇다면 미안하지만 그 두 가지는 없이 그래프를 그려줬으면 좋겠군요. 나머지는 빠른 시간 내에 마련해 주도록 하죠."

"알겠습니다. 그런데… 이거 언제까지 그려야 합니까?"

"3일 정도면 되겠습니까?"

엘리엇의 말에 선애는 슬쩍 날 바라봤다.

하지만 이렇게 본격적으로 그래프를, 그것도 손으로 일일이 그려보는 일이 없었던 나는―대학에서는 컴퓨터를 이용했으니 말이다―대략적인 시간도 말해 주기 어려웠다.

[장담 못하겠어.]

내 말에 선애가 난처한 표정으로 입을 열었다.

"죄송합니다. 잘… 모르겠습니다."

"모자라다면 하루나 이틀 정도는 더 드릴 수 있습니다. 하지만 빠른 시간 안에 보고 싶군요."

"최선을… 다하겠습니다."

그렇게 말하며 그 많은 장부를 들고 이제 자신의 사무실이 된 자그마한 방으로 들어간 선애는 책상 위에 장부를 내려놓자마자 날 째려봤다.

"이제 어쩔 거야?"

[어우 야, 내가 이리 될 줄 알았남?]

"어휴, 몰라. 이건 완전 감옥에 갇힌 것 같잖아? 화장실도 마음대로 못 가게 생겼어."

그건 확실히 그랬다. 선애의 사무실에는 따로 복도와 연결된 문이 없어서 화장실 한 번 가려면 엘리엇의 사무실을 거쳐 밖으로 나가야 했으니 말이다.

아무래도 작정하고 선애를 지켜보려는 것 같았다. 설마 아무 생각 없이 마련한 사무실이 여기겠는가 말이다.

'하지만 선애가 여기서 왔다 갔다 하면 엘리엇 자신도 불편할 텐데. 그런 거 보면 별 생각이 없었던 것 같기도 하고.'

"으휴, 언니가 다 책임져. 뭐야. 나는 수학 배울 때 통계가 제일 싫었다구. 그런데 그래프라니."

[뭐, 너 그래도 그래프는 잘 그렸잖냐.]

"몰라, 몰라."

입으로는 툴툴대면서 선애는 장부들을 짜증스럽게 노려보더니 결국 어쩔 수 없다는 걸 느꼈는지 한숨을 한 번 푹 내쉬면서 살펴보기 시작했다.

“뭐 해? 빨리 언니도 해. 이게 다 언니 때문이잖아.”

[그려, 그려. 다 나 때문이다. 반성하고 있어.]

‘어휴, 그때 내가 그래프는 왜 그려 가지고.’

“그래도… 아침에 잠을 좀 더 잘 수 있게 된 건 솔직히 반갑더라.”

선애가 갑자기 내뱉은 말에 나는 선애를 놀란 눈으로 바라보다 피식 웃었다.

어쩐지 생각보다 선애가 덜 화를 내서 웬일인가 했더니만 오랜만에 늦잠을 잘 수 있고, 앞으로도 그만큼 잘 수 있다는 생각에 기분이 많이 좋았던 모양이다.

‘히유, 그나마 다행이네.’

[아아, 그래도 분석까지 안 해서 다행이야. 만약 분석까지 하라고 그랬다면 나는 꼼짝없이 두 손 들었을걸.]

엘리엇에게 받은 장부를 모두 다 펼쳐 놓고 그래프를 그릴 목록별로 분류를 하며 말을 던지자 선애의 날카로운 시선이 찌릿 하고 꽂혔다.

“뭐시여, 지금 자기 잘났다고 자랑하는 거야?”

[아. 하. 하. 이야기가 왜 또 그렇게 되냐? 그냥 그렇다 이거지. 대학 졸업한 지도 오래되었구, 졸업한 뒤로 그런 건 하나도 안 해서 분석 공식 같은 건 다 잊어버렸거든.]

변명조로 중얼거리자 선애가 눈을 가늘게 떴다.

“호오, 만약 지금 대학생이었다면 할 자신은 있고?”

[거야, 당연히 없지. 쳇.]

보통 분석 같은 건 통계 프로그램을 사용했다. 요즘에는 뭘 사용하는지는 모르겠지만, 우리는 'SAS'라는 통계 프로그램을 주로 이용했었다. 물론 기본적으로 그 공식은 다 배우지만 나는 대학교 때 범생이는 아니라서 성적이 크게 좋지는 못했다. 뭐, 프로그램이야 그대로 자료만 잘 주입하면 지가 다 계산해서 그래프까지 좌르르 그려줬으니 모든 성적이 바닥인 건 아니었지만.

전공 점수는 낮았어도 해본 적이 있다고 그래프를 그릴 목록은 내가 만들고 있었다. 그게 아니라고 해도 어차피 선애 일을 돕기는 해야 했을 테지만 말이다.

[음, 각 연도별로 목록의 원 그래프하고, 각 목록별로 연도별 차이의 꺾은선 그래프… 정도 그리면 될라나?]

"막대그래프는 안 그릴 거야?"

[글쿤. 그럼, 비슷한 목록 두 개씩 비교하는 막대그래프도 그리고… 아, 원 그래프 그리는 걸로 막대그래프도 같이 그려볼까?]

"그렇게 해."

[뭐, 그럼 오래 걸리지는 않겠네. 3일이면 되겠는걸?]

그렇게 대략적인 그래프 계획을 거의 정할 무렵 노크 소리가 들리더니 린이 뭔가를 잔뜩 들고는 들어왔다.

"여기, 펜하고 종이하고 자야. 이게 우선이고, 물감은 아직 마련하지 못해서… 잠시 후에 가져다줄게."

색색의 잉크를 가져다 달라고 했더니만, 여기는 그런 게 없는지 물감을 가지고 오는 모양이다.

"물감이요? 에, 이곳 물감은 한 번도 사용해 본 적이 없는데. 기름을 섞어 쓰나요, 물을 섞어 쓰나요?"

"글쎄, 그건 나도 잘 모르겠네. 종류별로 다 구해올까?"

사용할 줄도 모르는 걸 구해달라고 하기는 미안한 일이었다.

"에, 물감이라면 그냥 됐어요. 그냥 펜으로만 해보도록 하죠. 그래도 보는 데는 크게 지장이 없으니까."

[쩝, 여기는 칼라 잉크도 없나 봐.]

"그래? 그러던지. 더 필요한 건 없고?"

"예, 없어요."

"그럼 열심히 해라. 점심 먹을 때 데리러 올게."

"감사합니다."

린의 신경 써주는 말에 선애는 진심으로 고마운 표정을 지어 보였다. 아무래도 혼자 점심 먹으러 갈 일이 좀 막막했던 모양이다.

선애가 본관에서 적응하는 데는 정말 린의 도움이 컸다.

처음에는 올리엇 부인이나 켐벨 집사의 명으로 선애를 감시하기 위하여 붙여진 게 아닌가 의심을 하기는 했지만, 며칠 뒤에는 그녀에게 정말 감사한 마음이 들었다. 그녀가 정말 선애를 감시하든 말든 말이다.

게다가 어차피 선애는 잘못한 것도 없으니 꿀릴 것이 없었다.

비록 선애가 정보 길드원으로서 여기에 들어온 것이긴 했지만, 아직 선애에게는 어떤 임무도 떨어지지 않았으니 말이다. 여기 들어올 때 휴도 몇 년간은 아무 생각 없이 하녀 본분에 충실하라고 당부했으니 그가 말한 몇 년간은 임무가 주어지지 않을 것이다.

엘리엇에게 일거리를 받은 날로부터 정확하게 사흘 뒤 오전, 선애는 그래프기 그려진 종이를 당당하게 엘리엇에게 내놓을 수 있었다. 비록 검은색으로만 그려졌다는 게 좀 아쉽기는 했지만, 그래도 정성을 다해서 그렸다.

"다 그렸습니다."

"그렇습니까?"

선애가 건네준 그래프를 받아 들고 하나하나 쓰윽 훑어본 엘리엇은 그 종이를 쥐고 자리에서 일어났다.

"따라오세요."

그러면서 엘리엇이 선애를 데리고 간 곳은 그의 사무실 바로 옆방이었다.

똑, 똑~

엘리엇이 두 번 문을 두드리자 안에서 낮은 목소리가 들려왔다.

"들어와."

엘리엇의 사무실보다 훨씬 크고 훨씬 멋들어지게 꾸며진 그곳에서는 그랜트가 소파에 편안하게 앉아 서류를 읽고 있었다. 그곳이 그랜트의 사무실이었던 것이다.

태도만 보면 일하기 싫어서 억지로 하는 듯한 방만한 자세로 보였지만, 냉정한 그의 눈빛과 잘생긴 그의 얼굴로 인하여 되게 멋지게 보였다. 그래서 얼굴이 잘생기면 모든 게 멋져 보이는 거라고 하는가 보다.

그랜트의 허락에 사무실 안으로 들어선 엘리엇은 그에게 인사도 하지 않고—물론 그랜트도 그에게 시선을 주지도 않았지만—그랜트에게 다가가 그래프가 그려진 종이를 내밀었다.

"그래프가 완성되었습니다. 한 번 보시겠습니까?"

그제야 그랜트가 고개를 쓰윽 하고 들었다.

그는 엘리엇 손에 들린 종이를 받아 들면서 한쪽에 뻘쭘하게 서 있는 선애를 한 번 쓰윽 보더니 그래프를 들여다보는 것이었다.

'거참, 그냥 시험이라면 엘리엇 혼자 봐서 결정해도 되는 거 아닌감? 왜 이 녀석 손에까지 올라온 거야?'

뭐, 한편으로 생각하면 엘리엇 보조로 선애를 지목한 건 그였으니 그가 시험지를 채점(?)하는 게 타당하다고 여겨지기는 했지만, 한갓 보조 하나 결정하는 거 가지고 이곳에서 제일 정점에 서 있는 그가 움직이는 게 맞는 건지 좀 의아스럽기도 했던 것이다.

내가 속으로 고개를 갸웃거리는 동안 탁자에 모든 그래프를 펼쳐 놓은 채 물끄러미 들여다보던 그랜트가 선애를 향해 손짓해 가까이 오게 한 후 막대그래프하고 꺾은선 그래프를 가리키며 물었다.

"내가 보기에 이 두 개는 같은 내용 같은데?"

"맞습니다. 꺾은선 그래프와 막대그래프는 모양만 약간 다를 뿐 나타내는 분야가 비슷합니다. 그냥 모든 그래프를 보여 드리는 게 좋을 것 같아서 두 가지 그래프를 다 사용해 봤습니다."

"흠, 그렇군. 그럼… 이 그래프는 어떻게 나타내는 거지?"

이번에 그가 가리킨 건 원 그래프였다. 처음에 그래프를 봤을 때는 그래프에 관해 한 번도 질문을 안 하더니 오늘 다 하려고 작정한 사람 같았다.

"그건 우선 나타내는 목록의 총 양을 100으로 생각해 봤을 때 각각의 양이 100 중 얼마나 차지하느냐를 계산한 다음 그 양을 각도로 환산한 것입니다."

"각도라?"

"제가 배운 것에 의하면 한 원은 360도이며 반원은 180도입니다. 만약 한 목록의 양이 100 중 50이라면 절반인 180도의 각을 차지하며,

한 목록의 양이 1/4인 25를 차지하면 360도의 1/4인 90도를 차지하게 됩니다. 그렇게 계산해서 그리게 됩니다."

그냥 설명하면 이해하기 어려울 것 같아서 쉽게 이해시키기 위하여 종이를 가져다 놓고 그 위에 원을 그려가며 설명하자 그랜트가 이해했다는 듯 고개를 끄덕인다.

"그렇군."

그에 선애와 내가 안도의 한숨을—이해 못하면 좀 더 쉽고 자세하게 설명해야 하지 않은가 말이다—조용히 내쉬는데 선애가 설명하며 그린 종이와 그래프를 번갈아 바라보던 그랜트가 갑자기 날카로운 시선을 선애에게 던졌다.

"그런데."

"예?"

"내가 보기에 이거는 꽤 고난위의 수리 같은데… 서대륙에선 이런 걸 모든 이들에게 다 가르치나 보지? 아무리 자네가 있는 집안의 여식이었다 해도 이런 걸 알고 있다니. 이쪽 상식으로는 신기한 일이군."

그도 그럴 것이… 여기는 엄연히 계급 사회인데다가 남녀 차별이 심했던 것이다. 뭐, 여자가 능력을 가져도 능력을 발휘하지 못할 정도는 아니었지만.

그러한 영향이었는지 교육의 기회에도 여자와 남자에 따라 차별을 두었던 것이다.

정보 길드에서야 정보를 얻을 때 여자라는 것이 유리한 점도 있기에 여자애들도 평등하게 교육을 시키는 것이지만, 웬만큼 있는 집안이 아니라면, 그리고 어려서 싹수가 보이지 않는다면 여자들이 고등 교육은 물론이거니와 초등 교육도 제대로 받기 힘들었다. 뭐, 없는 집안이라면 여자 남자 구별 안 하고 초등 교육도 받기 힘든 세상이지만 말이다.

그러나 꿀릴 것 없는 선애는 그랜트의 시선을 정면으로 맞받으며 당당하게 대꾸했다. 뭐, 좀 더 솔직히 말하면 당당이라기보다는 그의 말에 좀 열받은 것 같았지만.

"서대륙 전체적으로는 어떨지 모르지만, 제가 있던 곳에서는 이 정도는 대부분의 아이들이 배우는 것입니다. 게다가 저는 이런 쪽에 관심이 있었기에 여기 말로 하면 수리의 고등 교육을 받고 있었습니다."

나이가 나이인지라 학교를 졸업한 지 오래되어서 그래프를 초등학교 때 배웠는지 중학교 때 배웠는지 기억이 가물가물했다. 하지만 뭐, 중학교라고 해도 2000년도 한국에서는 거의 기본이라고 여겨지니 대부분의 애들이 기초로 배웠다고 해도 틀린 말은 아니었다.

"호오, 그런 놀라운 세계가 있었단 말인가? 정말 믿기 힘들군."

'너도 21세기 한국에 가봐. 그럼 알 수 있어.'

상체를 약간 탁자 쪽으로 숙인 채 고개를 들어 선애를 쳐다보던 그랜트가 눈가를 실룩이더니 상체를 소파 등에 편안하게 기대더니 다시 물었다.

"그러고 보니… 정확하게 서대륙의 어디 출신이지? 내가 알기로는 서대륙에도 3개 국이 있다고 들었는데."

은근히 시험해 보는 말투였지만 그의 질문에 나는 속으로 비죽 웃음을 흘렸다.

'훗, 그건 우리도 안단다, 애야.'

선애는 나를 한 번 힐끗 보더니 당당하게 대답했다.

"*대한민국의 강원도 춘천입니다.*"

"뭐?"

한국말로 말했으니 못 알아듣는 게 당연했다.

의문 어린 시선으로 되묻는 그랜트에게 선애는 친절하게 다시 대답해 줬다.

"이 세계에서는 '한국' 이라고 하더군요. 그 '한' 자 앞에 '크다' 란 뜻을 가진 '대' 자를 붙여 '대한' 이라고 합니다. 그 '대한국' 의 '강원도 춘천' 출신입니다."

이쪽 '한국' 에도 '강원도 춘천' 이 있는지는 모르겠지만, 하여간 선애는 거짓말은 안 했다. '한국' 인인 건 사실이니까.

휴네 집에서 배우길 서대륙에 대해서 알려진 거라곤 세 나라가 있다는 것과 그 나라의 이름, 그 나라 이름의 수도 정도라고 했다. 그러니 그랜트가 선애가 말한 '강원도 춘천' 이 이 세계의 '한국' 에 있는지 딴 세계의 '한국' 에 있는지 알 리가 없었다.

"흠, 수도에서 살지 않았나 보군?"

"수도에서 약간 떨어진 중소 도시에서 살았습니다."

선애가 씨익 웃으며 대답했다. 녀석도 그랜트가 미심쩍어하면서도 그냥 넘어가는 걸 재미있게 생각하는 모양이다.

'서울에서 기차로 약 두 시간 거리에 있는 도시지. 네가 기차를 알아?'

선애가 막힘없이 당당하게 대답을 했기 때문인지 그랜트는 뭔가 미심쩍어하는 것 같으면서도 선애의 출신지에 대해서는 더 이상 묻지 않고 대신 그래프에 대하여 몇 가지 질문을 하더니 고개를 끄덕였다.

"흠, 수리의 고등 교육을 받은 건 분명한 것 같군. 그러고 보니 별관에 있을 때 별관 관리를 도왔다고 했었지?"

"예, 우연치 않게 선배를 돕게 되었다가 나중에는 정식으로 보좌를 했습니다.”

“그럼 장부도 쓸 줄 알겠군.”

고개를 끄덕이던 그랜트가 엘리엇을 바라봤다.

“어떤가?”

그러자 엘리엇이 그 특유의 미소를 지어 보이며 말했다.

“무척 도움이 될 것 같습니다. 그런데… 켐벨 집사님께서도 꽤 탐내시는 것 같던데…….”

‘탐내는 게 아니라 수상쩍은 점을 찾아내느라 혈안이 된 거겠지.’

본관에 있는 동안 거의 엘리엇 사무실 안에 짱 박혀 있느라 그를 보지 못했지만, 그래도 마지막에 선애를 노려보던 시선은 잊혀지지가 않았다.

“뭐, 당분간 켐벨도 돕게 하도록 해볼까? 자네의 전속 보조로 임명하는 건 좀 더 뒤로 미뤄두도록 하지.”

“아쉽지만 하는 수 없겠죠.”

별로 아쉬운 표정도 아닌 주제에, 아니, 오히려 시원하다는 표정으로 그렇게 말하는 엘리엇 녀석이 얄미워 보였다.

저 녀석은 필요하다면 겉으로는 생글생글 웃으면서 남의 뒤통수를 치는 데 일말의 주저함도 없을 녀석인 듯했다.

그랜트는 엘리엇의 말에 건성으로 고개를 끄덕이며 자리에서 일어나더니 커다란 창가 가까이에 있는 무지 큰 책상으로 다가갔다. 그 책상 근처에는 천장에서부터 내려온 굵은 붉은색의 줄이 있었다.

그러고 보니 엘리엇의 사무실에도 저것과 비슷한 줄이 있는 걸 본 적이 있었다. 희한하기는 했지만, 방 안을 장식하는 도구인가 했는데 그랜드가 그걸 잡아당기는 걸 보니 단순한 장식품만은 아닌 듯했다.

역시나, 잠시 후에 사무실 문을 똑똑 노크하는 소리가 들리더니 문이 열리며 하인 복장을 하고 있는 남자가 들어왔다.

"부르셨습니까?"

"켐벨 집사를 불러와라."

"알겠습니다."

그 줄은 하인을 부르는 줄이었던 모양이다.

'에, 그럼 엘리엇 사무실에 있던 줄도? 헤에, 엘리엇 사무실에 있는 걸 잡아당기면 린이 오는 건가?

잠시 후, 켐벨 집사가 사무실로 들어왔다.

"부르셨습니까, 도련님?"

들어서자마자 살짝 고개를 숙이며 인사한 뒤 드는 시선에 엘리엇과 선애의 모습이 보이자 눈초리가 사나워졌다.

"도련님, 저 아이는……."

선애를 보며 뭐라 말하려는데 그걸 그랜트가 가로막았다.

"아, 그래서 그대를 부른 거네."

"예?"

의아한 듯 되묻는 켐벨 집사에게 그랜트는 손으로 선애를 가리켜 보였다.

"저 애를 자네에게 맡기는 게 어떨까 해서 말이야. 수리 교육을 정식으로 받았다니까 거기에다 자네가 잘만 가르친다면 괜찮은 인재가 될 거라고 생각해."

"제가… 말입니까?"

"그래, 나는 켐벨 집사 자네를 믿으니까. 게다가 자네만큼 능력이 뛰어남과 동시에 우리 가문에 충성심을 가진 사람에게는 쓸모있는 사람을 곁들여 주는 건 당연하다고 여겨지는데?”

‘저건 분명히 일부러 한 말일 거다. 켐벨 집사를 띄워주려고…….’

역시나 그랜트의 말에 감동을 받은 듯한 켐벨 집사는 나이와 인상에 어울리지 않게 반짝이는 눈으로 힘차게 대답했다.

“물론입니다, 도련님! 절 그렇게 믿고 맡겨주신다니, 아무리 멍청한 녀석이라도 성심성의껏 가르쳐서 도련님께 도움이 되는 사람으로 만들어놓고 말겠습니다. 걱정 마십시오.”

‘이봐요. 할아버지가 안 가르쳐 주셔도 선애는 뛰어난 애거든요?’

켐벨 집사의 힘찬 대답이 마음에 든 듯 미미하게 고개를 끄덕인 그랜트는 탁자에 펼쳐 놓았던 그래프들을 모아서 집사에게 넘겨줬다.

“그래도 이 능력은 지금도 나에게 꽤 쓸모가 있을 것 같으니 가끔씩은 저 애에게 일을 시키기는 할 걸세.”

“물론입니다. 얼마든지 사용하십시오.”

‘이것 보세요. 그 대답은 할아버지가 하실 대답이 아닌 것 같은데요.’

선애도 기가 막힌 표정이었지만, 이 상황이 자신이 나설 수 있는 자리가 아니라는 걸 잘 알고 있는지 입술만 앙다물고 있을 뿐이었다.

“그렇군, 잘 부탁하네. 그리고 이 그래프라는 건 자네에게도 꽤 쓸모 있을 것 같으니 자네도 한 번 보도록 하게.”

“알겠습니다.”

그랜트가 건네주는 그래프를 아주 정중하게 받아 든 켐벨 집사는 그 즉시 그에게 인사를 하고 선애를 이끌고 밖으로 나와 자신의 사무실로 데리고 갔다.

켐벨 집사의 집무실은 놀랍게도 그랜트와 엘리엇 사무실과 같은 층에 있었다.

이곳의 총집사인 그레샴 집사의 집무실이 4층인 것에 비교하면 파격적인 대우였지만, 켐벨 집사는 본가에서 그랜트와 같이 내려온 집사인데다가 엘리엇보다 윗사람인 듯한 것을 보면 그리 이상한 일은 아니었다.

어쩌면, 그의 집무실이 엘리엇 사무실보다 좋게 말하면 청렴하고 나쁘게 말하면 초라한 것을 보면 오히려 그가 엘리엇보다 대우를 좀 못 받고 있는 게 아닐까 느껴지기도 했다.

하기야 그동안 그가 선애나 내 앞에서 보인 행동을 보면 충분히 그래도 싸다고 여겨지기는 했다.

그러나 한편으로는 혹시 그의 성격이 청렴해서 그런 건지도 모른다는 생각이 들었다. 그렇게 생각하니, 엘리엇 사무실에 있는 것에 비해 비싸 보이지 않고 오래된 낡은 책상에, 책상만큼 낡아 보이는 의자가 꽤나 고풍스러워 보이기도 했다. 거기다가 붉은색 바탕에 검은색 기하학적 무늬가 들어가 있는 카펫 위에 놓여진 소파는 꽤 괜찮은 것이었기에 켐벨 집사가 청렴한 건 아닐까… 하는 내 생각은 무척 타당한 것으로 보였다. 그것 외에는 사무실의 분위기를 좀 더 좋게 만들기 위한 장식물은 눈을 씻고 봐도 보이지는 않았지만, 청렴한 성격이라면 그게 또 이해가 가기도 했다.

"앉아봐라."

켐벨 집사가 소파에 앉으며 자신의 맞은편 자리를 가리키자 선애가 조심스레 가서 앉았다.

"흠."

켐벨 집사는 자신의 맞은편에 앉은 선애를 찬찬히 살펴보며 자신의 재킷 상의 주머니를 뒤적거리더니 뭔가를 꺼냈다. 그런데 그가 꺼낸 건 놀랍게도 외알 안경이었다. 이 세계에 와서 안경, 그것도 외알 안경을—한국에 있을 때도 있다는 것은 알았지 실제로 본 적은 한 번도 없었다—본 적은 처음이기에 선애나 나는 신기한 마음으로 그가 외알 안경을 콧등에 걸치는 걸 뚫어져라 주시했다.

켐벨 집사는 우리의 시선을 아는지 모르는지 그렇게 외알 안경을 걸치고서 아주 진지한 표정으로 그래프를 들여다보기 시작했다. 그의 이런 태도만 보면 그가 오로지 실력으로 그랜트의 보좌 집사가 된 것 같은데 말이다.

"전에도 생각했지만, 놀라운 그림이다. 이 내가 널 스파이라고 생각할 만해. 특히나 어린 여자 아이인 네가 이런 걸 알고 있다는 건 더 더욱 의심스러운 일이 아니겠느냐?"

힐끗 맞은편에 앉은 선애를 바라보며 켐벨 집사가 묻자 선애는 얼결에 고개를 끄덕일 수밖에 없었다.

"예."

"뭐, 네가 전에는 꽤 사는 집의 여식이었다니 네가 이런 고난위도의 수리를 안다는 게 정말 불가능한 일은 아닐 것 같고… 게다가 그렇다면 도움이 되기는 하겠지. 어쨌든 도련님의 말씀도 계셨고 하니 너는 당분간 여기에서 일하도록 해라."

한순간에 근무처가 이동이 되었지만 선애가 그걸 뭐라 할 수 있는 입장이 아니었던 고로 그 녀석은 얌전히 '예' 라고 대답할 수밖에 없었다.

"그러고 보니 이 옆에 쓸모가 없어 창고 대용으로 사용되는 방이 있는데, 네가 거기를 사용하면 되겠군."

그렇게 켐벨 집사가 내준 방은, 그의 말대로 창고로 사용되고 있어서 온갖 자질구레한 잡동사니가 쌓여 있는 데다 청소도 제대로 되지 않아 무척 지저분했지만, 그래도 엘리엇이 준 방보다는 훨씬 좋았다.

선애의 사무실이 된 창고는 건물 끝에 있었다. 잠자는 방도 그렇고, 사무실도 그렇고, 건물 맨 끝에 있는 방은 쫄다구들에게만 떨어지는 방인가 보다. 그래도 엘리엇이 준 사무실보다 좀 더 넓은 데다가 창문도 두 개나 있었다. 건물 모서리를 가지고 있느라 창문들은 직각으로 서로 마주 보는 상태였는데, 한쪽은 본관 앞에 잘 꾸며진 정원이 보였고, 그 옆쪽에는 하녀용 별관이 보여 경치도 좋았다.

사무실 앞에는 하인, 하녀 전용 계단이 있어 여러 사람이 다니느라 좀 시끄럽기야 하겠지만, 오히려 아래층이나 위층을 가기 위하여 복도를 돌아다닐 필요가 없어서 좋은 것 같았다.

게다가 제일 좋은 점은 복도와 바로 연결된 문이 있고, 켐벨 집사 집무실과 연결된 문이 없다는 점이었다. 그래서 화장실 갈 때나 식사하러 갈 때 괜히 켐벨 집사의 집무실을 통해 갈 필요가 없게 되었다는 거다.

린과 선애, 그리고 켐벨 집사의 명을 받은 낯선 하인 둘과 하녀 한 명이 더 도와줘서 선애가 사용할 사무실은 두어 시간 만에 깨끗이 정리될 수 있었다.

청소하는 동안 코빼기도 보이지도 않던 켐벨 집사는 청소가 거의 끝날 무렵, 전에 선애가 사용하던 사무실에 있던 책상과 의자를 든 하인들을 데리고 나타났다.

그리고 그 뒤쪽에는 바닥에 깔 카펫을 든 두 하인이 나타나서 날 기쁘게 했다. 비록 켐벨 집사의 집무실에 깔린 것처럼 좋은 게 아니라,

이곳 주인용(?) 복도에 깔린 붉은색 카펫이었지만, 그래도 그게 어디인가 싶었다. 게다가 그것 말고도 5단 서랍함도 하나 주고 가서 날 더 더욱 기쁘게 했다.

캠벨 집사가 그동안 보인 면과는 달리 꼼꼼하고 세심하게 배려하는 면도 있었던 모양이다.

그렇게 해서 선애는 본격적으로 캠벨 집사 밑에서 일하게 되었다. 처음에 그랜트의 말에 의하여 엘리엇의 보좌로 일하게 될 줄 알았지만, 이게 훨씬 나은 것 같았다.

아무래도 이건 내 생각인데, 엘리엇이 선애를 필요없다고 말해서 선애가 캠벨 집사의 밑으로 이동된 것 같았다. 그렇지 않았다면 그의 사무실 안에 따로 사무실까지 마련된 상황에서 갑자기 캠벨 집사 밑으로 올 이유가 없었던 것이다. 선애 능력이 떨어졌다거나 아니면 실수를 한 것도 아닌 상황에서 말이다.

[엘리엇, 그 녀석. 처음에 얼굴이 잘생겨서 호감을 가졌었는데… 점점 마음에 안 드네. 하긴 잘생긴 데다 마음씨까지 곱다면 너무 불공평한 거겠지만.]

그래프를 그리고 남은 여러 용품들을 새 사무실 안에다 정리하며 중얼거리자 선애가 대답했다.

"나는 별 생각 없었어. 잘생기기는 했는데, 내 이상형이 아니거든."

[네 이상형? 흠, 하긴.]

선애의 이상형은 일명 '반항아'였던 것이다. 오죽했으면 나중에 자식 낳아 키울 때 고등학교 가면 날라리로 만든다고 했을까?

그걸 보면서 조폭 영화의 영향이 심각하다는 것을 깨달을 수 있었지만, 희어간 그 이상형은 아직까지도 변하지 않은 것 같았다.

[그러고 보니, 그 후계자인지 뭔지 하는 도련님도 네 이상형은 아니겠네?]

"응. 난 그렇게 쌀쌀맞은 사람은 싫어. 나는 왜… 반항아 기질이 있으면서 속은 따뜻한 사람 있잖아? 그런 사람이 좋아."

[그냐? 흠.]

그렇게 해서 선애는 켐벨 집사의 밑에서 일을 하게 되었다.

명목상으로는…….

[안 그래? 이건 정말 명목상으로만 켐벨 집사 밑에서 일하는 거라구.]

내가 투덜투덜댔지만 선애는 종이에 그래프를 그리며 시큰둥하게 대꾸했다.

"그래, 그래, 여기 있는 건 명목상이야."

[야아, 좀 진지하게 내 말을 들어보라고. 넌 열도 안 받냐? 나는 생각하면 할수록 그 엘리엇이란 녀석이 너무너무 얄미워.]

그 얄쌍하게 생긴 엘리엇의 얼굴이 떠오르자 나는 저절로 이가 빠드득 갈렸다.

선애가 켐벨 집사의 밑에서 일하게 된 다음부터 정말 우습게도 켐벨 집사가 지시하는 일은 거의 들어보지도 못했다. 선애의 새 사무실이 마련되자마자 그랜트와 엘리엇으로부터 일거리들이 끊이지 않고 주어져서 켐벨 집사가 선애에게 일거리를 맡길 틈이 없었던 것이다.

지금 그리고 있는 그래프도 바로 오늘 아침에 엘리엇 녀석이 장부를 잔뜩 들고 와서 맡기고 간 일거리였다.

[아니, 아무리 켐벨 집사가 얼마든지 일을 맡겨도 된다고 했지만, 이

건 솔직히 너무한 거 아니냐? 이렇게 일을 계속 시킬 거였으면 그냥 자기 밑에다 두지 뭐 하러 켐벨 집사 밑으로 보냈냐고.]

"그래도 일터는 여기가 더 좋아."

[아, 물론 그렇기는 하지만… 이건 내 생각인데, 전에 일터 환경이 그렇게 극악했던 것도 엘리엇 녀석이 신경 쓰기 귀찮아서 대충 만들라고 그랬던 것 같아.]

"어쩌면."

선애의 대답은 계속 시큰둥했지만, 나는 내 생각을 말하는 데 정신이 빠져서 계속해서 열변(?)을 토했다.

[게다가 널 켐벨 집사 쪽으로 보낸 것도, 네 능력은 필요하면서도 네가 별로 미덥지 못해 보여서 그런 것 같아. 교육을 시키는 것도, 혹시 뭔가 잘못되면 책임지는 것도 모두 켐벨 집사에게 떠넘기고 자기는 슬쩍 빠지기 위해서 말야.]

"그럴지도."

한 번 더 시큰둥하니 대꾸하던 선애는 커다란 종이에 그래프를 그리느라 선 채로 허리만 90도로 구부리고 일하던 몸을 폈다.

"에구, 허리야. 언니, 그렇게 투덜대는 건 좋은데, 다음 그래프 목록이랑 수치 작성은 하면서 투덜대는 거지?"

몇 번 허리를 두드리던 선애는 내 손이 멈춰 있는 걸 보더니 눈을 가늘게 뜨며 물어왔다.

[지금 하고 있어.]

"언니가 그렇게 얄미워하는 엘리엇 녀석이 이거 내일까지 해놓으라고 한 거 잊지 않았겠지? 만약 못하면 그 얄미워하는 엘리엇 녀석에게 나는 한 소리를 듣게 된다고."

[알아, 안다고. 그 녀석, 정말 못된 거 아니야? 어떻게 가면 갈수록 기간이 점점 짧아지냐구. 이러다가 나중에는 하루도 안 줄지도 몰라. 그러면 컴퓨터를 사놓으라구 할까 보다.]

나는 투덜대느라 멈췄던 계산을 다시 재개하며 투덜거렸다.

그러자 뒤에서 선애의 한심스럽다는 목소리가 들려왔다.

"언니가 말하면 그 녀석이 들을 수 있기나 한대? 미리 말해 두지만, 나는 그런 거 말할 처지가 못 돼."

[알어, 안다구. 그러니까 이러고 있는 거잖아.]

"애초에 누구누구가 쓸데없는 일만 안 했다면 이렇게 되지도 않았을 걸?"

선애의 따끔한 말에 나는 찔려서 얼른 입을 다물었다.

[쳇, 말이 그렇다는 거지.]

"그거 다 했어?"

선애의 물음에 나는 기가 죽어 작은 소리로 대답했다.

[아직… 쫌만 더 하면 돼.]

"그럼 혼자 좀 하고 있어. 나는 배고파서 밥 좀 먹고 올래. 나 올 때까지는 다 끝낼 수 있지? 아, 그리고… 혹시 다 해도 나 안 오면 내 그래프도 좀 그려주라."

주섬주섬 나갈 채비를 하는 선애의 모습에 나는 기운없이 대답했다.

[우웅.]

어쩌랴? 잘못한 건 나니 알아서 길 수밖에.

어차피 와서 또 할 거라 선애는 별로 정리하지 않고 밖으로 나섰다.

그 뒷모습을 보며 나는 한숨을 폭 내쉬고는 다시 투덜거렸다.

[게다가… 여기서 일 시킬 거면 정식 하녀로 승진이라도 시켜주던가. 계속 신입 하녀로 해놓고서 월급도 안 주면서 부려먹는 건 너무한 거 아니야?]

신입 하녀는 월급이 없다.

월급을 받으려면 정식 하녀가 되어야 하는데 그것도 별관에서 일하느냐 본관에서 일하느냐에 따라 차별을 두기 때문에 별관에 있는 하녀들이 모두 본관에서 일하기를 희망하고 있는 것이다.

그런데 선애는 본관으로 불려와 이 저택에서 유일한 지식을 가지고 능력을 발휘하고 있는데도 신입 하녀라는 이유로 월급도 주지 않는 거였다.

이 얼마나 불합리한 상황이란 말인가.

'그러니 내가 투덜대지 않게 생겼어? 으윽, 얄미운 놈들. 엘리엇도 얄밉지만 그랜트 녀석도 얄미워.'

왜 거기에 그랜트까지 끼어 있는가 하면, 그랜트 녀석이 선애의 능력을 높이 사서 월급을 주라고 했으면 얼마든지 받을 수 있는데도 불구하고 그 녀석이 아무런 언급을 안 했던 것이다.

'월급 좀 주라고 하면 어때서.'

게다가 이번 일을 시킨 건 엘리엇이 아니라 그랜트인 것 같아 더욱더 얄미웠다. 오늘 아침에 장부를 잔뜩 들고 나타난 엘리엇이 말하기를 내일 점심 시간 때까지 끝내서 그랜트에게 넘기라고 했던 것이다.

'도대체가 말이야, 엘리엇 녀석은 그랜트의 보좌관이잖아? 그럼 하나로 통일해서 모두 다 엘리엇에게 주라고 하든지, 아니면 캠벨 집사도 있잖아? 왜 매번 제출할 사람이 바뀌냔 말이야. 밑에 있는 사람을 생각하지 않다니… 그럼 일의 능률이 떨어진다구.'

괜히 죄없는 장부만 째려보며 속으로 투덜거리던 나는 결국 한숨을 내쉬고 일에 집중할 수밖에 없었다. 이걸 빨리 끝내놓지 않으면 밤에 고생하는 건 나였기 때문이다.

'으휴, 내 신세야.'

그렇게 투덜대면서도 열심히 한 보람이 있었는지 선애와 나는 다음 날 점심 시간 직전에야 겨우겨우 일을 끝낼 수 있었다.

"아, 다행이다. 점심은 별관에 가서 먹을 수 있겠어."

그래프의 마지막 선을 그린 선애가 들고 있던 자와 펜을 놓고 안도의 한숨을 내쉬었다.

요 며칠 거의 대부분을 이 방에서 일만 한 데다가, 나가서는 주위에 어려운 사람들뿐이다 보니 선애의 스트레스가 만만치 않았다.

옆에 내가 있다 해도 아무래도 나이 차이가 나는 언니보다는 친구들이 더 필요할 시기가 아니겠는가 말이다.

그러나 선애는 본관으로 들어와 적응하느라 바빴던 데다 끊임없이 일거리가 주어졌기 때문에 한 번도 별관으로 놀러 간 적이 없었다. 여기에도 주말이나 휴일이 있었다면 그날을 틈타 놀러 가기라도 했겠지만, 이곳에는 그런 것도 없었던 것이다.

그러던 오늘, 운 좋게도 엘리엇이 점심때까지 제출하라고 했던 일거리 외에는 다른 일거리가 없어 잽싸게 제출하고 잠깐 별관에 다녀올 예정이었다. 사실 그것 때문에 내가 밤에 다른 사람 몰래 사무실에 와 가지고 혼자 일까지 했었더랬다.

별관에 가서 시오나를 비롯하여 에밀리와 달시를 본다는 생각에 기분이 좋아졌는지 오랜만에 선애의 얼굴에 미소가 돌았다.

"빨리 가자. 빨리, 빨리."

[그래, 그래.]

선애의 기분이 좋아지자 나 또한 기분이 좋아져다. 그동안 선애의 가라앉은 기분은 나에게까지 그 영향을 미쳤던 것이다. 그런데 이제 잠시나마, 아니면 당분간은 그에서 해방될 수 있는데 기분이 나쁠 리가 없었다.

기분이 좋아지니 몸의 행동도 재빨라졌다. 빠른 손놀림으로 이틀간의 노력 결과물과 장부들을 정리하여 챙긴 선애가 가벼운 발걸음으로 문을 나섰다.

똑, 똑.

노크 소리도 경쾌했다.

"들어와."

안에서 허락의 말이 떨어지고 나서야 선애는 조심스레 문을 열었다.

안에는 그랜트 말고도 여러 사람이 같이 있었다.

책상에 살짝 엉덩이를 걸친 채 서 있는 그랜트와 그의 팔에 거의 매달리다시피 있는 그의 동생, 그리고 그 동생의 하녀, 거기에 켐벨 집사까지 같이 있었다.

그의 동생인 미란다 루빈스타인이 본관에 머문다는 건 알고 있었는데, 이렇게 보는 건 정말 오랜만이었다.

오늘은 머리를 양쪽을 땋아서 위로 꼬아 올린 스타일로, 얼굴이 제법 괜찮으니 무척 귀엽게 보였다. 어디 외출하려는 건지 초록색의 나풀거리는 레이스 형 드레스를 입고, 머리에도 같은 색 리본을 매고 있었다.

네 명의 시선이 갑자기 자신에게 쏠리자 선애가 좀 당황했는지 머뭇대며 입을 열었다.

"아, 지, 지시하신 것 가지고 왔습니다."

그러자 그 즉시 미란다는 흥미를 잃고 자신의 오빠에게로 시선을 돌렸다.

"오빠, 빨리 가지 않으면 복잡할 거야."

"잠깐만, 미란다. 우선 이것부터 확인하고 가자꾸나. 기껏 가지고 왔는데 확인은 해줘야지."

뭔지 잘 모르겠지만, 미란다란 꼬맹이가 오빠에게 뭔가를 조르고 있었던 모양이다.

그랜트는 미란다에게 잡힌 팔을 부드럽게 빼내며 선애가 건네는 그래프를 받아 들었다.

그러자 왠지 선애를 향하는 미란다의 눈초리가 사납다. 마치 '왜 하필이면 지금 온 거야?' 라고 말하는 듯했다.

"오빠, 그건 나중에 하면 안 돼? 여기서 기다리라고 하면 되잖아."

"잠깐이면 돼. 금방 하니까, 응? 잠깐만 앉아 있어. 우리 미란다, 착하지?"

냉정한 얼굴에 성격을 가진 이 녀석도 동생에게는 보통의 오빠인 모양이었다.

그랜트의 달래는 듯한 말에 미란다는 볼을 부풀리며 입술을 삐죽이더니 순순히 물러나 소파에 털썩 주저앉는 거였다.

다정한 오빠에 오빠 말을 잘 따르는 동생인가 했는데, 잠시 그러고 있던 미란다 녀석이 갑자기 차가운 눈초리로 선애를 바라보며 입을 여는 것이었다.

"거기 하녀, 가서 차 좀 가지고 와. 오빠를 기다리는 동안 한 잔 마셔야겠어."

기가 막히다 못해 코까지 막혔다. 자기 직속으로 보이는 하녀가 바로 옆에 떡하니 버티고 서 있는데 왜 차 심부름을 좀 떨어져 있는 선애에게 시킨단 말인가!

"저, 저요?"

갑작스러운 지시에 선애가 당혹스럽게 자신을 가리키자 미란다의 눈초리가 올라갔다. 쬐그만게 괜히 근엄한 척 호통을 치는데 오히려 버릇없는 소녀처럼 보였다.

"그럼 내가 누구에게 말한 것 같아? 너 하녀로서 교육이 잘못되어 있구나? 누가 널 교육했지?"

'애야, 내 생각에는 네가 차 심부름 시킬 상대를 잘못 고른 것 같은데?'

선애 또한 기가 막힌 표정이었지만, 뭐라 하지는 못하고 켐벨 집사만 바라봤다.

그러자 그 시선을 느낀 듯 켐벨 집사가 얼른 나섰다.

"아가씨, 이 아이는 아직 차를 제대로 끓이지 못합니다. 제가 오랜만에 아가씨께 차 한 잔 대접해 드릴까요?"

'오오, 열혈 할아버지인 줄로만 알았는데, 이런 능수능란한 면까지?'

역시 괜히 집사 옷을 입고 있는 게 아니었다.

"뭐어? 나이가 있어 보이는데 그런 것도 제대로 못해? 하기야, 옷차림을 보니 아직 신입 하녀인가? 그런데 되게 건방지네?"

'뭐 이런 게 다 있노? 얘 뭐야?'

그동안 별 관심이 없어서 지켜보지 않았는데 이렇게 자기 배경만 믿고 설치는 철없는 애송이였을 줄은 몰랐다.

FANTASY FRONTIER SPIRIT

Chapter 10

"미란다, 곧 나가서 점심 먹을 건데 차를 마시면 어떻게 하니? 빨리 끝낼 테니 그냥 잠시만 기다리고 있어."

괜히 선애에게 시비를 거는 이 얄미운 꼬맹이를 달래려는 것인지 그랜트가 끼어들었다. 그 뒤 곧바로 선애에게 손짓해서 부르는 걸 보니, 꼬맹이가 자꾸 방해를 하는 걸 막은 모양이다.

"네에~"

그 나이 또래답게 밝게 대답하기는 했지만, 그랜트의 곁으로 다가가는 선애를 바라보는 눈초리는 웃고 있지 않았다. 그걸 알아챈 듯 켐벨이 남몰래 작게 한숨을 쉬는 것도 보인다.

'이거, 어째 불안한 듯. 혹시 이 꼬맹이 브라더 콤플렉스가 있는 게 아닐까?'

그동안 그래 왔던 것처럼 그랜트가 선애에게 몇 가지 질문을 하고 선애가 대답하는 그 짧은 시간 동안 미란다의 눈초리는 점점 사나워지기만 했다. 그 모습을 보고 있자니 내 추측이 확신으로 굳어졌다.

'어째, 여기 와서는 좋지 않은 만남만 생기는 것 같군. 별관에서는 다들 괜찮은 사람들뿐이었는데 여기는 엘리엇 녀석이나 저 미란단지 미랜단지 하는 꼬맹이나… 걱정이네. 아, 생각난 김에 오늘 별관에 갈 때 달시에게 엘리엇 녀석이 좋은 녀석이 아니라고 말해 주라고 해야지.'

그랜트의 질문은 다른 때보다 좀 짧아서 금방 끝내고 밖으로 나올 수 있었다. 아무래도 옆에 동생이 있는 게 그랜트에게도 좀 걸렸던 모양이다.

나는 혹시나 안에서 미란다 녀석이 선애에게 괜히 시비를 건 것 때문에 선애가 심기가 불편해하지 않을까 걱정했었다.

"별관으로 가자."

그러나 그랜트의 사무실을 나온 선애는 아무렇지도 않은 표정으로 나에게 작게 속삭이고 발걸음을 옮길 뿐이었다.

그렇게 선애가 태연한 표정이자 오히려 나는 괜히 불안해졌다. 왜, 사람이 평소 안 하던 짓을 하면 이상한 느낌이 들지 않는가 말이다.

[야, 야. 너 괜찮냐?]

"뭐가?"

[뭐가라니? 저 꼬맹이 말이야. 그랜트의 동생이라는 미란단지 미랜단지 하는…….]

"괜찮지 않으면 어쩌라구?"

낮게 이를 가는 듯한 목소리. 그제야 나는 선애가 무지 열받은 상태라는 걸 깨달을 수 있었다. 미란다에게 신경 쓰느라 미처 눈치를 못 챘던 것이다.

'하기야, 열 안 받으면 그게 이상한 거였겠지.'

"젠장, 나보다 나이도 어린 주제에 말이야. 뭐가 잘났다고. 그게 만약 우리 학교 후배였으면 내 가만 안 뒀다."

씨근씨근거리며 발걸음을 옮기던 선애가 문득 발걸음을 멈추더니 나를 째려본다.

"이게 다 언니 때문이야."

괜히 화살을 나에게 돌리는 꼬맹이었지만, 오히려 평소의 모습으로 돌아온 것 같아 나는 내심 안도의 한숨이 흘러나왔다.

[그려, 그려, 다 내 탓이다.]

내가 '그래, 투덜대라. 내가 다 받아주마' 하는 투로 대꾸하자 꼬맹이는 고개를 홱 하고 돌리고는 다시 걷기 시작한다.

"으드드득, 별것도 아닌 계집애가 지 배경만 믿고 까불구 있어. 뭐? 내가 건방지다고? 웃기고 있네. 젠장, 다 뒤집어 엎어버리려다가 참았다."

[그래, 그래, 잘했어.]

"아, 정말 기분 드럽네."

그렇게 왕창 구겨진 얼굴은 별관에 도착해서도 펴질 줄 몰랐다.

그에 선애가 왔다는 것에 반가움을 표하던 세 명도 선애의 잔뜩 구겨진 얼굴을 보고 어리둥절해할 수밖에 없었다.

"야야, 표정이 왜 그래? 여기 온 게 그렇게 기분 나빠?"

일부러 점심 시간 대에 맞춰 찾아왔기 때문에 그들 앞에는 점심 식사가 놓여 있었다. 하지만 선애 것은 없었기 때문에, 시오나는 선애에게 대충 인사만 건넨 채 선애의 점심을 챙겨 오겠다며 부엌으로 간 상태였다.

그사이 에밀리가 조심스레 선애의 얼굴을 살피며 물었다.

"어후, 몰라요. 아, 선배 혹시 미란단지 미랜단지 하는… 그 얼음 왕자 동생 알아요?"

"미란다 아가씨 말이야?"

"아가씨는 무슨……."

선애가 입술을 삐죽이며 투덜대자 달시가 얼른 다가와 곁에 앉았다.

"이것아, 본관에서는 그 어디에서든 그런 말은 하지 마라. 벽에도 귀가 있고 천장에도 귀가 있는 법이야. 잘못 말이 새어나갔다간 크게 경을 친다구."

달시가 무지 진지한 어조로 충고해 주자 선애도 얼굴빛을 가라앉히고 고개를 끄덕였다.

"알아요. 제가 여기가 아니면 어디 가서 이렇게 투덜대겠어요? 아아, 정말 본관에서는 하루도 편한 날이 없었다구요. 사방이 다 어려운 사람들뿐이니."

"그랬겠지. 정식 하녀도 안 되었는데 갑자기 너 혼자 달랑 본관으로 갔으니. 그래, 버틸 만하냐?"

에밀리가 안쓰러운 얼굴로 묻자 선애가 고개를 끄덕였다.

"뭐, 지낼 만은 해요. 참, 달시 선배가 안다는 그 린 선배가 많이 도와주고 있어요. 정말 감사하게 생각해요."

"그럼 다행이네. 하지만 조심해. 그 선배는 마음에 안 들어도 겉으로는 되게 친절하게 굴 수 있는 사람이란 말야. 항상 조심, 또 조심해."

선애의 고마움이 담긴 말에 달시가 다시 한 번 충고한다.

"예, 정말 명심할게요. 아, 린 선배 이야기하니까 생각나는 건데…

달시 선배, 그… 부드러운 꽃미남 아직도 좋아하세요?”

“꽃미남? 아아, 엘리엇님 말이야? 당연하지. 그분은 이 각박한 세상에서 한줄기의 단비 같은 분이랄까?”

선애의 갑작스러운 질문에 잠시 어리둥절한 표정이었지만, 곧바로 몽롱한 시선으로 허공을 바라보는 달시였다. 아마도 엘리엇의 잘생긴 얼굴을 떠올리는 것이리라.

“선배… 이런 말 어떻게 들릴지 모르겠지만… 그만두는 게 좋을 것 같아요.”

“왜? 경쟁자가 많아서? 나는 그런 거 얼마든지 감당할 수 있다니까.”

달시가 자신만만하게 싱긋 웃어 보이자 선애가 손을 저어 보였다.

“설마요. 그런 것뿐이라면 제가 이러겠어요? 그 엘리엇이란 분 성격이… 린 선배 성격이랑 비슷한 것 같더라구요. 웃으면서 남의 뒤통수를 칠 수 있는… 이번에 그런 거 알고 얼마나 놀랐는 줄 아세요?”

“뭐야, 그럼 벌써 한 대 맞은 거야?”

그 소리는 위쪽에서 들렸다. 고개를 들어보니 작은 쟁반을 든 시오나가 그곳에 서 있었다.

걱정스러운 시오나의 표정에 선애가 싱긋 웃어 보였다.

“가볍게 살짝… 심하지는 않았어. 간 지 얼마나 되었다고 크게 한 방 얻어맞겠나?”

“하긴.”

시오나가 그제야 표정을 풀며 쟁반을 가져다 놓았다.

“본관에 가서 어째 고생만 한 모양이다. 그러고 보니 얼굴색도 별로 안 좋아진 것 같구.”

선애의 점심 식사가 도착하자 그제야 에밀리와 달시가 자신 몫의 식사에 손을 뻗으며 물었다.

"그러게 말이에요. 거기 가서는 하루도 편할 날이 없더라구요. 거기다 일은 좀 많아야 말이죠. 혼자 하는데… 아아, 다시 이쪽으로 오고 싶어요. 여기 있으면 그 지지배 얼굴도 안 봐도 될 텐데."

"그 지지배라니?"

시오나가 나가 있는 동안 오고 갔던 이야기라 당연히 모르는 시오나가 되물었다.

"누구냐면… 본관에 있는 후작가 영애 말이야. 이름이 미란단지 미랜단지 하는 애. 오늘 처음 만나기는 했지만, 이렇게 얄미운 녀석이 또 있을까?"

비록 본관에서 멀리 떨어졌다 하지만 후작가의 영애 이름을 함부로 부르고 당연하다는 듯이 얄밉다는 말을 하자 시오나의 입이 떠억 벌어졌다. 그러고 보니 달시와 에밀리도 흠칫흠칫 하는 게 보인다.

"인석아, 제발 말 좀 조심해라. 어휴, 너 이렇게 막말하는 애였니? 가슴 떨리게시리."

달시가 투덜거리며 주의를 주었지만 선애는 의아한 얼굴이다.

"뭐, 옆에 없는데 어때요?"

"그래도."

"예에, 주의할게요."

계급 사회에 살았기 때문에 그럴까?

하기야, 옛날 조선 시대에는 아무리 서울과 멀리 떨어진 산골 벽촌이라 할지라도 국왕에 대해 이야기할 때는 항상 공손히, 조심스럽게 이야기를 했었다니 말이다. 한국에선 나라를 대표하는 대통령 이야기를 할 때도 그가 옆에만 없으면 막말을 하거나 심지어 욕도 하는데 말이다.

이게 계급 사회와 평등 사회의 차이인가 보다. 평등 사회에도 재력이나 권력 같은 것으로 눈에 안 보이는 계급이 존재하기는 하지만, 마음 편하게 욕은 할 수 있으니 말이다.

"하여간, 무슨 일인데?"

시오나의 질문에 선애는 방금 있었던 일을 투덜대며 설명했다.

"글쎄, 내가 뭘 어쨌다고 그러니? 얼마나 기가 막히던지."

선애가 설명을 끝내며 투덜거리자 달시와 에밀리의 얼굴이 심각하게 굳어졌다.

"큰일이구나. 하필이면 미란다 아가씨께 그렇게 찍히다니."

"그러게. 고생 좀 하겠구나. 부디 조심 또 조심해야 해."

"도대체 왜 선애에게 그런 걸까요? 오늘 처음 봤다는데."

시오나의 질문에 달시가 잠시 생각에 잠기는 표정을 지었다.

"내 본관 하녀 애들에게 듣기로는… 아가씨가 오빠를 그렇게 따른댄다. 그래서 원래 여기에 도련님만 오시는 거였는데 조르고 졸라서 따라온 거라던데?"

"선애가… 도련님의 하녀 비슷한 거라서 화가 난 걸까요?"

"어쩌면… 내 알기로 도련님을 시중드는 사람들은 하녀가 아니라 모두 하인이라고 하더라. 그런데 갑자기 선애가 나타났으니 그럴지도 모르겠네."

에밀리까지 한마디 거든다.

[역시… 브라더 콤플렉스였어.]

"선애야, 안됐구나."

시오나가 선애를 바라보며 말하지 선애가 긴 한숨을 푸욱 내쉬었다

“나 여기로 돌아오면 안 되려나?”

그래도 그 다음날 당장 미란단지 뭔지 하는 애가 나타나서 선애를 괴롭힌 건 아니었다.

푸념을 늘어놓으며 점심을 먹고 어느 정도 기분을 회복한 선애가 본관으로 돌아왔더니만 기다리고 있었다는 듯 켐벨 집사가 자신이 처리하는 장부들을 내놓았다. 켐벨 집사는 그래프가 필요한 게 아니었기에 단순히 장부 정리와 조사를 도우는 것이었다. 그것도 장부를 선애가 일하는 방으로 가지고 가서 하는 게 아니라 켐벨 집사 사무실에서 일해야 했기에 며칠간은 켐벨 집사와 같이 일을 해야만 했다.

다행히 켐벨 집사는 인상처럼 그렇게 크게 까탈스러운 성격도 아닌데다가 사무실을 계속 지키고 있는 것도 아니었기에 일하는 데는 크게 어려움이 없었다. 게다가 일도 어려운 게 아니었고 말이다.

선애가 장부 정리를 척척 해내자 오히려 켐벨이 선애의 능력에 만족스러워하는 눈치였다. 그렇게 켐벨 집사의 사무실에서 일하는, 무난하고 순조로운 시간이 흘러가던 어느 날이었다.

며칠 미란다의 얼굴을 안 보게 되니 그녀에 대한 꽤씸한 마음도, 그녀에게 선애가 찍혀 큰일났다는 걱정도 많이 옅어질 즈음, 오랜만에 엘리엇 녀석이 일거리를 가지고 찾아왔다.

그래 봤자 많지 않은 양인데다 켐벨 집사의 일을 하고 있던 중이라 켐벨 집사의 허락을 맡아서 그의 사무실에서 엘리엇이 가지고 온 일을 하고 있는데, 양이 정말 많지 않았던 터라 하루 일과를 끝마칠 즈음 엘리엇이 맡긴 일을 끝낼 수 있었다.

이왕 끝낸 거 완벽하게 하기 위하여 저녁 먹기 전 잠시 엘리엇의 사무실에 들러 그 일거리를 돌려주려고 했는데, 이게 웬 재수없는 일이란 말인가. 같은 층에 있는 엘리엇 사무실에 가는 중에 하녀 한 명을 대동한, 마악 3층으로 올라오고 있는 미란다와 따악 마주친 것이었다. 이런 걸 바로 원수는 외나무다리에서 만난다고 하는 것이겠지?

미란다의 모습이 보이자마자 선애는 재빨리 복도 한쪽으로 물러나 고개를 숙였다. 속마음이야 어쨌든 선애는 하녀였으니 말이다.

그런데 이 미란다 녀석은 그냥 지나갔으면 좋았을 걸 선애 앞에서 발걸음을 멈추는 것이었다.

‘에구, 저 녀석이 또 뭔 소리를 하려고.’

왠지 불안해지는 마음을 부여잡은 채 지켜보고 있는데 아니나 다를까, 미란다가 먼저 말을 걸어온다.

“어라, 넌 오라버니의 하녀가 아니니?”

언제 자기가 선애와 친했다고 건네는 말투가 무척이나 다정하다. 그러나 눈빛만큼은 사나운 게 진심으로 반가워서 말을 거는 게 아님을 알 수 있었다.

[조심해. 또 뭔 수를 쓸 것 같아.]

내가 조심스레 알려주자 선애가 고개를 숙인 채로 대답했다.

“아닙니다. 저는 켐벨 집사님의 하녀입니다.”

“뭐? 오라버니의 하녀인 줄 알았는데… 그럼 왜 그때 오라버니에게 찰싹 붙어 있었던 거야?”

자기 오빠 이야기가 나오자 거의 반사적인 듯 미란다의 목소리 톤이 높아지고 어투도 날카로워졌다.

‘아니, 언제 선애가 그 녀석하고 찰싹 붙어 있었다는 거야?’

성발 가반이 듣고 있자니 기기 막혔지만, 지금은 계속 상황을 지켜보는 것 외에는 아무것도 할 수가 없었다.

"그때 전 제네비아님 심부름으로 서류를 가져다 드렸던 것뿐입니다. 도련님께서 절 부르신 건 서류에 대해 몇 가지 질문을 하시려고 그러셨던 것입니다."

선애의 말에도 미란다는 믿지 않는 눈치였다. 오히려 기분 나쁘다는 듯 서서히 눈살이 찌푸려졌다.

"방금 넌 자신이 켐벨 집사의 하녀라고 했던 것 같은데… 왜 엘리엇의 심부름을 네가 했을까? 너, 내가 바보인 줄 아니? 대충 둘러대면 무사히 넘어갈 줄 알았어?"

억지도 이런 억지가 없었다. 선애가 뭘 대충 넘어간단 말인가?

말하는 꼴을 보니 전에 자기 오빠의 하녀들을 괴롭혔던 적이 있었던 모양이다. 그러니 선애가 거짓말을 해서 그 사실을 숨기려 한다고 생각하지.

"제가 처음 켐벨 집사님 밑으로 들어갈 때 제네비아님 일도 같이 도와드리기로 했습니다. 그래서 그때도 제네비아님 일을 거들고 있었던 참입니다."

"거짓말 마. 엘리엇이 얼마나 까다로운 녀석인데 네까짓 게 엘리엇의 일을 거든다는 거야? 네가 그렇게 대단해?"

'대단하지, 그럼. 내 동생인데.'

정말 억지에 가까운 미란다 꼬맹이의 질문에 선애가 아무런 대답도 못하고 가만히 있자 녀석이 이죽거렸다.

"하긴, 대단한가 보지. 그러니 켐벨 집사랑 엘리엇의 일을 동시에 도와준다는 거 아니겠어? 어머, 그러고 보니 대단한 신입 하녀 양? 내가 깜박 잊고 내 방에서 부채를 안 가지고 나왔거든. 그것 좀 가져다주지 않겠어?”

'쬐끄만 게 부채는 무슨 부채!!'

부채가 필요없게 확 태워 버릴까 진지하게 고민하는데 선애의 말소리가 들려왔다.

“죄송합니다. 저는 지금 제네비아님께 가는 중이라…….”

하지만 선애의 말은 끝까지 이어지지 못했다. 오늘 저 꼬맹이 녀석이 단단히 작정을 한 것 같았다.

“어머, 제네비아의 심부름이 내 심부름보다 더 중요하단 말이야?”

“하지만 전 아가씨의 방이 어디 있는지도 모릅니다. 본관에 온 지 얼마…….”

“그거야 내가 친절하게 가르쳐 줄게. 내 방은 2층 중앙 계단으로부터 오른쪽 두 번째 방이야.”

'방이 2층이면 거기서 놀 것이지, 왜 3층에는 올라온 거냐?'

선애가 아무 말도 못하고 입만 앙다물고 있자 의기양양해진 미란다 꼬맹이는 생긋 웃으며 말을 덧붙였다.

“참고로, 내 부채는 화장대 위에 있어. 아, 향나무로 만들어진 갈색 부채니까 그걸로 부탁해.”

'네 뒤에 있는 하녀는 장식이더냐?'

이가 빠드득빠드득 갈렸다.

[확 태워줄까?]

그러나 선애는 내 말에는 대꾸도 안 하고 작게 한숨을 내쉬더니 침착하게 대답하는 것이었다.

“알겠습니다. 잠시만 기다려 주십시오.”

그리고는 몸을 돌려 엘리엇의 사무실을 지나쳐 중앙 계단으로 가기 시작하는 것이었다. 뒤에 키득대는 나쁜 녀석 둘을 남겨두고 말이다.

[서, 선애야?]

척척 걸어가는 선애의 뒤를 졸졸 쫓아가며 나는 불안해진 마음에 조심스레 불렀다. 이 녀석의 성격상 이렇게 순순히 물러날 리가 없었기 때문이다.

'그동안 계속 여러 가지 일을 당해서 성격이 좀 죽었나?

"왜?"

하지만 이런 내 생각이 기우였다는 듯, 대답하는 녀석의 어조가 퉁명스러웠다.

[너 괜찮냐? 왜 저런 애를 그냥 놔두는데? 내가 혼내주겠다니까.]

"됐어."

[에에?]

나는 다시 한 번 놀랐다.

'저 녀석이 하루아침에 뭘 잘못 먹어서 개과천선한 건 아닐 텐데, 됐다니. 정말 성격이 많이 죽은 걸까?

[저, 정말?]

"그래."

[진짜로 정말?]

선애의 대답에 믿을 수가 없어진 내가 다시금 묻자 냉정하게 굳어져 있던 녀석의 인상이 팍 찡그려진다.

"그럼 진짜로 정말이지, 가짜로 정말이냐?"

[아니, 네가 웬일인가 싶어서. 절대로 가만히 둘 녀석이 아닌데 말야.]

"당연히 절대로 가만 안 두지. 내가 왜 가만두냐?"

뜻밖의 말이었지만, 역시 성격이 변한 건 아니었구나… 싶어서 나는 피식 웃음을 흘렸다.

그러나 의아한 면 또한 있었기에 나는 계속 물었다.

[에에, 그럼 왜 내가 혼내주겠다고 했을 때 가만있었어?]

"그거야 그 정도로는 절대로 분이 안 풀리니까 그렇지. 게다가 지금 당장 보복을 했다간 그 영향이 나에게까지 미칠 거 아니야. 이 원하는 두고두고 나중에 내가 손수 몇 배로 갚아주고야 말 거야. 어디 한번 멋대로 놀아보라지."

이까지 빠드득 갈고 말하는 폼을 보아하니, 나는 방금 전까지만 해도 그렇게 얄미울 수가 없었던 미란다가 순간적으로 안됐다는 생각이 들었다. 하지만 그러한 건 정말 잠시뿐이고, 곧바로 자업자득이란 말이 떠올랐다.

'훗, 그럼 그렇지. 애야, 넌 사람 잘못 건드린 거야.'

선애가 그 미란다란 꼬맹이의 방에 도착하는 동안 주위에는 아무도 없어서 누구 하나 선애를 제지하는 사람은 없었다.

뭐, 있었다 해도 꼬맹이의 심부름이라는데 어쩌겠는가? 손에 장부와 서류를 들고 있는 모습이 좀 이상하게 보이기는 하겠지만서도.

혹시나 그 꼬맹이가 머리를 좀 더 굴려 없는 부채를 가지고 오라고 한 건 아닐까 하는 걱정도 들었는데, 다행히도 그건 아니었다. 미란다가 말한 그 부채는 그녀가 말한 대로 화장대 위에 얌전하게 올려져 있었던 것이다.

어쩌면 선애에게 심부름 시킬 걸 급히 생각하다 보니 아예 없는 걸 시켜서 골탕 먹이려는 데까지는 생각이 미치지 않은 걸 수도 있겠지만, 선애에게는 무척 다행한 일이었다 선애가 사용하는 세숫대야를 올려놓는 탁자보다 다섯 배 정도 커다랗고 나뭇결이 그대로 보이면서 그와 전혀 어색하지 않게, 아주 자연스럽게 어울리는 우아한 조각이 새겨진 화장대였다. 거기에는 선애 키의 절반만한 진짜 비싼 은거울까지 달려 있었다.

"헤에, 역시 아가씨의 방이라 다르긴 뭔가 다르군."

선애의 사무실, 아니, 엘리엇 녀석의 사무실보다 훨씬 크고 우아하게 꾸며진 방을 휘익 둘러보며 선애가 중얼거렸다.

"나는 언제나 이런 방에서 한번 살아보나."

약간 부러운 말투로 중얼거리며 다시 한 번 멋진 방을 둘러본 선애가 밖으로 나오는 그때였다.

"여기서 뭘 하고 있지?"

어째 본관에 와서 자주 만나게 되는 얼음 왕자였다.

그를 보자마자 선애는 작게 한숨을 내쉬며 얼른 고개를 숙였다.

"아가씨께서 심부름을 시키셨습니다."

"너에게?"

의아한 듯 되묻던 그가 선애의 모습을 살피더니 약간 당혹스러운 기색이 담긴 목소리로 물었다.

"서류까지 든 채로?"

"제네비아님 사무실에 가는 길에 아가씨와 만나게 되어서……."

"그 애가 뭘 시켰지?"

그의 질문에 선애는 서류 위에 올려놨던 부채를 보여줬다.

"이 부채를 가지고 오시라고……."

"미란다는 어디 있느냐?"

자연스레 손을 뻗어 부채를 가져간 그랜트가 다시 한 번 물었다.

"3층 복도에 계십니다."

"이건 내가 가져다줄 테니, 넌 엘리엇 사무실에나 가보도록 해라."

"예."

그 일을 그랜트가 맡아준다니 선애는 말릴 권리도 없었지만, 말릴 의향도 없었기에 얼른 대답하고 그곳을 떠났다. 그랜트가 있으니 중앙 계단을 사용할 수가 없어 복도 끝에 있는 하인, 하녀 전용 계단을 이용하려는 것이다. 빙 돌아가게 생기긴 했지만, 그 꼬맹이 녀석을 안 볼 수 있다면 이 정도쯤이야… 라고 생각하는 듯 선애의 얼굴은 가볍기만 했다.

그렇게 기분 좋게 엘리엇의 사무실로 간 것까진 좋았는데… 참, 정말 상황이 웃기게도 하필 그 사무실 안에 엘리엇은 물론이거니와 그랜트와 미란다까지 같이 있는 거였다. 그것도 미란다는 뭔 이야기를 들었는지 볼이 퉁퉁 부어서는 들고 있는 부채를 부러질 정도로 강하게 쥐고 있다가 선애가 들어오자 눈이 튀어나올 정도로 매섭게 노려보는 것이었다.

'또 왜 저런대. 오호라, 아까 선애를 괴롭히려고 했던 게 수포로 돌아가서 저렇게 된 거로구만.'

"그럼."

"알겠습니다."

선애가 들어갈 때까지 열심히 이야기를 나누던 그랜트가 나가려는 듯 몸을 돌렸다. 그는 뒤편에 가만히 서 있던 선애를 힐끗 한 번 본 뒤 뾰로통한 표정으로 앉아 있던 미란다를 불렀다.

"미란다, 그만 가자꾸나."

그러자 뾰로통해 있었던 주제에 쪼르르르 자기 오빠에게 달라붙는다.

그렇게 그랜트와 같이 방을 나가려는 찰나 고개만 돌려 안을 들여다보던 미란다가 다시 한 번 선애에게 날카로운 눈빛을 보낸 뒤 문을 닫고 나가 버렸다.

'뭐냐, 저 녀석.'

그러나 선애는 무덤덤하니 엘리엇에게 들고 있던 걸 건넬 뿐이었다.

"지시하신 그래프입니다."

"수고했어요."

평소와 다름없는 미소 띤 얼굴로 선애가 건네는 장부와 그래프를 받아 든 엘리엇은 장부는 내려놓고 그래프를 들여다보기 시작했다.

항상 그래프를 살펴보고 혹시 모르는 거나 의아한 것이 있으면 질문했기에 이번에도 별 생각 없이 그가 그러는 걸 지켜보고 있는데, 엘리엇이 시선은 그래프 쪽을 향한 채 뜬금없는 말을 던졌다.

"파문을 일으키면 상당히 피곤할 텐데요."

"예?"

정말 뜬금없는 말에 선애가 당황했는지 되묻자 그가 그제야 고개를 들었다. 그런 그의 얼굴에는 평소의 부드러운 미소는 온데간데없이 사라졌고, 그랜트 녀석 못지않은 차가운 무표정이 자리하고 있었다.

"괜한 풍파 일으키지 말란 말입니다. 제법 눈치가 있는 줄 알았는데 그냥 단순히 그랜트님 눈에 뜨이고 싶어서 안달하는 멍청이였습니까?"

미란다만으로도 골치 아픈데 이 녀석까지 더해지자 선애가 인내심의 한계를 느꼈는지, 이곳에서는 숨기려 했던 녀석의 카리스마(?)를 뿜어내며 똑바로 맞섰다(한마디로 선애도 표정을 굳혔다는 이야기. 선애도 정색을 하면 무섭다).

“무슨 말씀이신지 모르겠습니다.”

선애의 정색한 모습에 엘리엇이 순간 눈썹을 꿈틀거렸지만, 그건 잠시 곧바로 무표정을 유지한 채 차갑게 내뱉었다.

“아가씨 말입니다. 방금 그랜트님께서 당신 일로 아가씨께 한마디 하시더군요.”

아무래도 그랜트가 부채를 가져다주면서 뭐라 한마디 했던 모양이다.

“아가씨 방에서 나오던 절 도련님께서 발견하신 거였습니다.”

선애의 말이 변명으로 들린 모양이다. 엘리엇 녀석의 얼굴에 명백한 비웃음이 서린다.

“아가씨와의 일, 조용히 처리했으면 좋겠군요. 괜한 분란 일으키지 말구요.”

이놈. 분명히 그 미란단지 마란단지 하는 꼬맹이가 선애를 괴롭히려는 걸 알고 있었던 모양이다.

‘조용히 처리하라라면… 그냥 당해주란 말인가? 이놈, 점점 마음에 안 드네.’

선애의 눈썹이 꿈틀거린다.

“제가 한 행동이 마음에 안 드는 모양이신데, 그럼 아가씨의 지시를 받았을 때 제가 어찌하란 말씀이십니까? 저는 아직 신입 하녀라 그런 걸 잘 모르겠군요.”

“훗, 그런 걸 일일이 설명해 드려야 한단 말입니까? 알아서 하십시오. 그랜트님께 인정받을 정도면 그 정도는 쉽게 해결할 수 있어야 하는 거 아닙니까?”

“인정받고 싶은 직 없습니다. 저는 지금이라도 당장 별관으로 돌아가서 조용히 있고 싶군요. 부디 제네비아님께서 그렇게 조처해 주시겠습니까?"

선애는… 언어 능력 점수는 낮아도 말발은 무지 셌다.

하지만 엘리엇 녀석도 만만치는 않았다.

"그거참 미안하군요. 저는 힘이 없어서 말입니다."

"그럼 뭐라고 하지 마시지요. 저도 머리가 좋지 못해서 아가씨의 지시를 어떻게 받아들여야 할지 모르겠으니까요. 그걸 가르쳐 주지 않으실 거면 저에게 뭐라 하실 수 없는 거 아닙니까?"

선애가 한마디도 지지 않고 오히려 따지고 들자 비웃음 가득하던 엘리엇의 인상이 찌푸려지더니 손에 들고 있던 그래프를 큰 소리가 나도록 세게 책상 위에 내려놨다. 그리고는 얼어붙을 것처럼 차가운 눈초리로 선애를 노려보며 저벅저벅 다가오더니 느닷없이 손을 들어 선애의 목줄기를 틀어잡는 거였다. 그리고는 놀라서 둥그레진 선애의 얼굴을 들여다보며 무지 낮은 어조로 협박했다.

"죽고 싶지 않으면 그 혀 함부로 놀리지 않는 것이 좋을 것입니다. 그랜트님께 꼬리를 흔드는 계집이 당신 하나뿐인 줄 아십니까? 그랜트님께서 당신께 호기심을 느꼈다 해서 자만하여 분란을 일으켰다간 제 손으로 직접 이 목을 부러뜨려 드리지요."

하지만 그놈은 모를 것이다, 그 순간 자기 뒤에서 내가 양손으로 그놈의 목을 감싸고 있다는 것을.

그러나 그것을 볼 수 있는 선애는 분노에 찬 내 눈과 마주치자 그제야 침착함을 되찾으며 여유를 부릴 수 있었다.

"그전에 제네비아님 목을 조심하시라고 말씀드리고 싶군요. 이래 뵈도 저에게는 든든한 백이 있거든요."

이렇게 친절하게 경고를 해줬건만, 엘리엇 놈은 선애의 말을 제대로 알아듣지 못했다. 그는 픽 하고 비웃음을 날리며 천천히 선애의 목을 잡았던 손을 놓고 뒤로 물러났다.

"그랜트님을 말씀하시는 겁니까? 그렇다면 걱정 안 해도 되겠군요. 이제 당신 얼굴을 볼 날이 얼마 남지 않았으니 말입니다. 그래도 당신의 능력은 높이 사고 있었는데 좀 아쉽네요."

'도대체 선애 백 이야기에 왜 그랜트 녀석 이름이 나오는 건데?'

기가 막히다는 듯 선애가 엘리엇을 바라봤지만, 엘리엇은 이미 고개를 돌린 후였다.

"어쨌든 수고하셨습니다. 이만 나가보시지요. 저녁을 드셔야 하지 않으시겠습니까?"

순식간에 평소의 부드러운 미소를 띠며 다정하게 말하는 놈이었다.

그의 순간적인 표정 변화를 보고 있자니 결코 가까이 하고 싶지 않은 놈이라는 걸 다시금 상기하게 되었다.

"알겠습니다."

선애도 아무렇지도 않은 듯 평소처럼 덤덤하게 인사를 하고 밖으로 나갔다.

그러자마자 나는 선애 옆에 따라붙으며 입을 열었다.

[괜찮냐? 아아, 저놈이 저런 놈이었을 줄 누가 알았냐? 정말 기분 나쁜 놈이었어.]

그런데 선애가 평소처럼 별관이나 식당 쪽으로 향하는 게 아니라 곧바로 숙소가 있는 위층으로 올라가는 것이었다. 그리고는 방에 들어가자마자 침대 속으로 쏘옥 들어가더니 몸을 부들부들 떨며 울기 시작했다.

[서, 선애야.]

내가 놀라서 부르자 녀석의 눈에서 더 많은 눈물이 쏟아지더니 급기야 엉엉 울음소리를 내기 시작했다.

"흐어어엉~ 엉엉엉, 젠장, 나쁜 자식. 내가 뭘 어쨌다구. 엉엉엉, 제길, 내가 왜 이런 일을 당해야 해? 우어어엉~"

[아아.]

아까 그놈 앞에서는 아무렇지도 않게 행동했지만, 속으로는 많이 놀랐던 모양이다.

[괜찮아, 언니가 그놈 혼내줄게. 울지 마, 응?]

선애를 안아주고 토닥거려도 선애의 울음은 그칠 기미를 보이지 않았다.

"으허어엉, 그 자식도 가만 안 둘 거야. 꺼이꺼이."

[그래, 그래, 내가 밤에 찾아가서 밤새 못 자도록 괴롭혀 주든지 불에 태워주든지 할게.]

"으흑흑흑."

[착하지? 이제 그만 울어. 많이 울면 눈이 붓고 머리가 아프단 말야.]

저녁도 안 먹고 울어대던 선애는 한참 울어대더니 지쳤는지 그대로 잠이 들어버렸다.

하도 울어서 퉁퉁 부운 눈으로 잠든 녀석의 얼굴을 보자니 너무나 안쓰러워서 어찌할 바를 몰랐다. 그래도 가만있을 수는 없어서 선애의 옷을 벗기고 얼굴도 차가운 물로 적신 수건으로 닦아주자 녀석이 움찔거리면서도 시원한 게 기분 좋았는지 거부하지 않는다.

'에휴, 불쌍한 녀석 같으니라고. 이노무 엘리엇 자식. 오늘밤에라도 당장 찾아가서 괴롭혀 주고 말리라!'

선애를 편하게 누이고 시트를 덮어주고 굳은 결심을 하고 있는데 방문이 조심스레 열리며 선애와 같은 방을 쓰고 있는 린이 들어왔다.

'오옷, 린, 너구나. 너라면 선애에게 좋은 충고라도 해줄 수 있지 않을까?'

그런데 선애의 이런 안쓰러운 모습을 보고서도 린은 덤덤한 표정으로 한 번 힐끗 보더니 그냥 나가 버리는 것이었다.

그 모습에 나는 기가 막혀 한동안 입만 벌리고 있었다.

'누구보다도 친절하고 다정하게 선애가 본관에서 지내는 걸 도와줬으면서, 선애의 이런 모습을 보고 어떻게 저렇게 덤덤할 수가 있지?'

그제야 선애가 본관으로 옮겨온 뒤 처음 별관으로 놀러 갔던 날 달시가 진지하게 충고한 게 기억이 났다. 그때는 그저 그러려니… 하고 넘어갔는데 지금은 그 충고가 무섭게 가슴을 짓누르고 있었다.

'여긴… 정말 무서운 곳이구나.'

방금 전까지만 해도 엘리엇에 대한 분노로 충만해서 밤중에 그놈 침실에 쳐들어가 복수를 해주려고 했는데, 린의 행동에 머리와 가슴이 서늘해지며 생각이 바뀌었다. 이런 곳에 선애를 절대로 혼자 두고 싶지가 않았다.

다음날, 선애는 자리에서 일어나 평소와 다름없는 표정으로 아침 식사를 하고 켐벨 집사의 집무실로 들어갔다.

어제 녀석이 잠든 사이 열심히 찬물에 적신 수건으로 찜질해 준 보람이 있었는지 자세히 보지 않으면 알아채지 못할 만큼 부은 얼굴이 많이 가라앉아 있었다.

그런데 이 꼬맹이 녀석은 그렇게 밤새도록 수고한 언니에게 고맙다는 말 한마디 없다.

'치사한 녀석 같으니라구.'

아침에 일어나서 같이 식사를 한 린은 언제나와 같이 친절하고 다정했다. 단지 어젯밤에 선애가 울며 잠들었던 걸 눈치챘음에도 불구하고 그에 대한 언급은 한마디도 없었지만.

엘리엇이나 린에 비하면 차라리 열혈 성격을 가져 가지고 그래프 몇 개 가지고 일을 크게 벌인 켐벨 집사가 훨씬 휘어얼~씬 나은 것 같았다.

그래서 나는 이곳에 와 처음으로 엘리엇 녀석에게 진심으로 감사했다. 그 녀석 밑에 선애를 두지 않고 켐벨 집사 밑으로 보내줘서 말이다.

엘리엇 놈도 린과 마찬가지로 그 뒤로 선애를 봐도 평소처럼 부드러운 꽃미남의 모습을 유지했다. 물론 선애도 만만치 않게 담담하게 대했고 말이다.

그걸 보고 엘리엇 놈의 눈에 감탄한 기색이 살짝 나타나기도 했다.

'아무래도 '만만치 않겠군' 이라고 생각한 것일 테지.'

그리고 그 미란다라는 꼬맹이 녀석은 자기가 사랑하는 오빠에게 뭐라 한마디 들었다더니 그 뒤로 선애를 보면 째려보기만 할 뿐, 달리 뭘 어떻게 하려는 기색은 보이지 않았다.

하지만 그 꼬맹이 또한 이렇게 순순히 가만있을 것 같지 않아 불안한 마음에 계속 조심스레 지켜보는 중이었다.

그러는 동안 무척 바쁜 계절인 가을이 지나가고 첫눈이 내렸다. 선애가 이 세계에 와서 맞이하는 두 번째 겨울이자 이 저택에 들어와서 처음 맞이하는 겨울이었다.

겨울이 되어도 선애는 여전히 신입 하녀였다.

봄이 되면 본관 하녀로 승진이 되든지 그게 아니면 그래도 한 단계 올라가 월급이라도 받았으면 좋겠다.

솔직히 다른 애들과 다른 능력을 가지고 있어 가지고 지네들이 실컷 써먹으면서 월급도 안 준다는 건 너무 억울한 일이었다. 여기에 노동법이라도 있었으면 미성년 착취로 고발했을 거다.

[아, 역시 한국이 좋은 나라야.]

그 생각을 하니 한국이 그리웠다. 그래서 중얼거렸더니 선애가 황당하다는 듯 바라본다.

"갑자기 웬 헛소리야?"

[아니, 그냥 생각나서…….]

"헛소리 하지 말고 빨랑 가자. 오늘 점심 같이 먹기로 했단 말이야."

그러고 보니 별관에 있는 시오나는 겨울이 되어 데이트를 제대로 못 하는 듯했다. 날씨도 춥거니와 그 견습 기사인 애인이 봄에 정식 기사가 되니까 그때까지 실력을 올리겠다고 특훈에 들어갔단다. 그래서 얼굴 보기도 힘드니까 선애나 붙잡고 하소연이나 하고 싶은 모양이었다.

하지만 선애도 날이 추우니까 전과는 달리 별관으로 잘 향하지 않다가 며칠 전 그 얄미운 엘리엇 녀석이 내준 일을 오늘 끝낸 기념으로 오랜만에 별관에 가기로 했던 것이었다.

[그려, 그려.]

뭐, 원래 선애가 엘리엇 녀석을 좋아하지는 않았지만 그 녀석이 선애를 협박한 그날 이후부터 겉으로는 괜찮은 척 지내고 있었지만, 사실 선애는 그 녀석 가까이 가는 걸 무척이나 꺼려하고 있었다. 아마도 내가 뒤에 버티고 있으니 괜찮은 척은 할 수 있는 것 같았다. 그래서 혹시나 내가 없으면 그 녀석 앞에 설 때 두려워할까 봐 걱정이 되어서 그 뒤로는 될 수 있는 한 선애 곁에 붙어 있으려고 했다. 뭐, 계속 그래 오기는 했지만, 그래도 전에는 가끔 심심하면 혼자 산보를 갔다 오곤 했었는데 그 낙을 아예 포기했던 것이다.

'나는 그 정도로 자기를 생각해 주건만… 인석은 그런 내 마음을 알아줄라나 몰라.'

복도는 바깥 기온보다 따뜻하기는 했지만, 그래도 쌀쌀한 편이었다. 이 나라에서 알아주는 후작가의 저택이라 난방이 빵빵하기는 하지만, 그 난방이 복도까지 이어지는 건 아니라서 어쩔 수 없었다. 그래 선애는 어깨를 움츠린 채 품에 있는 서류를 꽈악 끌어안고 걸음을 재촉했다.

그런데 그때 복도 반대편에서 두 명의 하녀가 걸어오고 있었다. 이 3층 복도 청소를 담당하는 하녀들이었기에 어쩌다 가끔 마주쳐 안면이나 알고 있는 관계였다.

이 추운 날에도 청소할 때는 물걸레질을 해야 했는지 그녀들은 손에 각각 물과 걸레가 담긴 작은 나무통을 들고 있었다. 겨울이라 그 안에 든 물은 따뜻했겠지만, 그래도 그것만으로는 추운 날 물걸레질 하는 그녀들의 손을 보호할 수는 없었는지 그녀들의 손이 빨갰다.

그걸 보자니 그들이 안되어 보임과 동시에 한편으로는 내 동생이 저런 일을 안 해서 다행이라고 생각되었다. 뭐, 만약 선애가 이 겨울에 물걸레질을 해야 했다면 다 나에게 떠넘겼을 테지만 말이다.

선애와 그녀들의 거리가 가까워져 오자 선애는 선배에 대한 예의로 그들에게 고개를 숙여 인사를 하며 한편으로 비켜섰다. 그러자 그들이 그 인사에 고개를 끄덕여 주며 지나치려는 찰나, 선애 쪽에 서 있던 하녀가 미끄러졌는지 갑자기 비틀거리는 것이었다.

거기서 끝나면 좋았으련만, 그녀의 팔이 크게 위로 튕겨져 오르는 바람에 그녀가 들고 있던 물통의 물이 위로 튀어 그대로 선애에게 쏟아져 내리고 말았다.

"꺄악, 어떻게 해! 너 괜찮니?"

같이 있던 하녀가 호들갑을 떨며 들고 있던 물통을 내려놓고 얼른 다가와 자신의 앞치마로 선애의 얼굴을 닦아주었다. 그리고 물을 쏟은 하녀도 당황하며 사과해 왔다.

"정말 미안해. 괜찮아?"

선배들이 그렇게 당황하며 사과를 하는데 후배인 주제에 어떻게 뭐라고 할 수 있겠는가? 비록 걸레 빤 지저분한 물을 추운 날 뒤집어썼다고 해도 말이다. 게다가 실수인 듯한데.

"괜찮아요. 하지만… 옷이 젖어서 빨리 가봐야겠어요."

"그래, 어서 가봐. 여기는 우리가 치울 테니까."

'자기가 엎질렀으니 당연한 건데, 그걸 왜 선심 쓰는 것처럼 말하냐.'

그 선배 하녀의 어투가 맘에 안 들었던 나는 살짝 인상을 찡그렸지만, 선애는 그런 거에 상관없이 그녀에 감사를 표하고는 얼른 캠벨 집사 옆에 있는 자기 사무실로 걸음을 옮겼다. 옷을 갈아입었으면 좋겠지만, 그보다도 서류를 살펴보는 것이 먼저였다. 그 자리에서 호들갑 떨 수는 없는 일이라 거의 뛰다시피 자기 사무실로 돌아와 살펴보니 과연… 옷이 흠뻑 젖었는데 품에 있었다고 해도 종이가 안 젖을 리가 없었나. 그나마 안쪽에 있는 장부는 안 젖은 걸 다행으로 생각해야 할까?

　장부 다음에 자리잡고 있었던 그래프를 그린 종이는 부분부분 젖었을 뿐이지만, 그것 때문에 다시 그려야 했다. 엘리엇 녀석, 일할 때는 정말 완벽을 추구했기 때문에 '이 정도면 괜찮겠지' 하는 생각 가지고는 택도 없었다.

　"젠장, 처음부터 다시 다 그려야 하잖아?"

　어차피 계산은 다 되어 있는 거라서 금방 새로 그릴 수는 있었지만, 그래도 전부 다 그리는 건 시간이 걸렸다.

　"하아, 점심은 포기해야겠네. 별관에는 다음에 가고."

　선애가 힘없이 중얼거렸다.

　별관에는 저녁엔 갈 수 없었다. 저녁은 별관에서 묵는 사람들이 모두 모여 같이 식사하기 때문이다. 물론 그들과 모르는 사이는 아니었지만 달시, 에밀리, 시오나처럼 친한 건 아니었기에 껄끄러웠던 것이다.

　[그냥 옷만 갈아입고 별관에 다녀오든지. 그러면 그동안 내가 그려놓을 테니까. 어차피 엘리엇 녀석도 점심을 먹어야 할 테니 차라리 점심 시간 끝나고 가져다주는 게 좋지 않겠어?]

　내 말에 선애가 잠시 망설이다가 천천히 고개를 끄덕인다. 아무래도 내가 다시 그려주겠다는 말이 제일 마음에 들었을 것이다.

　사실 나도 그런 수고는 별로 하고 싶지 않았지만, 오늘 왠지 운이 없는 동생을 위로하기 위하여 인심을 팍팍 썼던 것이다. 게다가 나는 점심을 안 먹어도 되니까 말이다.

　"알겠어. 그럼 부탁할게."

　[오냐, 가서 점심이나 먹으면서 기분이나 풀고 와라. 그냥 오늘 재수

가 없었다고 생각해.]

"응응."

그러나 그게 단순한 재수가 없었다는 게 아니었다는 걸 그날 나나 선애는 몰랐다. 그렇게 그 복도 담당 선배 하녀들의 연기가 21세기 한국 유명 배우들 뺨칠 줄이야 누가 알았겠는가?

"어맛! 어머머, 미안해."

하루 일과를 끝마친 선애가 숙소로 돌아가기 위하여 하인, 하녀 전용 계단을 오르고 있는 중이었다. 마침 위층에 있던 선배 하녀 한 명이 내려오다가 선애와 가까워졌을 즈음 갑자기 미끄러진 척하며 부딪쳐 오는 거였다.

하지만 그녀의 연기는 아까 낮에 보여준 선배 하녀들에 비해 형편없었기에 일부러 그랬다는 것이 역력하게 나타났다. 게다가 일부러 그런 것이라 선애는 거의 밀쳐지다시피 뒤로 넘어갔다.

내가 뒤에 있어 얼른 잡아줬기에 망정이지 안 그랬으면 정말 큰일날 뻔했다.

이번 하녀도 얼굴을 알고 있었다. 앞서도 말했지만, 엘리엇 녀석이 선애에게 협박을 하기 전까지는 심심하면 자주 이곳저곳 산보를 다녔던 나였기에 선애보다는 대충 이곳 하인, 하녀들의 얼굴을 알고 있었다.

그녀는 미란다의 시중을 드는 하녀였다. 미란다는 본가에서 내려올 때 자신의 하녀들 몇몇을 데리고 왔지만, 그것으로도 모자랐는지 이 저택 하녀들까지 몇 명 붙었는데 그들 중 하나였던 것이다.

그녀의 얼굴을 보자마자 그제야 아차 싶었다. 그동안 주의한다고 했

지만 미란다가 잠잠하게 있어서 어느새 경계심을 흐트러뜨리고 말았던
모양이다.

아무리 그랬다고 하지만 이렇게 치사한 수를 쓰다니…….

'눈에는 눈, 이에는 이.'

나는 의협심이 강한 대협이 아니라 쉽게 화내고 자기만 생각하는 속
좁은 사람이었다.

선애가 넘어지지 않고 얼른 벽을 짚고 균형을 잡은 걸―내가 안 보이
니 그녀의 눈에는 그렇게 보일 거다― 힐끗 본 그녀는 미안하다는 한마디를
빠르게 내뱉고는 그대로 계단을 내려가는 거였다.

그래 열받아서 그녀의 뒤를 쫓아간 나는 그 아래층이 두어 계단 남
았을 때 뒤에서 그녀의 발을 차버렸다.

주륵~ 쿠당!

계단을 디딜 발이 허공을 짚어버렸으니, 그녀는 미끄러지듯 그 자리
에 주저앉으며 심하게 엉덩방아를 찧어버렸다.

"깩!"

소리가 큰 걸 보니 고통도 장난이 아니었던 모양인지 그녀의 얼굴이
팍 찡그려졌다.

"어머나, 선배 괜찮으세요?"

위에서 지켜보고 있었던 듯 선애가 얼른 내려오며 안부를 물었다.
그리고 마침 그 계단을 오르려 계단 가까이 다가와 있던 하녀 한 명도
달려와 그녀를 부축해 줬다.

"괜찮아? 미끄러진 거야?"

"아아, 아그그, 꽤, 괜찮아아아."

하녀의 부축을 받아 몸을 일으키는 걸 보니 엉덩이가 심하게 아픈

것 외에는 다른 데는 다친 곳이 없는 모양이었다.

선애가 내려와 들여다보자 그녀는 아파서 설설 기면서도 화들짝 놀라며 얼른 그 자리를 뜨려고 어기적거리며 걸어가기 시작했다.

[헹, 고소하다.]

그러나 선애는 나처럼 생각하지 않는 모양이다. 방에 들어가기 전에 주위를 살펴 사람이 없는 걸 확인하고는 방에 들어가자마자 날 째려보기 시작했던 것이다.

[왜에?]

'설마 너무 극악한 방법이었다고 뭐라 하려는 걸까? 하지만 저 녀석 성격상 그런 말을 할 리가 없는데.'

이런 저런 생각에 선애의 눈치를 살피는데 선애의 입이 벌어지며 잔소리가 쏟아져 나왔다.

"언니, 바보지? 아무 생각 없이 그러면 어떻게 해? 그때 근처에 다른 하녀가 있었기에 망정이지, 아무도 없었으면 꼼짝없이 내가 그런 걸로 되어버리잖아. 그 녀석이 내가 그랬다고 빡빡 우기기라도 하면 어쩔라구? 나는 후배고 갠 선배잖아?"

[아.]   .

거기까지는 미처 생각을 못했다. 그냥 열받아서 아무 생각 없이 행동해 버렸다.

그건 그렇고, 역시나… 선애가 너무 극악했다고 뭐라 할 리가 없었다.

"'아' 가 아니야, '아' 가. 복수를 하더라도 확실하게 해야지. 알았어?"

[알았어. 그런데 그런 애들은 네가 직접 안 하고?]

"내가 직접 하기는 좀 껄끄럽잖아. 그녀들은 분명히 시키는 대로 하는 걸 텐데. 그런 거 어떻게 일일이 상대해?"

[알았어. 그럼 내가 확실하게 복수를 해주지.]

"나한테 피해가 안 오도록 조심해야 해."

[오키.]

사실 미란다가 선애를 미워해서 하녀들을 이용해 괴롭히려고 해도, 선애는 명목상 캠벨 집사의 하녀인데다가 그랜트와 엘리엇의 일을 하고 있는 것이었기에 대놓고 선애를 괴롭히는 건 어려웠다. 그래서 그들이 행하는 것이라고는 실수를 가장한 괴롭힘이었는데, 그것도 선애가 밖으로 돌아다니는 일도 적었기에 실행하기가 쉽지 않았다.

[그렇게 따지고 보니까… 왠지 그 하녀들이 안됐다고나 할까. 내가 좀 심했다는 생각이 들기도 하고.]

확실한 복수를 결심하자마자 처음으로 걸린 하녀들을 혼내준 다음 나는 왠지 약해지는 마음을 느끼며 선애에게 푸념을 늘어놨다.

그 다음 선애를 괴롭힌 방법은, 오랜만에 목욕하러 들어갔는데 기다렸다는 듯 쪼르르 달려와서 뜨거운 물을 모조리 가져가 버리는 거였다. 갑자기 아가씨께서 필요하시다나 어쨌다나 하는 핑계를 대면서 말이다.

별관에서는 목욕하고 싶은 사람이 직접 물을 데워야 했지만, 본관에서는 뜨거운 물이 일정량 항상 준비되어 있었다. 그래서 물이 남으면 목욕까지 할 수 있는 거였고, 별로 없으면 간단하게 씻는 것으로 만족해야 했다. 아예 없으면 찬물로 씻든지 씻는 걸 포기하든지 해야 했고 말이다.

뭐, 선애에게는 해당 사항이 없었지만 그걸 모르는 하녀들이 그 점을 노린 것이었다.

아예 씻지도 못하게 한 방울도 남김없이 모조리 가져가는 그 악의에 선애는 기가 막히다는 듯한 웃음을 흘렸지만, 난 그렇지가 못했다. 고생하는 건 나였기 때문이다. 아마 그 방법을 써서 선애보다 내가 훨씬 화가 났는지도.

그리하여 다음날, 그녀들이 미란다의 방을 청소할 때 방에 숨어들어가 벽난로 근처에 불을 일으켜 버렸다. 아마도 다른 사람들은 벽난로에서 이물질이 들어간 나무가 불에 타다가 튀어 불씨가 튀어나온 것으로 생각했을 것이다.

미란다가 얄밉기는 했지만, 그렇다고 해도 방을 홀랑 태울 수는 없어서 벽난로 근처만 태웠는데, 그 일로 저택이 발칵 뒤집혔다. 하기야 아가씨 방에서 불이 났으니 당연한 일이었겠지만 말이다.

그리하여 미란다는 그 방이 수리될 때까지 그보다 작은 손님방으로 옮겨가야 했고, 그때 방을 청소하고 있던 하녀들은 모조리 별관 하녀로 강등되어 별관으로 쫓겨났다.

"뭐, 불을 일으킨 건 좀 너무했다는 생각이 들기도 해. 겨울에 번졌으면 큰일날 뻔했잖아. 자나 깨나 불조심, 몰라?"

[원래 조금만 혼내주려고 했어. 어차피 크게 번지려고 했어도 내가 옆에서 지켜보고 있었는걸. 하지만… 생각 외로 소동이 크긴 컸지? 다음번에는 불 가지고는 하지 말아야겠어.]

"그렇게 해. 사실 원흉은 그들이 아니라 미란다라는 그 꼬맹이 녀석이잖아."

[응응.]

그렇게 해서, 그 다음 장부와 서류 더미를 잔뜩 들고 가는 선애를 밀어 넘어뜨릴 뻔했던 하녀는 식당에서 슬쩍 발을 걸어서 앉아서 식사하고 있던 하녀장 올리버 부인의 머리 위에 들고 있던 뜨끈뜨끈한 수프를 쏟게 만들었고, 선애의 깨끗하게 빨린 하녀복을 가져오다가 실.수.로 찢어지게 만든 하녀는 이 저택 하인, 하녀들 사이에서 성격이 더럽기로 소문난 부집사 앞에서 넘어뜨려 그 부집사까지 같이 넘어지게 만들어 버렸다.

그 뒤로 그 하녀들이 어떻게 되었을지는…….

"그녀들도 안됐어. 주인 하나 잘못 만나가지고."

[그러게. 하긴, 미란다가 시키는 걸 거부할 수는 없었겠지?]

미란다의 밑에 있던 하녀들이 자신들의 실.수.로 인하여 별관 하녀로 강등당하자 미란다 진영(?)에서 병사(?)를 바꾸었다. 아무리 미란다라고 해도 처음 보는 하녀에게 '저 애가 내 맘에 안 드니까 저 애 좀 괴롭혀' 라고 지시를 내릴 수는 없는 일이었으니까 말이다.

그동안 그녀의 그런 지시를 따를 만큼 안면을 익힌 하녀들이 모조리 별관으로 쫓겨가고 새로운 하녀들로 물갈이 되자 그녀들과 안면을 익힐 때까지 기다리기 싫었는지 미란다가 본가에서 직접 데리고 온 하녀가 나섰던 것이다.

그녀는 미란다와 본가에서 왔다는 이유로 일반 본관 하녀들보다 한 단계 높은 대우를 받고 있었다. 그랬기에 그녀는 치사하게도 그 점을 이용했던 것이다.

우연히—정말 우연인지 아닌지는 모르겠지만—계단을 올라가던 그녀가 마침 계단을 내려오던 선애와 부딪쳤던 것이다.

"뭐야, 똑바로 보고 다니지 못해?"

짜악~!!

크게 넘어진 것도 아니고 살짝 부딪쳤을 뿐인데 그녀는 크게 화를 내며—아마도 속으로 작정하고 있었던 것이겠지만—갑자기 손을 올려 선애의 뺨을 날리는 것이었다.

그 순간 나는 내 눈에서 불꽃이 튀는 줄만 알았다.

[너, 너, 너어어, 네가 감히이이~!!]

부딪친 것도 자기가 일부러 선애에게 접근해서 부딪친 거면서 얼마나 세게 때렸는지 금세 선애의 뺨에 붉은 손자국이 새겨지는 거였다.

순식간에 얻어맞은 선애가 정신도 차리지 못하고 멍하니 있는 사이 그녀는 한마디 남기고 순식간에 사라지고 말았다.

“흥, 다음부터 조심해.”

아무리 미란다의 비호(?)를 받는 그녀라고 해도 사방에서 그녀를 바라보는 하녀, 하인들의 눈초리를 감당할 수는 없었나 보다.

그녀가 사라지자 마침 근처에 있던 본관 하녀가 잽싸게 다가왔다. 그 본관 하녀는 별관에 숙소를 가진, 달시와 친하게 지냈던 사이라 선애와도 안면이 있었던 것이다.

“어머머, 너 괜찮니? 뺨이 장난이 아닌데.”

“아, 예.”

그제야 정신을 차린 선애가 뺨에 손을 가져다 댔지만 아팠는지 인상을 찡그리며 손을 뗐다.

“뭐야, 저 여자. 뭐 그런 거 가지고 뺨까지 때린다니. 어머, 붓기 시작하는데… 찬물로 식혀야 하는 거 아니야?”

“괜찮아요. 지금 집사님이 부르셔서요.”

“어떻게 해. 쯧쯧, 운이 없었다고 생각하고 잊어라. 알았지?”

선애의 말에 그 본관 하녀는 더 이상 뭐라고 하지 않고 안쓰러운 시선을 보내며 멀어져 갔다.

그녀의 모습이 거의 사라질 즈음 선애가 이를 빠드득 갈며 나에게 속삭였다.

"언니, 이번에는 강하게 부탁해."

[오냐. 그렇지 않아도 내 단단히 마음먹고 있느니…….]

선애의 말대로 지금 선애는 켐벨 집사의 부름을 받고 가는 중이었기 때문에 뺨을 식힐 틈도 없이 그대로 내려가야 했다. 그런데 하필이라고 해야 할지, 켐벨 집사의 방에 그랜트하고 그 알미운 엘리엇까지 같이 있는 것이었다.

선애의 뺨을 본 켐벨 집사의 눈이 둥그레졌지만, 그랜트의 앞이라서 그런지 아무 말도 못하고 헛기침만 했는데, 그 갈아먹고 삶아 먹어도 시원치 않을 엘리엇 녀석은 선애의 모습을 힐끗 보더니 피식 웃는 거였다. 그에 '저놈에게도 복수를……' 하며 복수의 칼날을 갈고 있는데 뒤늦게서야 선애의 뺨을 본 듯한 그랜트 녀석의 눈썹이 꿈틀 움직였다.

"뺨이… 왜 그러지?"

[네놈 동생 때문이잖아, 임마!]

따지고 보면 미란다 녀석이 선애를 괴롭히지 못해 안달인 것도 다 저 그랜트 때문이 아닌가 말이다. 그러니 나에게 그랜트가 곱게 보일 리가 만무했다.

하지만 이렇게 아무에게나 막말을 할 수 있는 나에 비하여 선애는 그러지 못한 처지였으니.

"아무것도 아닙니다."

"아무것도 아닌 게 아닌 것 같은데?"

선애의 대답이 만족스럽지 못했다는 듯 그랜트가 되물었지만, 선애가 거기다 대고 뭐라고 말하리오. 나 혼자 가슴이 답답해 주먹으로 가슴을 칠 뿐이었다.

기실, 선애의 뺨은 아까는 단지 빨간 자국만 남아 있었을 뿐인데, 그게 지금은 부풀어 올라 있었다.

[으아아아, 제기랄, 그 지지배 정말 가만히 안 둔다!]

그랜트 녀석이 선애에게 다가오더니 갑자기 선애의 턱을 잡아 들어 올리고는 얼굴을 요리조리 살펴보기 시작하는 것이었다.

[으컥, 이놈아, 지금 뭐 하는 겨?]

그랜트 녀석 뒤통수를 한 대 때려줄까 말까 심각하게 고민하는데 그랜트가 선애에게 다시 물었다.

“누가 이랬지?”

[누구긴 누구야? 네놈 동생이 그랬다니까!]

그러나 나와는 달리 선애는 입만 꾸욱 다물고 있을 뿐이었다.

그러자 그랜트도 계속 묻지는 않고 턱을 잡고 있던 손을 놓고 뒤로 물러났다.

“그만 물러가라. 일은 나중에 집사에게 듣고 우선 뺨이나 식히도록.”

“예.”

배려해 주는 건 고맙지만, 저 녀석이 미란다의 오빠라는 걸 생각하면 조금도 고맙지 않았다.

선애가 집사의 집무실을 나오자 나는 즉시 선애에게 속삭였다.

[저기, 엘리엇 녀석에게도 복수를 할까? 아까 너 보고 피식 웃던데.]

“그 녀석은 나중에. 아까 그 계집이 우선이야.”

선애의 말은 살기가 들어 있는 듯 매서웠다.

[알았어. 그럼 나는 그쪽으로 가볼 테니 조심해라.]

복수를 하려면 미리 상대방에 대해 살펴볼 필요가 있었다. 그러려면 어쩔 수 없이 선애의 곁에서 떨어져야 했는데, 그사이 선애가 또 뭔 일을 당할까 걱정이었다. 물론 무슨 일을 당하면 그만큼 복수를 해주겠지만, 이런 일은 안 당하고 복수 안 하는 게 좋은 게 아니겠는가?

그래도 요즘에는 미란다 주변에 있던 본관 하녀들이 한 번 쫘악 물갈이가 되었으니 당분간 본관 하녀들에 대해서는 조금은 안심을 해도 될 것이다.

'으휴, 빨랑 갔다 와야지.'

나는 선애가 고개를 끄덕이는 걸 보고는 바닥 밑으로 스르르 가라앉았다. 이런 몸이 된 지 일 년이 지나니까 이제는 바닥을 통과해 아래층으로 그대로 떨어지는 것에 별 위화감이 없었다. 아니, 오히려 슬슬 익숙해지고 있었다.

그 하녀는 미란다의 직속이었으니 분명 미란다와 같이 있을 것이라 생각하고 우선 미란다를 찾기 위해 이번에 새로 옮긴 방으로 향했더니, 운 좋게도 미란다는 방에 있었는데 마침 내가 찾던 그 하녀가 미란다의 머리를 만져 주고 있었다. 그러면서 주고받는 이야기란, 바로 선애에 관한 것이었다.

"뭐? 그 계집애의 뺨을 때려줬다고?"

"예에, 그렇다니까요. 있는 힘껏 때렸으니까 지금쯤 잔뜩 부풀어 올랐을 거예요."

"까르르르, 아이, 고소해라. 멍은 안 들었을까?"

"글쎄요. 그 정도로 멍까지는 잘 모르겠네요."

"칫, 아쉬워. 하지만 하는 수 없지. 아, 조금 있다 그 계집이나 찾아가 볼까? 어떤 꼴을 하고 있을지 보고 싶어.”

[허, 허, 허, 넌 죽었어.]

더 기다릴 필요도 없었다. 나는 이를 빠드득빠드득 갈며 손을 뻗었다.

그 하녀는 미란다의 머리를 고데기 같은 것을 이용하여 웨이브를 지게 만들고 있었다.

‘고데기’ 하면 요즘 애들이 알아들을지 모르겠는데, 쉽게 설명하자면 둥근 원형통 모양을 하고 있는 매직기라고나 할까? 예전에 홈쇼핑에서 그 비슷한 것을 판매하는 걸 얼핏 보기는 했는데, 그걸 뭐라고 하는지는 잘 모르겠다.

하여간, 나 어렸을 때에는 요즘같이 좋은 시설이 없어서 커다란 전기 보온통에 쇠로 만든 고데기를 달구어서 머리 모양을 내었는데, 여기서는 그러한 전기 보온통 같은 것도 없으니 옆에 자그마한 화로를 가져다 놓고 거기다가 고데기를 달구어서 사용하고 있었다. 미란다가 뜨겁지 않게 조심하면서도 제법 예쁜 모양이 나오는 걸 보니 아무래도 그 하녀의 실력이 제법 뛰어난 모양이었다.

[그러나 아가씨의 머리를 만지는 것도 오늘로 끝이다, 짜샤.]

내가 이렇게 뒤에서 이를 득득 갈고 있는 걸 모르는 하녀는, 들고 있던 고데기가 다 식었는지 옆에 있던 화로에 파묻힌 고데기를 집어 들었다. 화로에 파묻힌 지 좀 오래되었는지 그 철로 된 고데기 끝이 빨갛게 달아올라 있자 그걸 그 옆에 있던 물통 속에 살짝 담가 식힌 뒤 미란다의 머리에 가져다 대었다.

“어쩜, 미란다 아가씨는 머릿결이 이렇게 좋으실까.”

늘그머니 아부성 발언을 흘리면서 말이다.

하지만 그 고데기가 미란다의 머리카락 한 움큼을 휘어감을 때였다.

지지직~

머리카락 타는 소리와 함께 그 곳에서 작은 불꽃이 피어올랐다.

"꺄악~!"

그 불꽃에 놀란 하녀가 비명을 올리며 얼른 고데기를 떼어내려고 했는데, 머리카락이 타면서 고데기에게 눌러 붙어 오히려 미란다의 머리카락을 세게 잡아당긴 꼴이 되고 말았다.

"아앗! 뭐 하는 짓이야? 아프잖아!"

미란다가 통증에 의해 버럭 화를 내었지만, 그 하녀의 만행(?)은 거기서 그치지 않았다. 내 힘으로 인하여 아직 꺼지지 않은 자그마한 불꽃이 계속 미란다의 머리카락을 태우고 있는 걸 본 그 하녀가 옆에 있던, 고데기를 식히는 물통을 들어 그대로 미란다의 머리 위로 쏟아 부었던 것이다.

"꺄아아악~! 너 지금 도대체 뭐 하는 거야!"

덕분에 홀딱 젖게 된 미란다가 자리에서 벌떡 일어나 방방 뛰었다.

"그, 그게……."

쫄딱 젖은 머리카락 사이로 내 주먹보다 약간 큰, 불에 그슬린 머리카락을 힐끔힐끔 살피면서 하녀는 우물쭈물거렸다.

하지만 그 하녀의 말은 별로 듣고 싶지 않은 듯 미란다는 신경질을 내며 그 방에 있는, 하녀를 부르는 줄을 잡아당겼다.

"정말, 방금 전까지만 해도 기분 좋았는데, 이게 다 뭐야?"

"아, 아가씨, 저기 있잖아요."

하녀가 조심스레 불렀지만 미란다는 듣지 않았다.

"시끄러워! 넌 조금 있다가 봐."

그렇게 신경질적으로 말한 미란다는 역시나 신경질적으로 머리에 있는, 물에 쫄딱 젖은 리본을 풀러 화장대 위로 던졌다.

그리고 그때 문에서 노크 소리가 들리더니 문이 열리며 미란다의 유모인 중년 여인과 미란다의 직속 하녀들이 줄줄이 들어왔다.

"아가씨 무슨 일… 어머나! 이게 어떻게 된 일이에요?"

"몰라."

중년 여인이 미란다의 꼴을 보고 호들갑을 떨며 부지런히 하녀들에게 지시를 내렸다.

"어서 목욕 준비를 해라. 아가씨께 타올도 가져다 드리고. 아니, 갑자기 이게 무슨 일이래요?"

그리고는 미란다에게 다가와 옷을 벗기려던 중년 여인이 다시 한 번 놀랐다.

"아니, 아가씨 머리가 어떻게 된 거예요?"

"내… 머리? 왜? 어떻게 되었는데?"

'어떻게 되긴.'

나는 사악하게 키득키득 웃었고, 중년 여자는 차마 대답하지 못하고 고개만 푹 숙이고 있는, 머리를 만진 하녀만 노려볼 뿐이었다. 그에 미란다는 답답함을 참지 못함인지 작은 거울을 가져오게 해 그것과 화장대의 큰 거울을 이용하여 자신의 뒷머리 부분을 살폈다.

그리고는…….

"이, 이게, 이게 어떻게 된 거야? 내 머리, 내 머리가 왜 이래?"

그녀는 자신의 머리를 부여잡고 울먹이며 자신의 머리를 만져 준 하녀를 노려봤다.

그도 그럴 것이, 그녀의 뒤통수 부분에서 약간 왼쪽으로 비껴진 곳에는 내 주먹보다 약간 큰, 검게 탄 자국이 멋들어지게 나 있었던 것이다.

'내 솜씨란다, 냐하하하~'

지금은 머리가 온통 물에 젖어 축 늘어져 있어 조금 작게 보이는 것이지, 머리가 마르면 더욱더 크게 보일 것이다.

그 모습에 나는 키득키득 웃으며 발걸음을 옮겼다. 어서 빨리 이 기쁜 소식을 선애에게 알리기 위해서였다.

그러나.

"언니, 바보지? 돈은 됐다가 뭐 하나? 가발을 사서 쓰면 땡이잖아. 게다가 머리카락은 또 자라잖아."

선애의 말대로였다.

비록 그 하녀는 뭔 처분을 받았는지 다음날부터 얼굴을 볼 수가 없었지만, 미란다는 그날 저녁까지 신나게 난리 친 뒤 그레샴 집사가 급히 저택을 나가 구해온, 진짜 머리 같은 고급 가발을 쓰고 당당하게 나타났던 것이다. 게다가 그랜트가 동생의 기분을 풀어줄려고 여러 가지 패션 가발 세트에다가 목걸이, 팔찌, 귀고리 한 세트를 사줘서 오히려 기분이 업그레이드되어 있었다.

[쳇.]

그리히여 빈대로 열받은 나는 그랜트와 미란다가 저녁 식사를 하는 때를 노려서 예쁘게 차려입고 오빠가 빼준 의자에 앉기 위하여 사뿐사뿐 걸어가는 그녀의 치맛자락을 꾸욱 밟아주었다.

쿠당탕~!!

"꺄악!!"

"괘, 괜찮냐?"

그랜트가 후다닥 달려와 미란다를 부축했지만, 미란다는 빨개진 얼굴을 푸욱 숙이고 있느라 차마 오빠의 얼굴을 보지도 못한다.

'아프지는 않을 거다.'

왜 길에서 넘어지면 쪽팔려서 통증도 알지 못한다고 하지 않는가?

게다가 여기서는 내가 서비스로 치마 자락까지 화악 걷어줬으니.

'캬캬캬캬~ 빨랑 선애한테 가서 알려줘야징~ 에잉, 좀 더 인심을 팍팍 써가지고 가발도 벗겨줄 걸 그랬나?

그날 미란다는 저녁도 안 먹고 자기 방으로 돌아가서 울었다고 한다.

그리고 그날로부터 사흘 뒤, 마지막 결전이 벌어졌다.

똑, 똑~

선애가 자신에게 배당된 사무실에서 한창 일하고 있던 중이었다.

뭐, 갑작스레 켐벨 집사나 엘리엇 녀석이 찾아오는 일이 자주 있었기에 선애도 별달리 놀라는 일 없이 대답했다.

"예."

그런데 정말 놀랍게도 문이 열리고 들어오는 건 하녀 둘을 대동한 미란다 녀석이었다. 설마 여기까지 찾아올 줄은 몰랐기에 선애는 놀라움을 감추지 못하고 그녀를 맞이했다.

"어떻게… 오셨습니까?"

선애의 말에 사무실 안을 휘이 둘러본 미란다가 살풋 인상을 찡그렸다.

"되게 좁네. 거기다가 이렇게 삭막하다니. 이런 데서 넌 잘도 일하는구나?"

얼받는 내용이었지만, 말하는 투가 비꼬는 것이 아니라 진심을 말하고 있는 거라 선애도 풀썩 웃어넘겼다.

“어쩔 수 없지요. 저에게 배당된 방이 여기니까요.”

“그래? 하긴.”

다시 한 번 둘러보며 선애의 말에 고개를 끄덕이던 미란다가 드디어 선애에게 시선을 돌렸다.

“자, 이거 너 줄게.”

“예?”

뜬금없이 불쑥 내미는 미란다의 손에는 팔찌가 들려 있었다. 그런데 그 팔찌란, 얼마 전에 머리가 엉망이 되어 우울해 있는 미란다의 기분을 풀어주려고 그랜트가 사준 거였다. 팔찌, 귀고리, 목걸이가 한 세트인 것으로 가운데에 커다란 루비가 하트 모양으로 다듬어져 있고, 그 주위를 자그마한 다이아몬드들이 촘촘히 둘러싸인 팬던트를 중심 디자인으로 한, 미란다 나이의 소녀에게는 꽤나 잘 어울리는 발랄, 경쾌한 디자인이었다. 그리하여 팔찌에도 중심에 하트 모양의 커다란 루비와 그 주위를 감싼 다이아몬드가 있었고, 그걸 팔에 걸 수 있게 백금이 두께는 얇고 넓이는 내 손가락 한 마디 정도 길이의 링을 형성하고 있었다.

가격도 엄청나겠지만, 자기가 지극히 좋아하는 오라버니에게 받은 물건인데 이걸 내미는 미란다의 의도가 무지하게 의심스러웠다.

[야야, 그거 며칠 전에 그랜트 녀석이 미란다에게 선물한 거야.]

나의 말에 선애는 경계 어린 눈초리로 미란다를 보며 한 발짝 뒤로 물러났다.

“이걸… 왜? 굉장히 귀중한 물건인 것 같은데요.”

그러자 미란다 녀석이 능청스럽게 웃으면서—그렇게 웃으니까 뭔 꿍꿍

이가 있다는 걸 더욱 확실하게 느끼겠다—대답하는 거였다.

"으응, 그동안 내가 너에게 너무 심했다 싶어서… 그래서 이건 사과의 선물. 이제부터는 안 그렇게."

수상했다. 수상해도 너무 수상했다. 저 미란다란 꼬맹이 녀석이 갑자기 그걸 깨달을 까닭이 없거니와, 설사 그렇다고 해도 선물이 지나치게 과하지 않은가? 옛말에 지나치면 아니 한 만 못하다고 했으니.

[수상해, 수상해. 받지 마라.]

내 생각에 선애도 동의하는 듯 한 걸음 더 뒤로 물러나며 고개를 저었다.

"아니에요. 아가씨가 저에게 사과하실 일도 없는데요 뭐. 그러니 저는 받을 수 없어요."

"내가 준다니까 그러네. 이게 마음에 안 들어? 그럼 다른 거 줄까?"

선애가 자꾸 안 받는다고 거절하자 미란다의 표정에 초조함이 깃들기 시작했다. 어떻게 해서든 선애에게 이걸 받게 하고 싶은 모양이다.

"아니에요. 너무 과분한걸요. 안 주셔도 돼요. 마음만 감사히 받겠습니다."

다시 한 번의 거절.

그러자 미란다의 눈썹이 꿈틀거렸다.

"시끄러. 내가 준다는데 뭐가 불만이야? 받으라면 받아."

이제는 아예 명령조로 떠넘기려고 한다.

"저는 괜찮은데요?"

"받으라니까."

"받을 수 없어요."

계속되는 거부에 결국 미란다가 화를 냈다.

“뭐얏? 네가 뭔데 내 말을 거역한다는 거야? 하녀 주제에. 당장 받아!”

그러면서 척척 다가와 거부하는 선애의 손을 강제로 펴서 팔찌를 쥐어주는 거였다. 그리고는 의기양양한 표정으로 선애가 돌려줄 것을 대비하여 얼른 뒤로 물러나는 거였다.

“아가씨, 저는 받을 수 없어요.”

“미안하지만 이미 준 거야. 나도 받을 수 없어.”

선애의 눈썹이 꿈틀한다. 하녀라는 직분상 예의를 지키려고 인내하고 있지만, 그것도 드디어 한계인 모양이다.

아마 성질대로 한다면 벌써 그녀 특유의 독설이 나오고도 남았을 거다.

“가지고 가세요.”

“싫~어~”

넘겨준 미란다는 이제 여유만만이다.

그런데 그때였다. 선애의 사무실 문이 슬그머니 열리고 한 하녀가 안쪽에다 대고 다급히 속삭였다.

“아가씨, 오세요.”

그 말을 들은 미란다의 눈이 반짝반짝 빛나기 시작하더니만, 갑자기 두 하녀를 데리고 서둘러 사무실 밖으로 나가는 거였다.

‘이게 뭔 일이래?

자연스레 선애는 그 팔찌를 돌려주려고 가지고 나가려는 순간, 갑자기 멀쩡하게 잘 있던 미란다의 하녀들이 새된 목소리로 외치는 것이었다.

“어머머머, 이럴 수가!”

“저건 아가씨의 팔찌… 너 이제 보니 도.둑.이었구나아?”

“어머머머, 아가씨. 쟤가 아가씨의 팔.찌.를 훔.쳤.어요오~!!”

주변에 다 들리도록 큰 소리로 외치는 하녀들의 목소리에 나는 그제야 미란다의 계략을 깨달았다. 어쩐지 그 귀중한 팔찌를 선물이다 뭐다 하면서 주려고 하더니만, 그걸 가지고 선애를 도둑으로 몰려는 속셈이었던 것이다.

너무나 얄팍한 수작이었지만, 한 번 걸리면 끝장인 확실한 방법이었다.

그리고 그녀들의 준비는 그것만이 아니었던 듯, 복도 저쪽에서 어리둥절한 얼굴의 그랜트와 엘리엇, 캠벨 집사의 모습이 나타났다. 아까 들어오지 않고 바깥에 있던 하녀가 온다고 하더니만, 저들이 온다는 걸 말하는 거였나 보다.

‘이거, 걸려도 단단히 걸렸는걸?

Chapter 11

“내보내라.”

“도련님?”

“옛? 진심이십니까?”

“오라버니이이~!!”

이것이 무슨 말인고 하니, 한바탕 난리가 있은 뒤 그 자리에서 가장 가까웠던, 켐벨 집사의 집무실로 사람들을 우르르 몰아 데리고 들어간 그랜트가 잠시 동안 묵묵히 창밖만 바라보고 있다 한숨을 내쉰 뒤 한 말이었다.

그의 말이 끝나자마자 그만 바라보고 있던 세 인물에게서 각각 다른 대답이 튀어나왔다. 켐벨 집사는 놀라서 당혹한 얼굴이었고, 엘리엇 녀석은 희색이 만연했다. 그리고 마지막으로 이 모든 일을 벌인 원흉인 미란나 너석은 불만에 가득 친 표정이었다.

역시나 그 녀석은 자신의 불만을 참지 못하고 입을 열고 말았다.

"오라버니, 어쩌면 그러실 수가 있어요? 그냥 내보내라뇨? 저 계집은 도둑이라고요, 도.둑! 제가 엄청 아끼는 팔찌를 훔쳐 가서는 당당히 가지고 있었다니까요. 제가 그 팔찌를 얼마나 아끼는지는 오라버니도 아시잖아요. 그런데 그걸 훔쳐 간 저 계집을 따끔히 혼내주시지는 못할망정 그냥 내보내라니요?"

저 이야기는 벌써 몇 번째 반복을 하는지도 몰랐다. 하기사 그 이야기밖에 할 게 없긴 하겠지만.

그랜트의 얼굴을 보자마자 냉큼 조르르 달려가 선애를 손가락질 하면서 자신의 팔찌를 훔쳐 갔다고 우기는데, 그녀의 이야기를 들은 그랜트의 얼굴이 굳기에 나는 뭔 일 나는 줄 알았다. 뭐, 부록으로 미란다의 하녀들도 열심히 그녀의 말에 맞장구치고 말이다.

그래, 그 녀석이 뭔가 하려는 조짐을 보이기만 하면 이 저택을 몽땅 태우리라는 각오 하에 지켜보고 있었는데, 한참 뜸을 들이던 그랜트의 말에서 나온 '내보내라' 는 말은 나도 좀 뜻밖이었다.

상식적으로 생각해도 하녀가 주인 집 물건, 것도 꽤나 비싼 걸 훔쳤는데 이렇게 고이 내보내는 것으로 끝내지는 않을 터였다.

한국에서도 당장에 경찰에 넘기고도 남을 일인데, 철저한 계급 사회인 여기서는 귀족의 물건을 훔친 평민의 처분은 더욱더 심할 것이라는 건 어렵지 않게 생각해 낼 수 있었다.

그래서 나도 긴장하고 있었던 것인데, 그냥 내보내라는 말에 헉~ 하고 막힌 숨이 나오는 것만 같은 기분이었다.

'짜슥, 그려, 내 이 저택 전체를 태우지는 않으마.'

"오라버니이~"

내가 그런 기특한 생각을 하는 동안에도 계속 쨍알대던 미란다가 자신의 오빠가 듣는 둥 마는 둥 하자 화가 난 모양이다. 그래 한 톤 높여 부르자 그랜트가 눈을 가늘게 뜨며 그녀를 바라봤다.

"미란다, 이제 그만 해라."

"하, 하지만."

"미. 란. 다."

불만이 가득한 그녀가 뭐라 또 하려고 했지만, 그랜트의 한 자 한 자 또박또박 부르는 이름에 찔끔하고 입을 다물었다.

그런 동생을 지그시 바라본 그랜트가 작게 한숨을 내쉬며 입을 열었다.

"내가 왜 이쯤에서 끝내려는지 알 거라고 믿으마. 그럼 넌 이만 나가보거라."

"네에."

그랜트도 이 일이 미란다가 꾸민 거라는 걸 눈치챘던 모양이다. 그러니 선애에게도 너그러운 처분을 내린 것이겠지.

하기야 누구라도 조금만 생각해 보면 선애가 그녀의 팔찌를 훔치지 않았다는 걸 알 수 있지 않았을까? 다른 건 다 제쳐 두고서라도 정말 훔쳤다면 그렇게 당당히 사무실에 가지고 가지는 않았을 테니 말이다.

미란다도 자기 오빠가 그걸 알고 있다는 걸 눈치챘는지 힐끔힐끔 눈치를 보며 조심스레 밖으로 나갔다.

그녀가 나가자 사무실 안은 침묵이 감돌았고, 그랜트의 시선이 처음으로 선애를 향했다.

선애는 미란다가 자기 오빠를 보고 난리를 칠 때부터 아무 말도 안 하고 가만히 있기만 했다. 이 황당하고 어이없는 상황이 자기가 나서서 뭐라 한다고 바뀌지 않으리라는 걸 알고 있었던 모양이다.

지금도 사무실 한구석에서 이 일은 자신과는 상관없는 일이라는 듯 조용히 아무도 없는 곳에만 시선을 주고 있었다.

그런 선애의 분위기가… 뭐랄까… 체념하고 있다기보다는 왠지 폭풍 전야의 고요한 모습을 보는 것만 같아 나는 함부로 말 걸기도 무서웠다. 잘못했다가 선애의 분노가 폭발하는 건 아닐까 싶어서 말이다.

그런 선애를 물끄러미 바라보고 있던 그랜트는 선애에게 뭐라 하는 대신 자신 옆에 있는 켐벨 집사에게 시선을 돌렸다.

"켐벨, 섭섭지 않게 해서 내보내도록."

켐벨은 자신에게 지시를 내리는 그랜트를 잠시 머뭇거리며 바라보고 있다가 결국 어쩔 수 없었는지 고개를 숙였다.

"알겠습니다."

"좋아."

켐벨 집사의 대답이 만족스러웠던지 고개를 끄덕인 그랜트는 그 뒤로 선애에게는 눈길도 주지 않고 뚜벅뚜벅 걸어서 켐벨의 집무실을 나가 버렸다. 그리고 그 뒤로 무척이나 만족스러운 표정의 엘리엇 녀석이 선애를 한 번 힐끔 보고는 따라 나갔다.

그 둘이 나가고 나자 켐벨 집사가 무지 안타까움과 안쓰러움이 담긴 시선으로 선애를 바라보며 입을 열었다.

"일이… 이렇게 되어서 나도 정말 유감이구나."

그래도 선애는 입만 꾸욱 다물고 있을 뿐이었다.

그걸 어떻게 해석한 건지 모르겠지만, 켐벨 집사는 이해한다는 듯한 표정으로 선애의 어깨를 두어 번 툭툭 쳤다.

"나 또한 정말 아쉽게 생각한다. 네가 생각 외로 능력있는 아이라 마음에 들었는데… 이렇게 된 거 어쩔 수 없지. 네가 원한다면 추천서를 써주도록 하마.”

그의 말에 선애는 깊은 한숨을 내쉬더니 고개를 설레설레 저었다. 아무래도 속에서 들끓는 열화를 이제야 진정시킨 모양이다.

“괜찮습니다. 신경 써주셔서 정말 감사합니다.”

“그러냐? 뭐, 네가 괜찮다면 괜찮은 거겠지. 그럼 내 여비라도 섭섭지 않게 챙겨줄 테니, 너는 짐을 챙겨서 내려오너라.”

“예.”

내보내랬다고 오늘 당장 내보내는 모양이다. 하기야 여기 더 있어봤자 눈치 보면서 있을 것 빨리 나가는 게 좋겠지만, 그래도 인간들이 이 추운 겨울날에 사람을 내쫓다니 너무하는 것 같다.

선애가 집을 챙기겠다고 밖으로 나오길래 얼른 쫓아나왔다.

[저기, 괜찮은 거야?]

조심스레 묻자 선애가 휙 몸을 돌리더니 날 째려본다.

“언니는 내가 괜찮은 걸로 보여?”

[아니.]

내가 기가 죽어 대꾸하자 다시 몸을 휙 돌려 걸어가기 시작한다.

그런데 아직도 모든 화를 완전히 가라앉힌 건 아니었는지 걸음걸이에 상당히 힘이 들어가 있었다.

“젠장, 그 꼬맹이 녀석. 끝까지 이렇게 나오겠다 이거지? 훗, 이걸로 다 끝났다고 생각하면 오산이다, 꼬맹아.”

선애가 자신의 숙소에서 대충대충 짐을 싸고 있는데 갑자기 문이 열리면서 린이 들어왔다. 그녀는 선애가 짐 싸는 걸 빤히 보고 있더니 뜬금없이 입을 열었다.

"나간다며?"

"예? 아, 예."

"그래. 그럼, 잘 가라."

마치 옆집 애가 소풍을 간다고 하자 잘 다녀오라고 인사를 하는 것만 같았다. 아주 친절하게 방긋 웃으면서 '잘 가라' 니.

선애도 그녀를 보고 황당한 표정을 지었지만, 그것도 잠시 곧 꾸뻑 고개를 숙이며 인사했다.

"예, 그동안 감사했습니다."

선애가 원래 착해서 자신을 괴롭히는 사람들에게도 예의를 지키는 게 아니었다. 남에게 지기 싫어하는 성격이라서 지기 싫어하는 사람에게는 절대로 약한 모습을 보여주기 싫어 아무렇지도 않은 척하는 거지.

하지만 저 린이라는 여자도 황당했다. 그래도 몇 개월이나 같은 방을 썼는데 하다못해 예의상이라도 아쉽다든지 서운하다든지 하는 말 하나 없었다. 그동안의 친절은 정말 순전히 가식이었을 뿐일까나?

린이 너무나도 예의 바른, 예의에 맞춘 인사만 하고 나가 버리자 선애가 갑자기 쓰고 있던 하녀 모자를 벗어 거칠게 침대 위로 던져 버렸다.

"아씨, 그렇지 않아도 열받는데 별게 다 사람 더 열받게 하네."

입술만 잘근잘근 깨물며 흘러내린 머리를 신경질적으로 쓸어 넘기던 선애가 갑자기 한숨을 푹 내쉬며 나에게 물었다.

"언니, 내가 원래 이렇게 인간 관계가 안 좋았나? 나 한국에서 학교 다닐 때는 친구도 많았는데… 여긴 도대체 왜 이러지?"

[친구도 많았지만, 적도 한 반에 한 명 이상은 꼬옥 있었잖냐.]

"아, 어쨌든. 참내, 학교에서처럼 시비 걸어오면 대놓고 뭐라고 해주겠는데, 저건 저렇게 예의는 철저하게 지키니 뭐라고 하지도 못하고… 어휴, 저게 더 고단수잖아?"

이만 빠드득빠드득 갈더니 이제는 침대에 털썩 주저앉았다.

그래서 나는 한숨을 푸욱 내쉬며 선애개 내팽개쳐 놓은 짐을 대신 정리하기 시작했다. 어차피 챙길 소지품이라고 해봐야 이 저택에 들어올 때 가지고 온 것 몇 개밖에 없었다. 저택에서 내준 하녀복은 도로 내놓고 가야 할 테고, 이 저택 안에서는 평상복을 입을 일이 없어 새 옷도, 심지어 액세서리 하나 산 일이 없었던 것이다.

[옷이나 갈아입어. 어차피 여기 나갈 건데 여기서 인간 관계가 안 좋으면 뭐 어때? 다시 볼 일이나 있을지 모르겠다. 그러니 그냥 다 잊어버려.]

"쳇."

옷을 던져 주며 재촉하자 칫칫 그러면서도 일어나 꾸물꾸물 옷을 갈아입는 꼬맹이였다.

짐을 들고 밖으로 나가자 놀랍게도 문밖에 린이 기다리고 서 있었다.

그녀가 나간 뒤 그녀에 대해 떠들어댔던 나는 순간 심장이 덜컥 내려앉을 정도로 놀랐지만, 곧 우리가 한국어로 대화했음을 깨닫고 마음을 진정시켰다.

선애도 순간적으로 놀라 눈을 크게 떴지만 곧 씨익 웃어 보였다. 아마 따지고 들면 자신도 맞대응하리라 생각한 모양이었다.

그러나 린은 평소처럼 미소를 띠며 다정하게 말을 꺼낼 뿐이었다.

"내가 아까 깜빡 잊고 건네주지 않았는데, 켐벨 집사님께서 후문으로 나오라고 하셨어."

"그래요? 전해주셔서 감사합니다."

선애가 약간 아쉽다는 표정을 지었지만, 그건 잠깐이었고, 녀석도 방긋 웃으며 예의 바르게 인사했다.

"그럼 난 전했으니 이만 가볼게."

"예."

멀어져 가는 린의 뒷모습을 바라보며 나는 고개를 절레절레 저었다.

'상황만 보면… 예의를 가르치는 교과서에 나올 만한 말이요, 태도 인데 말이야.'

린이 전해준 대로 이 저택의 후문으로 걸어가니 그곳에는 캠벨 집사 말고도 에밀리와 달시, 그리고 시오나가 눈물을 글썽글썽거리며 서 있 는 거였다.

그 셋은 선애의 모습이 보이자마자 조르르 달려와 얼싸안고 흐느꼈 다.

"선애야, 이게 도대체 무슨 일이라니?"

"어쩌면 좋아. 너 본관에 들어갈 때 왠지 무지하게 걱정이 되더니 만……."

"너 괜찮니? 아무 일도 없지?"

그들의 모습을 보니 나는 제일 먼저 안도의 한숨이 푹~ 하고 새어 나왔다.

'아, 선애가 여기서 인간 관계가 아주 극악했던 것만은 아니었구나' 하는 생각에 말이다. 방금 전까지만 해도 선애에게 모두 냉담한 사람 들만 있는 것처럼 느껴져서 마음에 찬바람이 횡~ 하고 불고 있었던 것이다.

‘그러고 보니, 저 사람도 있었지?

겉으로는 깐깐한 할아버지처럼 보이는 켐벨 집사였지만, 성격만은 인상과는 정반대였던 사람.

그도 지금 꽤나 안쓰럽다는 시선으로 선애를 바라보고 있어, 맨 처음 그래프 사건으로 선애를 스파이로 몰았을 때 생각했던 괴씸한 마음이 모두 사르르 녹아들었다.

켐벨 집사는 선애가 나머지 세 명과 이야기가 끝날 때까지 기다렸다가 다가와서 자그마한 가죽 꾸러미를 건넸다.

“자, 이걸 가져가거라. 내 생각해서 넉넉하게 넣었으니 봄이 올 때까지는 충분히 여유있게 생활할 수 있을 게다. 그리고…….”

돈이 들어 있는 듯한 주머니를 선애 손에 쥐어준 켐벨 집사는 품에서 종이 봉투를 하나 꺼내 들었다.

“이건 추천장이다. 네가 필요없다고 했지만, 그래도 다른 큰 저택의 하녀로 들어갈 때 필요할지 몰라서 내 한 장 썼다. 좋은 말만 썼으니까 가지고 가거라.”

‘오옷, 켐벨 집사. 당신 정말 마음에 드는군.’

선애도 감동했다는 표정으로 집사를 바라보고 있었다.

“정말… 감사합니다, 이렇게 신경 써주시다니.”

“뭘 이런 걸 가지고. 에휴, 제법 잘 키우고 있었다고 생각했는데, 이렇게 헤어지게 되어서 정말 아쉽구나. 하지만 너라면 어디에 가서든 잘살 거라고 생각한다. 그럼 조심해서 가거라. 나는 이만 들어가 보마.”

아마도 마지막 배웅은 친했던 세 명이 편히 할 수 있도록 자리를 비켜주려는 것 같았다. 선애의 진심 어린 정중한 인사에 그는 손을 휘휘

저어 보이고는 휘적휘적 안쪽으로 사라졌다.

"세상에… 되게 깐깐한 분인 줄 알았는데, 지금 보니 그것도 아니네."

"그러게. 본관 하녀 애들은 무서워서 쉽게 접근하지도 못한다고 하던데… 인상하고는 다르신 분이구나."

에밀리와 달시가 멀어져 가는 켐벨 집사를 바라보며 그렇게 속삭였다.

"그렇죠? 사실 처음에 제가 본관에 가게 된 것도 다 저분 때문이었잖아요. 저를 스파이로 몰아가서 가지고… 그래서 되게 걱정했는데, 밑에서 일하다 보니 의외로 잘 대해주시더라구요."

선애가 그 둘의 말을 거드는데 눈하고 코가 빨갛게 된 시오나가 끼어들었다.

"잘 대해주시면 뭐 하니? 네가 이렇게 가게 되었는데… 이게 다 미란다 아가씨 때문이라며? 본관 하녀들 사이에 소문이 쫘악 퍼졌대."

시오나의 말에 켐벨 집사에게서 눈을 떼지 못했던 두 아가씨가 선애에게로 시선을 돌렸다.

"그래, 도대체 어떻게 된 거야? 저기, 그 별관 하녀로 쫓겨온 애들… 그 애들이 너에게 못되게 굴어서 도련님에게 찍혀서 쫓겨왔다는 게 사실이야?"

"아니, 그건 또 무슨 소리예요?"

에밀리의 질문에 선애가 황당하다는 시선으로 바라보자 에밀리가 고개를 갸웃거렸다.

"아니냐? 처음에는 그 애들이 큰 잘못을 저질러서 쫓겨왔는 줄 알았는데, 그 뒤에 그 애들이 널 괴롭히니까 도련님이 괘씸죄를 적용해서

소소한 실수 가지고 꼬투리 잡아서 내쳤다고 하는 이야기가 돌던데?"

"에엥, 거기서 왜 도련님이 나오는데요? 거기다가 별관으로 쫓겨간 선배들은 실수를 했는데 결과가 크게 안 좋아서 그렇게 된 거라구요. 도련님과는 아무 상관 없어요."

"왜 도련님이 나오냐니. 너 본관에 있게 된 게 도련님 마음에 들어서 그러는 거라며? 그래서 미란다 아가씨에게 찍혀 가지구 계속 괴롭힘당하다 결국 이렇게 된 거 아니야?"

달시의 말에 선애는 입을 떠억 벌렸다.

"도련님 마음에 들어서라구요? 아니, 제가 본관에 가게 된 사건이 벌어질 때 선배님들도 같이 계셨으면서 그게 무슨 소리예요?"

"아니, 지금 하녀들 사이에서 그런 이야기가 돌아서 말이지."

달시가 선애의 눈빛에 기가 죽었는지 우물쭈물 변명했다.

"하아, 제가 정말 마음에 들었다면 이렇게 쫓겨 나가겠습니까? 그거 다 뻥이에요."

선애가 한숨을 내쉬며 자조적으로 말하자 에밀리와 달시가 납득한 표정이었다. 아무래도 아가씨보다는 도련님의 위치와 힘이 더 컸으니 말이다.

"하긴."

"그건 그러네."

"어쨌든 배웅 나와주셔서 정말 감사드려요. 나중에 다시 뵐 수 있을라나 모르겠지만… 건강하게 잘 계세요. 승진도 팍팍 하시구요."

선애가 그렇게 작별 인사를 하자 겨우 진정하고 있던 시오나가 다시 눈물을 글썽거렸다.

"다시 안 볼 것처럼 그러지 마라. 언젠간 꼬옥 다시 만날 수 있을 거야. 그때까지 너도 건강하게 잘 있어."

선애의 양손을 꼭 잡고 시오나가 작별 인사를 끝내자 달시와 에밀리도 질 수 없다는 듯 앞으로 나섰다.

"자, 이거, 너 가는 길에 인심 써서 선물로 하마."

달시가 내민 건 초록색의 머리에 묶는 리본이었다. 두 개가 한 쌍으로 되어 있는 건데, 싸구려가 아닌 좀 비싼 천으로 된 거라 달시가 꽤나 아꼈던 거였다.

"어, 선배, 이거 되게 아끼시던 거잖아요."

"그러니까 인심 썼다니까. 보아하니 이번에 별관으로 쫓겨난 애들이 많아서 아무래도 봄쯤에 본관 하녀로 승진을 하게 되지 않을까 싶다. 그때 더 좋은 걸로 살 테니까 부담스러워하지 마."

"아, 정말 감사합니다."

선애가 감격한 얼굴로 받아 들자 에밀리도 뭔가를 불쑥 내밀었다.

"나도 이거."

에밀리가 내민 건 빗이었다. 참나무로 촘촘하게 만든 거라 나뭇결이 그대로 살아 있었고, 손잡이 쪽에도 예쁜 무늬가 조각된 것이었다.

"선배."

이번에도 선애가 감격한 얼굴로 그걸 받아 들자 에밀리가 쑥스럽게 웃었다.

"그거 받고 힘내라고. 넌 어디에서든 잘할 거야."

"정말 감사합니다. 소중하게 사용할게요. 에밀리 선배도요."

둘을 번갈아 바라보고 있자 마지막으로 시오나가 나섰다.

"음, 나는 딱히 좋은 물건을 가진 게 없어서… 내 능력으로 힘 좀 썼다. 드레에에엑~!!"

“엥?”

미란다의 부르는 소리에 신경도 못 썼던, 후문이 있는 그늘 쪽에서 웬 사람 한 명이 튀어나왔다.

그 사람의 모습을 본 선애의 눈이 동그랗게 떠지더니 내 쪽을 힐끔 보았다.

선애는 드렉의 모습을 보기는 봤지만, 멀찍이서 봤기 때문에 얼굴을 제대로 보지 못해 긴가민가하는 모습이었다. 그러면서도 드렉의 인상에 상당히 놀라는 표정.

[시오나의 애인이야.]

선애의 놀라는 모습을 십분 공감하며 나는 친절하게 그녀의 추측이 맞음을 확인시켜 줬다.

하기야, 시오나의 부름에 선뜻 나서는 남정네가 이 저택에서 그녀의 애인밖에 더 있겠는가.

내 말에 이제 선애는 드렉과 시오나를 번갈아 바라보며 서 있었다.

그는 특별 수련으로 얼굴 보기 힘들다고 하더니만, 왜 여기 와 있는 건지 어리둥절한 모양이었다.

그에 시오나가 싱긋 웃으며 드렉을 선애에게 소개했다.

“우리 드렉 씨야.”

“아, 안녕하세요? 말씀 많이 들었습니다.”

시오나의 소개에 선애는 얼떨떨하면서도 황급히 고개를 숙였다.

그에 반해 드렉은 무표정한 얼굴로 고개만 까딱해 보일 뿐이었다.

하지만 그가 원래 성격이 그렇다는 걸 아는 선애는 별로 불쾌해 보이지는 않았다. 단지 그가 왜 이 자리에 있는지 의아해할 뿐.

선애의 그런 의문을 느꼈는지 시오나가 슬그머니 드렉에게 다가가 그의 손을 꼬옥 잡으면서―무지 눈꼴 시렸다―친절하게 설명해 주는 거였다.

"저기, 나는 함부로 밖에 나가지 못하잖니. 하지만 드렉은 밖에 자유롭게 나갈 수 있어서~ 그에게 너의 배웅을 부탁했어."

뜻밖의 말.

"에에에, 아니야, 그럴 필요 없어. 이렇게 배웅 나와 준 것만 해도 정말 기쁜걸."

"그래도. 사실 너는 이 도시 지리도 잘 모르잖니. 그러니 내가 어디 마음이 놓여야 말이지. 그래서 드렉에게 큰길가로 나가서 마차를 태워 달라고 부탁했어. 마차에 타기만 하면 고아원에는 돌아갈 수 있을 테니까. 너, 돌아가는 지리 알기나 해?"

물론… 모른다. 처음 이 세계에 떨어져 휴를 만나고 그에게 이끌려 그의 저택으로 가본 게 다였으니 말이다. 여기에 올 때도 마차를 타고 왔으니 길을 알 리 만무했다.

"아, 그렇군. 그럼 호의를 감사히 받을게. 잘 부탁드립니다. 에에, 기사님."

그러자 드렉의 무표정한 얼굴에 옅은 웃음기가 떠올랐다.

그는 뭐라 말을 하려다가 뭐, 이제 앞으로 볼 일이 없을 거라 생각했는지 그냥 입을 다물고 척척 먼저 걸어가기 시작했다.

그에 선애도 얼른 그의 뒤를 따라가며 나와 있는 셋에게 마지막으로 작별 인사를 던졌다.

"그럼 저 갈게요. 선배님들 안녕히 계세요. 시오나, 너도 잘 있어."

"잘 가, 선애야."

"몸조심해."

“혹시 가능하면 연락 좀 하구.”

“예. 알았어.”

선애는 후문을 지나기 전 보이는 그들에게 손을 흔들어주고는 후문을 나서자 그제야 앞을 똑바로 보며 걸어가기 시작했다.

저택을 나와서야 알게 된 것이지만, 저택은 언덕 위에 위치해 있는 탓인지 시가지와는 좀 멀리 떨어져 있었다. 그래 큰길까지 가려면 건물이 하나 없는 오솔길을 한참 걸어내려 가야 했다. 지금 걸어가는 길은 마차를 이용하는 것이 아닌, 사람들이 걸어다녀 생긴 길인 듯했는데, 내린 눈이 제대로 치워지지 않아 그대로 얼어붙어 굉장히 미끄러웠다. 하지만 그것 빼고는 주위의 눈 덮인 절경이 고스란히 보존되어 있어 주변 경치를 감상하며 걷는 느긋한 산책길로는 그만인 것 같았다.

그리고 그와 함께 남들 몰래 뭔 일 벌이기도 딱 좋은 장소인 것 같았다.

“야, 맞지?”

“맞는 것 같은데… 혼자라고 하지 않았어?”

“나도 그렇게 들었는데.”

겨울이라 앙상한 가지만 남은 덤불 뒤쪽에서 세 명의 처음 보는 남정네가 슬금슬금 다가오며 저희들끼리 수군댄다.

‘이 녀석들은 또 뭘까?

황당한 시선으로 그 녀석들을 바라보고 있는데, 한 남자가 양팔로 몸을 감싼 채 부르르 떨면서 말했다.

“야, 대충대충 하고 가자. 지금까지 기다렸는데, 나온 계집이라고는 저 애밖에 없잖아. 게다가 서대륙인이라니… 딱 맞구만.”

"그래도 혼자라고 했잖아. 틀리면 어떻게 해?"

"누가 틀렸다고 그래? 우린 틀린 거 없다. 안 그러냐?"

"맞아. 그러니까 빨리 해치우고 가자고."

그러면서 세 남자가 더욱더 다가오자 드렉이 그래도 남자라고 선애를 뒤로 물리고 자신이 앞으로 나서는 것이었다.

"뭐냐."

"어이, 형씨. 우리가 자네에게 원한은 없지만 어쩔 수 없는 일 아니겠는가? 그냥 편하게 오늘은 재수없는 날이라고 생각하고 맞게나."

"킬킬킬, 그려. 내 인심 써서 반 정도만 죽여줄 테니 걱정 말고."

"아, 후딱 하고 가자니까. 젠장, 그놈의 돈만 아니라면… 날도 추운데 이게 뭔 짓이다냐."

그 세 남자는 드렉의 질문도 무시하고 자기들이 하고 싶은 말만 내뱉었다.

겨울의 추운 날씨라 그들도 꽁꽁 싸매고 있어서 잘은 모르겠지만, 아무래도 이 세계의 양아치들인 듯.

게다가 저들의 이야기 속에 나오는 '돈' 이라는 단어도 상당히 거슬렸다.

가만히 생각해 보니, 선애가 그랜트 녀석에게서 '내보내라' 라는 말을 듣고 이렇게 저택 밖으로 나오기까지는 좀 시간이 걸렸었다. 그건 선애가 나간다는 걸 알고 있는 누군가가 마음을 먹었다면 이런 일을 꾸미기에는 충분한 시간이었다.

'거기다 세 명씩이나 고용한 걸 보니 돈은 좀 있고… 충분하기야 하겠지만, 그래도 좀 촉박한 시간인데 그 안에 불량배를 찾아서 일을 시

컸다는 건… 말을 마음대로 탈 수 있는 사람이겠네. 미란다, 이 지지배
가 끝까지… 아냐, 혹시 엘리엇 녀석일 수도 있어. 선애가 나간다니까
다시는 이쪽 생각 못하게 한다고…….'

혼자서 중얼중얼거리며 누가 범인일지 고민하고 있는데, 선애의 속
삭임이 들려왔다.

"뭐 해?"

[뭐 하긴, 저놈들을 보낸 범인을 추리 중… 헛, 그러고 보니 그놈들
은?]

하고 고개를 들어보니, 웬걸, 모두들 눈이 좋은지 온몸으로 눈밭을
뒹굴고 있었다. 그리고 그 가운데 버티고 서서 차가운 눈초리로 세 남
자를 노려보고 있는 인물은 드렉.

"헤에, 이번 봄에 정식 기사가 된다고 하더니 역시 실력이 있는 모양
인데?"

그 순간 나는 혹시 시오나가 이런 일이 있을까 봐 일부러 드렉에게
부탁해서 선애를 데려다 주게 한 게 아닐까 하는 생각이 들었다.

시오나 또한 정보 길드에서 그 미래성을 보고 훈련시킨 아이 중 하
나. 이 세계에서 태어나고 자란 소녀인데다가 선애의 상황을 알고 있
었을 테니 혹시나… 하면서 예측을 했을지도 모른다.

[나중에 시오나 보면 고맙다고 해라.]

"그럴 생각이야."

그렇게 선애와 속삭이는데 드렉의 목소리가 들려왔다.

"누가 사주를 했는지 물어볼까?"

그에 선애가 피식 웃으며 고개를 저었다.

"괜찮아요. 어차피 누구인지 예상은 되는데요 뭐."

“그런가? 그럼 이만 가지.”

“예.”

미란다, 혹은 엘리엇이 준비한 건 그들뿐이었는지 그 뒤로 큰길에 도착할 때까지 다른 일은 일어나지 않았다.

드렉은 그 근처에서 지나다니는 영업용 마차—이곳의 택시라고 생각하면 될 듯. 한 마리 말이 끄는, 사람 넷이 앉으면 무지 좁을 것 같은 작은 마차다—를 잡아 선애를 태우는 것이었다.

그런데 그 순간 불현듯 떠오르는 게 있었으니…….

[선애야, 너 목적지 알아?]

그제야 선애가 당혹한 얼굴로 날 바라본다.

“에?”

아마 자기도 생각 못했던 듯.

“어쩌지? 그냥 내려서 걸어가야겠다.”

당황하며 마차 밖으로 마악 고개를 내미는데 드렉의 태연한 목소리가 들려왔다.

“에리흰 언덕 밑으로 가주세요.”

“예?”

덕분에 걸어가겠다고 말하려던 선애는 그 말이 쏙 들어간 채 의문을 토했다.

“어어.”

그렇다고 ‘거기가 어딘데요?’ 라고 묻기도 뭣했는지 선애가 어버버거리자 드렉의 얼굴에 희미한 웃음기가 어렸다.

“시오나가 마차에 태운 뒤 목적지는 꼭 나보고 말하라고 신신당부하더군. 표정을 보니 왜 그랬는지 알 만한걸?”

“아, 그…….”

‘오오, 시오나 녀석! 정말 친하게 지내놓길 잘했는걸? 짜슥, 기특한
지고.’

그러고 보니 선애와 나는 1여 년 동안 산 곳의 주소도 모르고 있었
다. 이런 무심함이여.

휴의 집이 자리잡고 있는 그 언덕 이름이 에리훤이었던 모양이다.
그걸 이제야 알게 되다니.

“조심해서 가거라.”

마치 친동생에게처럼 작별 인사를 하는 듯한 드렉의 말에 선애도 얼
굴이 약간 붉어지기는 했지만, 얼른 정신을 차리고 고개를 숙여 보였
다.

“여기까지 데려다 주셔서 정말 감사했습니다. 그리고 시오나에게도
정말 고맙다고 전해주세요.”

“그러지. 그럼.”

드렉이 그러며 마차를 툭 치자 마차가 서서히 출발하기 시작했다.

“안녕히 가세요오~”

선애가 마차 창문 밖으로 머리를 내밀고 외치자 드렉이 손을 한 번
슬쩍 들어 보인 후 미련없이 등을 돌리고 걸어가는 게 보였다.

선애가 다시 마차 안으로 고개를 집어넣고 자리를 잡고 앉자 그제야
나는 말을 걸었다.

[이야, 시오나 되게 잘 챙겨주네. 전에는 잘 몰랐는데 꽤나 세세하게
신경 써준다, 야.]

내 말에 선애가 붉어진 얼굴을 식히려는 듯 손으로 얼굴에 대고 부
채질을 하며 말했다.

"우우, 무지 쪽팔렸어. 내가 그것도 모른다는 걸 알고 얼마나 웃었을까. 나중에 기회 있으면 시오나에게 고맙다고 밥이라도 한 끼 사야겠는걸. 그건 그렇고, 언니."

[왜?]

"언제 복수하러 갈 거야? 이대로 저 저택을 그냥 냅두려는 건 아니겠지?"

[당연히 아니지. 너 우선 데려다 놓고 갔다 올 거야. 어디 불안해서 길에 혼자 두겠냐?]

"누구에게 할 건데?"

[물론 그 미란다 녀석하고, 엘리엇 놈도 빼놓을 수 없지. 우훗, 그 녀석, 자기가 아끼던 서류가 몽땅 다 타버리면 어떤 표정을 지을꼬.]

"미란다는?"

[글쎄다. 우선 옷을 몽땅 태울 생각인데… 그런데 그래 봤자 그 녀석 집은 부자니까 새 옷을 또 사게 되지 않을까 싶은데…….]

"아냐, 그래도 새로 살 때까지는 발을 동동 구르겠지. 언니, 그건 그렇게 하고……."

[응.]

"그 녀석이 날 이렇게 함정에 빠뜨린 팔찌를 훔쳐와 줘. 자기가 도둑맞았다고 했으니 진짜로 그렇게 되게 해주겠어. 이왕이면 목걸이랑 귀고리 전부 다."

선애가 이를 갈면서 말하자 나는 주저없이 고개를 끄덕였다.

[오냐. 덤으로 다른 액세서리들도 챙길 수 있는 건 왕창 챙겨주마.]

"나쁠 건 없지. 휴에게 준다면 아마 처분해 줄 수 있을 거야."

[호오, 그것도 그렇겠네.]

그렇게 선애와 앞으로의 일에 대해 의논을 하고 있는데 저속으로 운전(?)하고 있던 마차가 갑자기 멈추더니 마차 문이 벌컥 열리면서 대화 속에 나왔던 휴가 불쑥 들어오는 것이었다.

"으엑? 휴?"

[켁, 휴다!]

선애의 눈이 둥그레지는 걸 예상했다는 듯 바라보며 휴는 씨익 웃으며 손을 들어 보였다.

"여~!"

"어, 휴? 어떻게 된 거예요?"

휴가 자리를 잡고 앉자마자 마차는 다시 출발하기 시작했다. 하지만 선애는 너무 놀라 마차가 출발하는 것도 못 느끼는지 아까 휴가 들어올 때 놀라서 엉거주춤 일어선 그 자세 그대로였다.

"어이, 마차가 출발하는데 앉아야지. 안 그럼 다쳐."

휴는 친절하게 설명해 주며 선애를 붙잡아 자리에 앉혀주었다. 하지만 선애는 여전히 얼떨떨한 표정이었다.

"저기, 혹시 제가 저택을 나와 이 마차를 탈 걸 알고 계셨어요?"

잠시 후에야 정신을 수습한 선애가 조심스레 묻자 휴가 씨익 웃어 보였다.

"내가 아는 건 오늘 네가 저택을 나오게 되었다는 거야. 그래서 길드원에게 잽싸게 저택으로 가는 오솔길과 큰길이 이어지는 지점에서 빈 마차를 들고 어슬렁거리라고 지시를 내렸을 뿐이지."

"아."

그의 말에 고개를 끄덕끄덕 하던 선애가 다시 입을 열었다.

"역시… 그 저택에도 길드원이 있기는 있었군요? 그러니 제가 저택에서 쫓겨났다는 것을 금방 아시는 거겠지요."

그러자 휴는 씨익 웃어 보일 뿐이었다.

"글쎄, 아직 선애는 거기까지 알 수 있는 위치가 아니라니까. 미안하지만 그건 비밀이야."

"예이, 예이."

어차피 다 드러난 건데 그걸 또 비밀이라고 입을 다물고 있다니.

'규칙 때문인지는 모르겠지만… 휴가 이렇게 융통성이 없을 줄이야……'

"어쨌든 쫓겨나게 되어서 정말 죄송해요. 6개월밖에 못 버텼네요. 이거 임무를 완수하지 못하고 귀환하게 되는 거 맞죠?"

선애가 기죽은 목소리로 휴에게 묻자 그가 씨익 웃으며 선애의 머리를 톡톡 쳤다.

"뭐, 그렇게 보면 그럴 수 있지만… 선애는 아직 교육도 끝마치지 못한 상태니 누구도 뭐라고 할 수는 없겠지. 이번에 서대륙인이 유리할 거라는 판단만 없었으면 선애가 투입되는 일은 없었을 거야. 뭐, 그건 완전히 오판이었지만 말야."

그의 말에 선애가 고개를 끄덕였다.

"서대륙인이고 뭐고 하녀가 모자라서 몽땅 채용하던걸요?"

"그랬다더군. 정말 정보 부족이었어. 뭐, 그건 그렇고, 선애야?"

"예?"

"그래프가 뭐야?"

"에에?"

휴의 말에 선애는 다시 한 번 눈을 둥그렇게 떴다. 그리고 그건 나도 마찬가지였다.

'아니, 휴는 또 그래프 이야기를 어디서 들은 거지?

그래프에 대한 건 떠들고 다니지 않아서 몇몇 사람들밖에 모르는 일이었던 것이다. 뭐, 사람들이 그래프에 대해 잘 모르니 들어도 뭔지 모르겠지만.

'시오나가 말했나? 그 애는 벌써 길드원으로 활동을?'

계속 선애를 바라보며 대답을 재촉하는 휴의 모습에 선애는 날 한 번 째려보고는 한숨을 한 번 내쉬며 입을 열었다.

"그러니까… 장부 같은 숫자 기록 같은 걸 한눈에 알아볼 수 있도록 그린 표라고 할까나… 도형이라고 할까나… 그런 거예요."

"흠, 선애가 그런 걸 그릴 수 있는 줄 몰랐는걸."

휴가 팔짱을 낀 채 평소의 싱글싱글이 아닌 심각한 표정으로 말하자 선애가 난처한 표정으로 대꾸했다.

"저는 여기에 그래프 같은 게 없는 줄 몰랐어요. 괜히 그런 거 그리고 놀다가 들켜 가지구 일이나 크게 벌이고… 그냥 가만히 있을걸."

"네가 일부러 그런 것도 아니니 자책할 필요 없어. 그렇게 따지자면 네 실력을 모르고 있었던 내 탓도 있었지. 이제 보니 너는 꽤 대단한 지식을 가지고 있었구나. 혹, 다른 능력도 있어?'

휴가 선애의 기분을 풀어주려는 듯 평소의 얼굴로 돌아와 부드럽게 물어왔다.

그에 선애는 머쓱한 얼굴로 턱을 비비더니 중얼거렸다.

"글쎄요. 무슨 능력을 가지고 있냐고 물으면 뭐라고 대답할지… 그래도 수학을 좀… 그쪽 공부를 좀 했거든요."

선애는 고등학교에 와서 이과를 택했다.

"그으래? 그럼 돌아가면 테스트를 한번 해봐도 될까? 뭐, 그냥 단순히 네 실력을 알아보려는 것뿐이니까 너무 걱정하지는 말고, 마음 편하게 보면 돼."

"좋을 대로 하세요."

테스트라는 말에 선애가 인상을 찡그리더니 결국 어깨를 으쓱이며 대답했다.

"좋아, 그럼 나중에 보자. 너는 우선 집에 가 있어. 마차가 언덕 밑에까지 데려다 줄 거야."

휴가 다시 한 번 싱긋 웃어 보이며 마부석이 있는 마차 벽을 톡톡 두드리자 그걸 용케 알아들은 마부가 마차를 세웠다.

"그럼 집에서 보자."

그에 휴가 손을 흔들어 보이며 마차에서 내리자 선애도 꾸벅 인사를 했다.

"예, 나중에 뵈요."

휴가 마차에서 내려 다시 마부에게 지시를 했는지 선애가 별다른 행동을 취하지 않았는데도 마차 문이 닫히자마자 곧바로 다시 출발했다.

그러자 선애가 한숨을 푸욱 내쉬었다.

"으, 그놈의 그래프. 내가 학교 다닐 때 통계를 싫어했더니만, 그게 이제 와서 복수를 하나? 어딜 가나 그래프 이야기로구만."

진저리가 난다는 듯 인상을 북북 쓰며 중얼거리자 나는 괜히 찔려서 뻘쭘하게 앉아 있었다.

[에구, 미안.]

"됐어. 이제 와서 뭘… 후우, 그나저나 테스트라… 나원 참, 여기 와서 수학 시험을 보게 될 줄이야. 공부 안 한 지 한참 되어 가지구 기억이나 제대로 나려나 모르겠네."

[에이, 편하게 봐, 편하게. 그냥 단순히 네 수준을 알아보려는 건데 뭘.]

"언니는 언제 저택에 다녀올 건데?"

[너 집에 도착하는 거 보고. 한밤중에 불 지르는 건 좀 잔인하니까 사람들이 잠에 들 때쯤 불을 일으킬까 해.]

"뭐, 그건 좋을 대로 해. 하지만 엘리엇 사무실하고 미란다 방은 확실하게 태워줘야 해."

[알았어.]

반년 만에 돌아온 휴의 집에는 변한 것이 없었다. 아직 학생들이 교체될 시기가 아니었는지 사라진 얼굴도, 새로 나타난 얼굴도 없었으며, 여전히 따스한 자스민은 선애를 반갑게 맞아주었다.

"저런… 고생이 많았니? 얼굴이 약간 야윈 것 같구나. 키는… 좀 컸니?"

"키는 전혀 안 큰 것 같아요. 밥은 잘 먹고 있었는데 말이에요. 그래도 자스민이 많이 보고 싶었어요."

"호호호. 그래, 나도 선애가 보고 싶었어."

자스민은 선애가 원래 쓰던 방을 내주었다. 그곳에는 선애가 가기 전과 변한 게 하나도 없었다. 룸메이트 역시도 없었고 말이다.

선애가 정든 방 안을 휘 둘러보고 짐을 풀기 시작하자 나는 슬슬 저택으로 가봐야겠다고 생각했다. 거의 저녁이 다 될 시간이었기 때문이다. 길을 몰라 좀 헤맬 걸 계산해서 일찍 나서는 게 좋을 것 같았다.

[그럼 나는 다녀올게.]

"응, 잘 갔다 와."

집에서 나오자마자 최대한 빠르게 뛰어 집들을 통과해 다녔지만, 지리를 모르는 데다가 사람들에게 길을 물어볼 수 없었던 관계로 내가 겨우겨우 저택에 도착했을 때에는 저녁 시간이 훨씬 지났을 때였다. 그래도 너무 늦게 도착한 건 아니라고 속으로 위안을 하면서 먼저 미란다 녀석의 방으로 향했다. 그녀의 액세서리가 어디 있는지 미리미리 확인해 놔야 나중에 훔쳐 가기 쉽기 때문이었다.

그녀는 마침 식후의 차 한 잔을 마시려던 참이었는지 그녀의 유모인 중년 여자가 그녀에게 차를 따라주고 있었다. 그녀에게서 김이 모락모락 나는 차를 받아 든 미란다는 차를 한 모금 마시더니 문득 생각났다는 듯 입을 열었다.

"참, 그건 어떻게 됐어? 내가 시킨 일 말야."

"아, 그게……."

기대에 찬 눈으로 자신을 바라보는 미란다의 시선이 부담스러웠는지 중년 부인이 난처한 표정으로 시선을 피했다. 하지만 미란다가 집요하게 그녀를 바라보자 결국 한숨을 내쉬며 입을 열었다.

"실패했답니다. 그 계집 혼자 저택을 나온 게 아니라 웬 남자가 같이 나왔는데 그 사람의 싸움 실력이 상당했답니다. 셋이서 기다리고 있었는데 한 방도 먹이지 못하고 모두 나가떨어졌다더군요."

"뭐? 도대체 그 남자가 누군데?"

찻잔을 거칠게 탁자에 내려놓은 미란다의 쌍심지가 치켜 올라갔다.

"그들이 모른다고 하니 알 도리가 없지요."

"체엣, 운도 좋은 계집 같으니. 어떻게 그 계집애한테는 어째 속 시원하게 한 방 먹일 수가 없는 거지? 이번에 그 계집을 쫓아낸 것도 어째 오라버니가 그 계집을 위해 한 것 같단 말이야."

생각할수록 분했는지 미란다는 엄지손톱을 잘근잘근 씹으며 투덜거렸다. 그러자 즉시 중년 여인이 다가와 미란다의 입에서 손가락을 떼어냈다.

"쯧쯧, 아가씨, 또 그러시는군요. 그러면 손톱 모양이 망가진다고 몇 번이나 말씀드렸잖아요. 나중에 보기 흉하게 되시면 어쩌려고 그러세요?"

"쳇, 하여간 뒷맛이 영 개운치 못해. 그 계집이 울고불고 하는 꼴을 봤어야 속이 시원할 텐데."

"쫓겨난 하녀에게 뭘 그리 신경 쓰십니까? 이제 다시 볼 것도 아니니 그만 잊어버리세요."

"치잇, 그 계집이 자꾸 신경에 거슬리니까 그렇지."

가볍게 투정 부리는 그녀와 그런 그녀를 달래는 중년 여인을 향해 나는 가운뎃손가락을 한번 들어주고 속삭였다.

[안됐네. 마지막으로 한 방 먹이는 게 선애라서. 그러게 평소에 잘하지 그랬냐.]

그러면서 나는 서둘러 그녀의 방을 뒤져 미란다가 아끼고 아끼는 보석들이 어디 있는지 살펴봤다. 그녀에게는 따로 금고가 없어서 그러는 건지, 아니면 자주 사용해서 그러는 건지, 그 보석들은 되게 비싼 게 틀림없는데도 이상하게 일반 물건들처럼 그녀의 화장대 서랍에 넣어져 있었다. 그녀가 아끼는 팔찌, 목걸이, 귀고리 세트는 금세공인 듯한 화려한 보석함에 따로 보관되어 있었고, 그 옆에는 여러 다른 보석들도 꽤 많았다.

‘흠, 뭐, 훔치기는 어렵지 않겠어. 좋아, 이건 됐고.’

미란다의 얼굴을 계속 보고 싶지 않았던 나는 엘리엇 서재로 향했다. 자주 들락거려서 익숙한 곳이기는 했지만, 그래도 다시 한 번 확인해 보는 게 좋을 것 같아서였다.

그런데 거기서도 티타임을 가지고 있었다. 엘리엇 혼자가 아니라 그랜트 녀석과 같이.

엘리엇 녀석은 무지 기분 좋아 보이는 얼굴이었다. 평소에도 ‘살인 미소’라고 할 수 있는 미소를 띠고 있었지만, 오늘은 그 미소가 아예 활짝 퍼져 있었다. 마치 잃던 이를 뺀 것만 같은 시원한 표정. 잘하면 콧노래까지 흥얼거릴 것 같았다.

엘리엇은 그 표정으로 차를 한 모금 마시더니 무지 만족스러운 표정을 지었다. 그러다가 맞은편에 앉아 있는 그랜트가 자신을 빤~히 바라보고 있는 걸 깨닫고는 살짝 헛기침을 하며 입을 열었다.

“오늘따라 차 맛이 좋군요. 날이 추워서 따뜻한 차가 그리워져서 그런 걸까요?”

그런 엘리엇을 조금 더 빤~히 바라보던 그랜트가 피식 웃으며 차를 한 모금 마셨다. 그리고는 나지막한 목소리로 물었다.

“기분이 좋은가 보군?”

그에 엘리엇이 멋쩍게 웃어 보였다.

“하하하. 예, 솔직히 말하자면 그렇습니다.”

“그 아이를 내보내서… 인가?”

직설적으로 묻는 그랜트의 질문에 잠시 멈칫한 엘리엇이었지만, 곧 피식 웃으며 차를 한 모금 더 마셨다.

"부인하지는 않겠습니다."

"왜 그 아이를 그렇게 싫어하지?"

그랜트 또한 차를 한 모금 마시며 지나가는 투로 물었다.

"저는 분란의 싹은 애초부터 확실하게 제거하자는 주의거든요."

"쿡. 분란의 싹?"

"그 아이는… 일반 여자 아이는 아니지요. 예, 확실히 제가 보기에도 잘만 키우면 크게 성장할 가능성이 보이더군요. 게다가 어떤 면은 저보다 더 뛰어나기도 하구요. 하지만 그게 저희 상회에 도움은 될 것 같지는 않습니다. 오히려 해가 될 겁니다."

정색을 하고 대답하는 엘리엇.

'이놈아, 넌 대단한 인재를 놓친 거야. 왜 선애가 해가 된단 말이냐 아아~'

이런 내 부르짖음을 들은 것일까? 그랜트가 대신 물어봐 준다.

"왜?"

"그 애는 절대 첩의 위치에 있을 여자가 아니거든요."

"쿡, 첩?"

정색을 하고 말하는 엘리엇에게 그랜트가 피식 웃음을 흘렸다.

"제가 잘못 봤다고 생각하지 마십시오. 코홀리개 때부터 도련님을 모셔온 저입니다. 여자에게 특별한 흥미를 보이시는 것, 그 애가 처음이 아닙니까? 하지만 그 애가 능력이 있다는 건 인정하나 절대 루빈스타인 후작가 안주인으로는 부족합니다."

"너무 앞서 가는 건 아니고?"

"글쎄요. 하지만 앞서도 말씀드렸다시피 분란의 싹은 자라기 전에 세서하사는 주의라시요. 그 애 능력이 아깝기는 하지만, 그 애만한 능력을 가진 자는 얼마든지 있으니까요.”

“그런가.”

“절 원망하셔도 하는 수 없지만, 제 생각은 변치 않을 겁니다.”

단호하게 대답하는 엘리엇에게 그랜트는 다시 피식 웃음을 흘렸다.

“천만에. 오히려 잘됐다고 생각하고 있어.”

그에 엘리엇의 얼굴이 환해졌다. 생각은 굳었지만, 그래도 그랜트에게 원망받는 걸 걱정하고 있었던 모양이다.

“그거참 다행입니다.”

‘뭐야, 저 그랜트 녀석. 으아, 저놈도 역시 마음에 안 드는 놈이었어. 서비스로 저놈 사무실까지 태워주고 말 테다아아~!!’

그날 밤, 모든 사람들이 하루 일과를 마치고 자신의 숙소에서 잠이 들 무렵, 첫 번째 폭발이 일어났다.

콰아앙~!!

분노가 식지 않은 내가 있는 힘껏 힘을 개방했기에, 불은 조용하게 생겨 타오르는 게 아니라 폭발을 일으키며 생겼던 것이다.

장소는 엘리엇 녀석의 사무실. 미란다 다음으로 가장 얄미운 녀석이었기에 사정을 봐줄 생각 따위는 애초에 없었다.

두 번째는 그곳과 가까운 그랜트 녀석의 사무실이었다. 엘리엇 녀석의 사무실에서는 서류함에 대고 직접 힘을 썼지만, 그랜트는 그래도 쫌 덜 미웠기에 서류함이 아니라 사무실 가운데 있는 소파에 대고 힘을 썼다. 사람들이 발 빠르게 움직인다면 서류는 무사하게끔 말이다.

콰과광~!!

그리고 마지막은 미란다의 드레스 룸이었다.

도대체 하루에 수십 번씩 갈아입어도 평생 다 못 입을 정도의 이 많은 옷들이 왜 필요한지 모르겠지만, 하여간 그만큼 많은 옷이 한국에 있는 울 집이 통째로 들어갈 정도로 큰 방에 주르르르 걸려 있었다.

적당히 많으면 부럽기도 하겠지만, 너무 많으니까 기가 막혔다.

'이게 바로 쓸데없는 낭비라는 거다아~ 으휴, 이걸 태우는 나도 낭비시키는 건가아?

척 보기에도 무지 고급으로 보이는 옷감들을 찡그리고 바라본 나는 첫 번째와 두 번째의, 갑작스러운 폭발음에 하녀들이 급히 달려와 정신을 차리지 못하는 미란다를 황급히 피신시킨 걸 확인하고 가장 큰 힘을 끌어냈다.

꾸아아아아앙~!!

그리고는 여유있게 미란다의 화장대 서랍에서 보석들을 싹쓸이한 채 유유자적하게 저택을 나섰다.

그때쯤에는 저택의 사방에 불이 밝혀진 채 커다란 소동이 일어나고 있었다.

"불이아아아~!!"

다음날 이른 아침, 학생들보다도 먼저 일어나 식사를 하고 출근하려는 휴를 선애가 붙잡았다. 물론 내가 기다리고 있다가 그의 모습이 보이자 선애를 부른 거긴 하다.

의아한 표정으로 아침 인사를 하는 휴를 끌고 인적이 없는 구석으로 가서 어젯밤 내가 가지고 온 보물을 내놓자 휴의 눈이 커다랗게 떠졌다.

"이건… 뭐지?"

"솔직히 말하면… 그 저택에서 가지고 온 거예요. 하지만 제가 가지고 있어봤자 어떻게 할 수가 없으니까 휴에게 부탁하면 되지 않을까…
싶어서 말이죠."

어차피 휴를 속이는 건 어렵다고 생각한 나와 선애는 의논 끝에 솔직하게 이야기하기로 결론을 냈다. 휴가 조금 생각해 보면 선애에게 갑작스럽게 생긴 보석의 근원지란 저택밖에 없다는 걸 금방 떠올릴 수 있을 거니 거짓말을 한다 해도 금방 들통날 거였다. 그러느니 차라리 처음부터 솔직한 게 좋을 것 같아서였다.

선애의 말에 휴는 멍한 표정을 지었다가 곧 피식 웃었다.

"이야, 처음 본 인상대로 정말 당찬 아가씨인걸? 빈손으로 그냥 나오기가 억울했나, 이거지? 알았어. 내가 적당한 가격으로 처리해 주지. 하지만 제값을 받기 힘들 거라는 건 미리 말해 두지."

정식으로 받아온 것도 아니고 훔쳐 온 건데 당연한 일이었다.

"휴가 알아서 해주세요. 뭐, 그 돈 전부 주지 않으셔도 되구요."

지금 많은 돈을 가지고 있어봤자 관리하기도 어려울 거였다. 갑작스레 큰돈을 쓸 데도 없고 말이다.

"흠, 그렇게 말한다면 수고비는 좀 떼도록 할게. 아, 그리고… 오늘 오후쯤에 널 테스트하러 올 것 같은데 괜찮겠지?"

"저야 아무 때나 상관없어요."

이곳에 교과서나 문제지가 있을 리가 없었기에 며칠 뒤에 테스트를 한다고 해도 어떻게 공부할 수 있는 방법이 없었다. 뭐, 기껏해야 머리 속에 있는 문제를 꺼내 끄적여 보는 정도?

"그래, 편하게 생각해, 편하게. 그럼 나중에 보자."

"예, 안녕히 다녀오세요."

문을 나서는 휴에게 꾸벅 인사를 한 선애가 식당으로 갔다.

전에 루빈스타인 후작가 저택에 있었을 때는, 별관에서는 그래도 시오나도 있고 친해져서 선애를 챙기는 에밀리와 달시, 그리고 같은 동류라는 느낌에 좋게좋게 다가오는 애들도 있어서 좋았지만, 본관으로 간 뒤엔 얼마나 냉랭한 분위기 속에서 식사를 했는지 모른다. 린이랑 같이 식사를 할 때는, 그래도 그녀가 겉으로나마 챙겨주는 척했으니 그나마 나았지만, 그녀가 바빠 없을 때는 선애는 순전히 혼자 외로이 먹었던 것이다.

주변에서는 이상한 일이지만 선애에게 다가오는 사람이 없었다. 보통 후배 혼자 있으면 선배들이 먼저 다가와서 말이라도 걸어줄 법한데도 말이다. 뭐, 미란다 녀석에게 미운 털 박힌 뒤로는 아예 근처에 얼씬거리는 하녀도 없었지만.

그런데 그런 곳에서 벗어나 휴의 집으로 돌아와 식당으로 가니 안면 있는 얼굴들이 모두 꾸벅 인사를 하더니, 시오나 덕분에 친해진 애들이 모두 한마디씩 건네는 것이었다.

"선애야, 돌아왔다는 이야기는 들었어."

"어떻게 된 거야? 너 혼자 온 거라며?"

"쿡쿡쿡, 너 쫓겨난 거냐?"

어딜 가든 집이 최고라는 말이 정말 실감났다. 뭐, 선애와 나의 집은 한국이지만 한국에 갈 수 없는 이상 당분간 집은 여기라고 할 수 있지 않겠는가?

그런 그들에게 선애도 반갑게 인사하며 시오나에게 애인이 생겼다는 소식도 전해주고, 오랜만에 수업도 듣고 하며 시간을 보내던 중, 드디어 다시 온다고 말했던 휴가 돌아왔다.

그리고 같이 온—아마도 선애의 테스트를 담당한 사람이겠지만—사람이 있었는데, 놀랍게도 그는 전에 선애가 불을 다루는 게 마법인지 아닌지 확인하러 온 바로 그 마법사였다. 부름을 받아 응접실로 온 선애를 보자마자 마법사는 기가 막히다는 표정으로 물어왔던 것이다.

"너는 수학에도 대단한 재능이 있다며? 정말 마법사가 아닌 거냐?"

도대체 마법하고 수학하고 무슨 관계가 있는 건지 이해를 못한 선애는 당혹스러운 표정으로 고개만 도리도리 저을 뿐이었다.

"정말 마법사가 아니냐? 참내, 마나만 가지고 있었다면 절대 믿지 않았을 테지만… 이거 마나가 보통 사람 정도니 안 믿을 수도 없고. 아, 혹시 마나를 숨기고 있는 건가? 끄응, 대마법사에게 보여야 하는 거 이닌기 몰라."

선애에게 대놓고 묻는다기보다는 혼자 중얼거리는 말에 휴와 선애는 서로 마주 보며 쓴웃음을 주고받았다. 그 마법사는 아무래도 선애에 대한 미련을 포기하지 못한 모양이었다.

한참을 그렇게 혼자 중얼거리던 마법사는 마침내 다 중얼거렸는지 길게 한숨을 내쉬고는 선애를 돌아보았다.

"어쨌든 우선은 테스트가 먼저지. 자자, 시작해 보자."

선애와 그 마법사가 자리를 잡고 앉자 휴도 그 옆 자리에 앉았다. 선애를 마법사에게 맡기고 돌아가는 게 아닌 걸 보니, 아무래도 테스트를 받는 걸 구경하려는 듯.

그렇게 시작하려고 하는데 응접실 문에 노크 소리가 들리더니 문이 빼꼼 열리는 거였다.

누군가 하고 돌아봤더니, 이곳을 떠나기 전까지 선애에게 온갖 트집을 잡으려고 애를 썼던 바로 그 수학 담당 선생이었다.

"실례합니다. 저… 수리 테스트를 한다고 들었는데… 괜찮다면 저도 좀 봐도 될까요?"

'저놈이 웬일일까. 선애의 실력이 어느 정도인지 궁금한 걸까나?

선애에게 별로 좋게 대하지 않던—후작 저택에 가기 전에는 정말 무지무지 나쁜 놈으로 생각되었는데, 후작 저택에서 여러 가지 일을 겪다 보니 저 수학 선생이 선애를 갈군 건 별것 아닌 걸로 여겨질 정도였다—사람이 테스트를 보겠다니 솔직히 좀 의아했다. 평소 선애를 좋게 생각하던 사람이라면 당연한 일이라고 생각했겠지만 말이다.

"나쁠 건 없겠지. 들어오게나."

"감사합니다."

휴의 허락이 떨어지자 응접실로 들어온 그는 마법사에게도 정중하게 인사를 하고는 자리를 잡고 앉았다.

"흠, 서대륙 쪽 수리가 우리랑 똑같은지 모르겠군."

"틀리지는 않은 것 같습니다. 저 애가 그래도 덧셈, 뺄셈, 곱셈을 할 줄 알았거든요."

"그건 다행이군. 그럼."

수학 선생의 끼어들기에 마법사가 다행이라는 표정을 지으며 여러 가지 숫자를 적어 나가기 시작했다. 그리고 그 방에 있던 사람들은 마법사의 손끝이 적어 내려가는 숫자들을 바라보고 있었다.

한참을 끄적거리던 마법사가 선애에게 그 숫자의 조합들을 내밀었다.

"자, 이거 풀 수 있겠느냐?"

대충 보아하니 더하기와 빼기, 곱셈과 나눗셈을 적당하게 섞은, 십 자리 수의 나열이었다.

그에 쉽게 펜을 들어 풀려고 하던 선애가 멈칫하더니 마법사를 바라봤다.

"에, 혹시 더하기와 빼기, 곱셈과 나눗셈이 섞여 있으면 곱셈과 나눗셈 먼저 계산하는 건가요?"

선애의 질문에 마법사가 놀랍다는 듯 자신의 턱을 만졌다.

"호오, 서대륙에서도 그렇게 수리 계산을 하느냐? 맞다. 곱셈과 나눗셈이 우선권이 있지."

내 보기에 아마 그걸 확인하려는 듯, 길기만 한 숫자 나열 계산을 내놓은 것 같았다.

선애가 몇 번 끄적이다가 가볍게 그 문제를 풀어 답을 내놓자 마법사가 고개를 끄덕끄덕해 보였디.

"맞았다. 그럼 이것도 해보겠느냐?"

이 정도쯤이야 당연히 풀었을 거라는 표정이었다.

'당근이지. 그 정도쯤이야.'

그 다음 마법사가 끄적거려 내민 문제는 숫자 가운데 문자가 하나 들어 있었다.

그리고 '=' 기호 다음에는 답도 나와 있었다.

한마디로 숫자 가운데 낀 문자는 수학 문제에서 'x' 나 'y', 혹은 'a' 나 'b' 로 표기되는 기호였던 것이다.

"이건 알지 못하는 숫자를 나타내는 기호다. 그리고 이번 문제에서는 이 기호가 나타내는 숫자를 알아내는 것이다. 할 수 있겠느냐?"

문자가 하나 들어갔지만, 처음 낮은 단계부터 시작하느라고 문제는 모두 더하기 빼기 문제였다. 선애한테는 너무 쉬운 문제라 그걸 가볍게 맞추자 그 다음에는 곱셈과 나눗셈이 들어갔다. 그것마저도 가볍게 맞추자 마법사가 입을 열었다.

"호오, 역시 내가 와서 직접 테스트를 해볼 만한 실력이구나. 지금까지는 연습이었다 생각하거라. 이제부터 진짜니까."

"예."

그의 말에 선애가 약간 긴장한 채 문제를 기다렸는데, 그 다음 마법사가 적어서 내준 것은… 방정식이었다.

'헤에, 이곳에도 방정식이 있단 말이야?'

거기에 제곱도 나오고 있었다. 비록 한국에서 사용하던 것처럼 표시하지 않고 그냥 a, x, a로 나오지만, 그게 제곱이 아니고 뭐겠는가? 그렇게 따지고 보면 어째 인수분해를 풀어놓은 것 같기도 했다.

'그럼 여기도 인수분해가?'

그렇게 놀라움을 속으로 표하고 있을 때 더욱더 놀랍게도 그 다음 단계가 인수분해 비스무리한 문제였다. 뭐, 풀어진 수식을 인수분해로 정리하라는 문제는 아니었고, 그것 말고도 다른 수리가 더해져 있는 데다 방정식이 나올 때부터 계속되었던, 문자로 나오는 알지 못하는 수를 알아내는 것이 문제였지만, 문제를 풀 때 인수분해 공식이 사용되어 그런 생각을 한 거였다.

선애가 인수분해 공식이 필요한 부분과 그렇지 않은 부분을 따로따로 떼어서 풀고 나중에 합하여 문제를 완전히 풀고 나자, 그 모습을 계속 지켜보던 마법사와 수학 선생은 호오, 호오, 하며 감탄사를 연발하는 것이었다. 마치 그런 방법이 있었구나… 라고 감탄하는 표정이었다.

"확실히… 결과는 같아도 방법에 좀 차이가 있구나. 뭐, 그건 어쩔 수 없는 거겠지? 그래도… 서대륙 방식이 우리보다 좀 뛰어난 것 같기는 허군. 게다가 상당히 높은 단계 수리까지 풀 수 있군."

수학 선생이 감탄했다는 표정으로 중얼거리자 선애가 머쓱한 표정으로 대답했다.

"뭐, 저는 수리 쪽을 다른 애들보다 좀 더 많이 공부했거든요."

"역시."

수학 선생이 '그랬구나' 란 표정으로 고개를 끄덕이는데 선애가 푼 문제들을 뚫어져라 바라보던 마법사가 갑자기 선애의 손을 덥석 잡더니 입을 열었다.

"너… 혹시 마법 배워볼 생각 없냐? 이거 2클래스 마법 공식인데 이걸 이렇게 간단하게 풀다니. 혹시 마나를 느끼는 데 소질이 좀 떨어져도 그런 건 디른 걸로 보킹할 방법은 있으니까. 만약 생각만 있다면 내가 가르쳐 주마. 어때, 생각없냐?"

"예에에에~?"

그의 갑작스러운 행동에 선애는 입만 떠억 벌리고 휴를 쳐다봤다.

아무래도 그 마법사는 내 능력을 선애의 능력으로 생각하니까 선애가 그… 마나인지 뭔지를 숨기고 있을 가능성이 높다고 생각한 모양이었다. 아니면 전부터 계속 선애의—나의—능력을 연구해 보고 싶어 했으니까 이 핑계로 그걸 하고 싶어 하는지도 모른다.

그러나 그럴 생각이 전혀 없는 선애의 도움을 요청하는 듯한 시선에 휴가 나섰다.

"자, 자, 그만 하시지요. 만약 선애에게 마법에 대한 재능이 있었다면 서대륙에서 마법을 배웠지 않겠습니까? 그런데 그게 아니니… 역시 마법에 대한 재능은 없었나 보죠. 서대륙에도 마법은 있다면서요?"

휴의 말에 마법사는 선애의 손을 놓았지만, 선애를 바라보는 표정에는 미련이 가득했다.

“그렇지. 서대륙에는 엘프가 있으니까.”

‘엘프? 엘프는 또 뭐다냐.’

내가 고개를 갸웃거리는 동안에도 마법사의 말은 이어졌다.

“우리 쪽과는 좀 다르지만, 그래도 근본은 다르지 않았으니. 하긴…
저 애한테 재능이 있었다면 그쪽 마법사들이 놔두지는 않았겠지.”

입맛까지 쩝쩝 다시면서 미련을 표하는 마법사의 태도에 선애는 무
지 당혹스러운 표정이었다. 원래 마법사들이 저렇게 끈질긴 건지, 아
니면 저 마법사만 성격이 끈질긴 건지 모르겠지만… 하여간 다이어트
나 금연을 한다면 100% 성공할 사람으로 보였다.

선애의 수학 테스는 한 가지 문제를 더 풀고서 끝이 났다.

2차 방정식에 인수분해 공식까지 필요하게 되자 나는 혹시나 로그나
아니면 미분, 적분까지 등장하는 건 아닌가 싶었는데 그건 이곳에서는
아직 사용하지 않는 모양이었다. 그래도 행렬 정도는 사용할 것 같기
는 했다.

수학 선생은 선애의 수준에 무척이나 놀라면서 이제부터 자기 수업
은 안 들어도 된다고 했다. 그러면서 덧붙이길,

“이 정도 수준의 애를 쉬운 문제로 트집 잡으려고 했으니… 나도
참.”

그러면서 허탈하다는 듯 허허 웃어버리는 것이었다.

마법사는 끝까지 미련을 버리지 못하고 선애를 꼬시려고 했지만, 선
애는 마법에 대한 호기심보다는 그 마법사의 태도에 몸서리쳐지는 게
더 컸는지 단호하게 거절했다.

나중에 들으니, 그 마법사도 선애가 마법 재능이 없는 건 알고 있었
는데, 마법을 연구히는 데 수하자의 도움을 받을 수 있으면 무척 유리

하기 때문에 그렇게 선애를 꼬셨다고 한다. 기실, 마법사들 연구에 같이 참여하는 수학자들이 많다나 어쨌다나. 아마 그 마법사는 선애를 제자로 삼아 자신의 연구를 돕는 전용 수학자로 만들고 싶었던 모양이다.

선애의 거절에 무지무지 아쉬워하는 마법사를 응접실에서 내보낸 휴는 선애를 손짓으로 불렀다.

"선애야, 내가 오늘 출근해서 놀라운 소식을 들었거든. 어젯밤에 루빈스타인 후작가 저택에 큰불이 났다고 하더구나."

그러면서 선애를 빤~히 보는 폼이 '너와 연관된 일이지?' 라고 묻는 것만 같았다.

그러나 선애는 시침 뚝 떼었다. 비록 휴가 선애의 능력—물론 내 능력이지만—을 알고 있기는 하지만, 만약 시인하면 밤에 몰래 빠져나가서 불을 지르고 돌아왔다는 이야기가 되지 않겠는가? 그건, 실제로 불을 다루는 능력이 있다고 해도 어려운 일이었다. 이 집에서 몰래 빠져나가는 건 쉽다고 해도 저택까지 찾아가는 것 하며, 저택에 불 지르고 무사히 돌아오는 것은 쉬운 일이 아니었으니 말이다.

기실 나 또한 루빈스타인 후작가 저택에서 다시 여기로 되돌아왔을 땐 새벽에 가까운 한밤중이었다. 미란다의 보석을 가지고 있었던 터라 저택에 갈 때처럼 무조건 건물을 뚫고 지나갈 수가 없었던 것이다. 밤이라서 사람들 눈을 걱정하지 않아도 되었지만, 하여간 그렇게 길을 따라와야 했기에 무지 헤맸다.

그러니 만약 선애가 그랬다고 하면 휴는 선애에게 불을 다루는 능력 말고도 또 다른 능력이 있을지도 모른다고 생각할지도 몰랐다.

"어머, 큰불이 났대요? 웬일이래. 사람들이 다치진 않았대요? 저택이 다 탔나요?”

선애의 질문에 휴는 선애를 빤~히 바라보더니 결국 어깨를 한 번 으쓱이고는 순순히 대답해 줬다. 아무래도 ‘수상하긴 하지만 내가 그 냥 넘어가 준다’ 라는 것 같았다.

“3층에 불이 났는데… 사람이 없는 곳이라서 인명 피해는 없었나 봐. 게다가 모두 깊이 잠든 시간도 아니라서 불이 좀 번지기는 했는데, 저택을 다 태운 건 아니라더군. 뭐, 그래도 피해가 좀 컸다지, 아마? 하 지만 루빈스타인 후작가가 어떤 곳인데. 그 정도쯤이야 새 발의 피 정 도겠지.”

“그래요? 그나마 다행이네요. 사람들도 다치지 않았다니 잘됐구요.”

선애가 대답하자 휴가 씨익 웃어 보였다.

“그래도 조금은 쌤통이라고 생각하지?”

“훗훗훗, 예.”

“그려, 그려. 나도 쌤통이라고 생각해. 그럼, 오늘은 수고했다.”

“예.”

간단한 테스트라고 하더니만 선애가 어디까지 알고 있는지 확인하 는 게 아니라 단지 그들이 정해놓은 기준 이상인지 미만인지 확인하려 던 것뿐인 듯했다. 꿍얼거리는 마법사의 말을 들으니 선애는 3클래스 마법 공식을 푼 거라고 했다. 설마 마법이 3클래스밖에 없는 건 아닐 테니 문제를 내려고만 했다면 더 어려운 문제를 낼 수 있었을 거다.

가볍게 선애의 어깨를 두드려 주고 휴가 밖으로 나가자 선애가 깊은 한숨을 내쉬었다.

“히유우우~”

[에, 긴장하고 있었어?]

"아무리 가볍게 생각하라고 해도 테스트라니까 저절로 긴장이 되는 거 있지?"

선애가 긴장하느라 굳어진 어깨를 톡톡 두드리며 응접실을 나서자 나도 그 뒤를 따라 나가며 혀를 끌끌 찼다.

[쯧쯧, 넌 한국에서 고3 수험생이 안 된 게 왠지 다행인 것 같아. 만약 거기서 고3이 되었으면 분명히 지독한 고3병으로 고생했을 거야.]

"태평하게 지낸 언니가 이상한 거야."

그날 저녁, 다른 때보다 조금 일찍 돌아온 휴가 선애를 다시 부르더니 진지하게 수리학자―우리로 말하면 수학자―가 될 거냐고 물어왔다. 아마 선애가 그쪽으로 좀 깊이 공부를 했다니까 혹시나 하고 물어보는 것 같았다.

"만약 네가 원한다면 그쪽 길로 나가도록 해주마. 아까 그 마법사도 원했고 말이다. 뭐, 네 다른 능력이 조금 아쉽기는 하지만, 수리 능력만으로도 충분히 길드에 도움이 될 테니까."

그의 말에 선애는 좀 갈등하는 눈치였다. 선애는 수학 성적이 제법 좋은 만큼 수학 문제를 푸는 것도 좋아했던 것이다. 어려운 문제를 풀어내는 그 성취감이 좋다나 어쨌다나.

한참 동안이나 고민하고 있던 선애는 결국 마음을 정한 듯 똑바로 휴를 쳐다보며 입을 열었다.

"휴, 괜찮다면… 저 상회 같은 데서 일해도 될까요?"

"상회?"

휴는 의외의 말을 들은 듯 고개를 갸웃거렸다.

“예. 제가 할 수 있다면 그런 데서 일하고 싶어요.”

“그런 쪽에 관심이 있었나? 뭐, 원한다면 한 번 기회는 주겠지만, 설마… 정말 설마라고 생각하지만… 루빈스타인 후작가에 복수하려는 건 아니겠지?”

“에이, 설마요. 거긴 이 나라를 대표하는 대상회이라면서요? 뭐, 제가 들어가서 상회을 그만큼 키울 수 있다면 한 방 먹이는 건 고려해 보겠지만, 복수심 때문에 그러는 건 아니구요.”

말끝을 슬쩍 흐리는 선애가 좀 못 미더운지 휴가 재촉했다.

“그럼?”

“아뇨, 어떤 녀석이 여자는 아무리 능력이 있어봤자 분란의 씨앗일 뿐이라고 말해서요. 절대 그런 게 아니라는 걸 증명해 보이고도 싶고, 또 제가 무엇을 얼마만큼이나 할 수 있는지 제 자신을 한 번 시험해 보고 싶어요.”

“호오.”

선애의 포부에 휴가 고개를 끄덕였다.

“뭐, 만약 아무것도 아니라고 생각된다면 그때 수리학자 쪽으로 전향하죠, 뭐. 그건 언제든지 할 수 있잖아요.”

“일단은 해보고 싶은 건 다 해본다, 이건가? 홋, 나쁘지 않군. 이게 바로 젊음의 패기라는 거겠지? 네 생각은 잘 알았다.”

“감사합니다.”

“고마울 건 없지. 어차피 네 능력을 십분 발휘하는 것이 우리 쪽으로서도 좋은 일이니까.”

휴가 그렇게 선애의 의견을 받아들여 준 건 고마웠지만, 그가 길을 마련해 준다는 건 선애가 이 저택에서의 교육을 다 마치고, 또 견습 길드원으로서의 기간도 다 마친 후가 될 줄 알았다. 한국에서 말하면 일반적으로 대학 교육 과정을 끝내고 직장 구할 생각을 하듯 말이다.

그런데 휴의 배려가 좀 지나쳤는지 그해 겨울이 지나고 새로 봄이 오자마자 떡하니 선애의 자리를 마련해 놓은 것이었다.

"예에?"

"상회에 자리가 하나 났는데 해볼 생각 없냐고."

봄이 돌아와 이제 슬슬 학생들의 교체가 일어날 시기, 선애는 수학이야 이제 안 들어도 된다고 했지만, 다른 과목들 교육이 끝난 건 아니기에 졸업은 꿈에도 생각하지 않고 있었다. 그도 그럴 것이, 이곳에서 교육받는 애들은 보통 2, 3년 정도로, 길어야 거기서 1년 늘어난다고 하는데 선애가 교육받은 기간은 겨우 1년 좀 넘은 기간이었으니 말이다. 그것도 반년은 말이 안 통해서 자스민에게 개인적으로 말과 글의 교육을 따로 받은 거였으니, 정식으로 교육을 받은 건 반년 조금 넘은 기간뿐이다. 왜냐하면 교육받은 지 1년도 지나기 전에 하필 루빈스타인 후작가의 저택에서 하녀를 구하는 바람에 그곳으로 갔으니까 말이다.

거기서 있었던 것도 반년 정도.

그러니 돌아온 게 겨울인데 봄이 되자마자 이 소리를 듣게 되는 건 일러도 너무 이른 것 같았다. 게다가 길드원 견습 기간은 어찌한단 말인가?

선애도 너무 갑작스러웠던 모양이다.

"이렇게 빨리요? 너무 이른 것 같은데요. 저 교육도 덜 끝난 데다… 견습 기간은 어쩌고요? 설마… 거기서 일하는 기간이 견습 기간인가요?"

"응? 아아, 아니야. 넌 견습 기간이 없을 거야."

휴의 대답에 선애의 눈이 둥그렇게 떠졌다.

"예?"

설마 선애가 너무 뛰어나서 건너뛰었다는 건 아닐 거다. 물론 선애가 뛰어나긴 하지만 여기 있는 애들도 선애 못지않을 만큼 뛰어난 애들이란 건 내가 잘 안다. 기실, 시오나도 선애 못지않게 영리하지 않았던가? 고아원에서 눈에 띌 정도로 똑똑한 애들만 모아 온 것인데 말이다.

"음, 좀 더 정확하게 말하자면, 선애, 넌 길드에서 받아들이지 않기로 했어."

"에엑?"

그의 말에 선애의 입이 떠억 벌어졌다. 그리고 그건 나도 마찬가지였다.

'그러니까 선애가 뭔가 부족해서 길드원으로 했던 걸 무효화시키기로 했는데, 그냥 내쫓는 게 미안하니까 먹고살라고 직장을 하나 마련해 준다는 소리인가?

"어, 제가 뭐 잘못한 거라도 있나요?"

선애가 조심스레 묻자 휴가 손을 휘휘 내저었다.

"어어, 아니야. 이상한 생각은 하지 말아주길 바래. 네가 길드 요원이 안 되는 이유는 단순히 너무 튀어서일 뿐이니까."

"엥?"

뜻밖의 말에 선애가 황당해하자 휴가 좀 더 자세하게 설명했다.

"우리 길드 요원들이 가장 주의해야 할 게 뭔지 알아? 바로 튀지 말아야 한다는 거지. 외근하는 요원들은 물론 내근하는 요원들도 주위에서는 그들이 길드 요원이라는 걸 몰라. 오직 같이 일하는 요원들끼리만 알고 있지. 그런데 너는 가만히 있어도 튀거든, 외모가.”

“흠.”

부정할 수가 없었다. 선애의 외모는 서양인들 사이에 홀로 있는 동양인의 모습이었으니까.

“게다가 후작가에서 있었던 일로 인하여 너는 부각이 되고 말았어. 그러니 네가 길드원으로서 외근을 하든 내근을 하든 사람들의 시선이 널 따라다니게 될 거야. 나는 간과하고 있었는데, 길드 내에서 그렇게 판단을 하더라고.”

“아.”

아무래도 ‘그래프’ 일도 있었고, 게다가 미란다에게 찍혀서 큰 소동을 일으키고 쫓겨 나왔으니, 그 저택에서 있던 선애를 한 번이라도 본 모든 사람들이 선애를 잊지 못할 터였다.

“하지만 네 능력은 정말 아까운 일이지. 그래서 길드 측에서는 널 길드원으로 받아들이지 못하는 대신 협력인으로 받아들이기로 했어.”

“협력인… 이요?”

생소한 의미의 단어에 선애가 고개를 갸웃하는데 휴가 피식 웃었다.

“정보 길드는 어떻게 돈을 버는 것 같아?”

“예?”

‘아니, 선애를 정보 길드에 가입시키네 마네 하더니만 갑자기 무슨 뜬금없는 이야기?’ 라고 생각을 했지만, 휴는 쓸데없는 말을 안 하는 타입의 사람이었기에 선애도 황당하다고 되묻기는 했지만, 곧 진지하게 대꾸했다.

“정보를 팔아서 돈을 버는 것 아닌가요?”

“맞아. 쉽게 말하면 그렇지. 그런 면에서 보면 우리도 일종의 상업을 한다고 볼 수 있는데 왜 우리를 상업 길드라고 안 하고 정보 길드라고 할까?”

‘헤에, 그렇게 보니 또 그게 그렇네. 한국에서는 정보의 바다라 불리는 인터넷 사업도 사업이었는데 말이지.’

선애도 선뜻 대답 못하고 머뭇거리자 휴가 빙긋 웃더니 양손을 깍지끼고는 그 위에 턱을 올려놨다.

“우리가 손님을 까탈스럽게 선별하기 때문에 그래. 손님이 우리를 찾아오는 게 아니라 우리가 필요한 손님을 찾아가는 거지.”

그가 설명했지만, 내 머리 속에서는 ‘그게 뭐?’ 라는 게 떠올랐다. 보통 사업하는 사람들은 거래 상대자를 고를 때 심사숙고하는 건 당연한 거 아닌가 말이다. 잘못 골랐다가는 사기꾼이랑 거래해서 다 떼어먹고 도망가거나, 아니면 능력없는 자를 골라 함께 망한다거나 하는 등등의 일은 적은 일이 아니었으니 말이다.

선애 또한 그의 말을 알아듣지 못한 표정이자 휴가 좀 더 자세하게 설명해 줬다.

“우리가 정보를 팔아서 돈을 번다고 했지? 그럼 우리가 정보를 누구에게 판다고 생각해?”

“에, 그야… 정보가 필요한 사람이요.”

선애의 말에 휴가 쿡쿡 웃었다.

“그래, 맞는 말이다. 하지만 정보를 필요로 하는 모든 사람들에게 파는 건 불가능하지. 설마 아무나 와서 어떤 사람이 모월 모일 모시에 무엇을 했는지에 대한 정보를 달라고 한다고 줄 수 있을 것 같냐?”

'어, 그런 거 아니었나?'

나는 아무나 정보 길드로 찾아와서 돈만 내면 어떤 정보든 얻을 수 있는 줄 알았다. 그런데 휴의 말투를 보니 그런 게 아니었나 보다.

휴는 선애에게 답을 들으려 했던 게 아니었는지 선애가 대답을 못하고 가만히 있어도 별로 개의치 않고 말을 이었다.

"우리가 많은 인원과 체계적인 조직을 가지고 있어도 능력의 한계는 분명히 있어. 그러니 이 세상의 모든 사람들이 매 시간마다 한 일에 대한 정보를 가지는 건 불가능한 일 아니겠냐? 설사 그 정보를 모았다고 해도 그 정보들을 저장하는 것도 어려울 테고, 필요할 때 찾는 것도 힘들겠지."

"그거야 뭐."

컴퓨터가 없는 세상이었으니 그럴 만도 했다.

선애가 이해했다는 듯 고개를 끄덕이자 다시 휴가 말을 이었다.

"그러니 우리는 그 수없이 많은 정보들 중 돈이 될 만한 정보들만 걸러내 수집하고 보유하고 있거든. 그런데 이 정보란 놈은 양면성을 가지고 있어. 잘만 사용하면 큰 이익이 되지만, 잘못 사용하면 망하거든. 그런데 그 망하는 게 완전히 폭삭 망한다는 게 문제지."

휴의 말에 나는 입술을 삐죽였다.

'원래 사업에 실패하면 다 망하는 법 아닌감?'

그러나 내가 이러는 것을 전~혀 모르는 휴의 말은 계속 이어졌다.

"우리가 가지고 있는 정보는 돈이 될 만한 중요한 정보지. 그걸 원하는 사람들이 어떤 사람들일 것 같아? 힘있고 돈 많은 사람들이겠지. 그러한 사람들이 원한다고 이 사람, 저 사람에게 있는 것 다 팔면 어떻게 될 것 같아?"

‘돈을 많이 벌지 않을까?

“우리 길드는 쥐도 새도 모르게 이 세상에서 사라지게 될 거다.”

‘에?

선애의 표정이 아리송했던지 휴가 피식 웃으며 입을 열었다.

“예를 들어볼까? 어떤 힘있는 귀족이 자신의 정적을 제거, 혹은 억누르기 위해 그 사람의 비리에 대한 정보를 샀다고 치자. 그럼 그는 우리의 정보를 잘 써먹고 난 뒤 이렇게 생각하겠지. ‘혹시, 저 정보 길드 놈들은 나에 대한 비리 정보도 가지고 있는 건 아닐까’ 라고 말야.”

“아하.”

선애가 그제야 알아들었다는 듯 고개를 끄덕였다.

“그런 의심을 한 그 귀족은 절대 정보 길드를 그냥 내버려 둘 리가 없을 테니 어떻게 해서든 없애려고 하겠죠.”

“맞았어. 그래서 우리는 고개를 선택할 때 신중에 신중을 더해서 선택하지. 우리가 할 수 있는 한 모든 정보를 다 동원해 그 사람에 대해 검토하고 또 검토하면서 말야. 하지만 사람이란 건 정말 알 수 없는 존재거든.”

휴의 말에 나는 고개를 끄덕였다.

‘열 길 물속은 알아도 한 길 사람 속은 모른다고 하지.’

“절대 돌아서지 않을 거라 생각했던 사람이 돌아서기도 하고, 충분히 제어할 수 있다고 생각했던 사람이 어느새 우리도 두려워할 만큼 무서운 사람이 될 수도 있지. 그래서 정보 길드의 철저한 비밀 엄수가 필요한 거야. 고객의 선택 우선권도 우리 쪽에 있지만, 설사 우리에게 선택된 고객이라 해도 길드에 대한 비밀은 엄중히 지켜야 하는 게 길드의 첫 번째 룰이다.”

그쯤 이야기하자 선애가 알아들었다는 듯 입을 열었다.

"그런데 저는 첫 번째 룰을 지키기에 어렵다는 거죠?"

"그래, 너는 가만히 있어도 너무 튀는 존재거든. 외근을 하든 내근을 하든 너는 너무 주목을 끌게 될 거야. 게다가 루빈스타인 후작가의 화재 사건으로 너는 사람들 뇌리에 깊이 인식되어 있을 거란 결론이 내려졌지. 네가 그 화재를 일으켰든 안 일으켰든 간에 상관없이 말이다."

어떤 커다란 사건이 생긴다면 그 사건과 연관된 인물들, 혹은 그 사건으로 인해 같이 떠오르는 사람들이나 사건은 일반 사람들에게 오래오래 기억에 남을 것이다.

루빈스타인 후작가의 화재와 선애는 그런 관계였다. 선애가 쫓겨나다시피 나간 날 밤에 그렇게 큰 화재가 일어났으니, 저택에서 선애가 하녀로 일했던 걸 아는 사람들은 그 화재를 떠올리면 '아, 그날 쫓겨난 애가 있었지' 하며 자연스레 선애를 떠올릴 거였다.

휴가 말하는 건 바로 그것이었다.

"그래서 길드원이 되는 대신 협력인이 되라구요? 그런데 협력인이 정확히 뭔데요?"

"뭐, 쉽게 말하자면 길드에 협력하는 사람을 말해."

그렇게 시작된 휴의 설명을 잠깐 요약하자면, 길드원이 아닌데 길드와 관련을 맺고 그 일을 돕는 존재가 있는데 그를 계약자, 아니면 협력인이라고 한다는 것이다.

뭐, 둘 다 길드와 공생공존하는 관계, 즉 길드의 도움을 받고 자신도 도움을 주는 관계라고 할 수 있는데 그 둘 사이의 차이점은 계약자는 길드에 대해 전혀 알지 못한다는 것이고, 협력인은 조금이라도 안다는 것이다. 그리하여 협력인과 길드 사이에는 신뢰와 믿음이 바탕에 깔려 있었다. 마치 선애와 휴의 관계처럼 말이다.

그렇다고 협력인이 길드 전체에 대하여 조목조목 다 아는 것은 아니었지만, 그래도 계약자보다는 훨씬 길드와 가까운 사이였다.

선애는 처음부터 길드원을 시키려고 데려왔기에 이제 와서 계약자가 되기는 힘들었지만, 이야기를 들어보니 선애처럼 협력인이 되는 경우도 꽤 있다고 들었다. 대표적인 예가 선애를 무지 탐내는 마법사라나?

고아는 아니었지만, 가난한 집에서 태어난 그의 현명함을 알아본 길드 사람이 미래의 길드원으로 키우려고 교육시키는 과정에서 우연히 마주친 어떤 마법사가 그의 마법적 재능을 알아보고는 그대로 데려가 자신의 제자로 삼았다고 했다. 길드는 얼결에 괜찮은 길드원을 잃게 되었지만 나중에 마법사가 되어 돌아와 협력인이 되었으니 길드도 좋았고, 그 마법사도 세상에서 대우 받는 마법사가 좋았으니 양쪽이 훨씬 좋은 일이 되었다.

"그러니까 네가 길드에 큰 영향을 끼칠 존재가 되느냐, 아니면 그저 그런 미미한 존재가 되느냐는 모두 네 능력에 따라 달려 있다는 거지. 뭐, 나야 넌 큰 존재가 될 거라고 예측하고 널 데려온 거니 부디 내 예측이 틀리지 않게만 해주라."

휴는 편하게 쿡쿡 웃으면서 했지만, 엄청 부담되는 말이었다. 뭐, 그렇다고 선애 성격에 가만히 있지는 않을 테지만.

선애는 욕심이 꽤나 많은 애였다. 특하나 돈에 대한 욕심이 많았는데 좌우명이 '억울하지 않으려면 출세해아 한다' 었다.

"할래요. 휴가 말한 자리가 어떤 곳이죠?"

뭔가 단단히 결심한 표정으로 선애가 묻자 휴가 비죽이 웃었다.

"어어, 큰 기대는 하지 말라구. 아직은… 솔직히 상회이라고 할 수는 없는 작은 곳이야. 생긴 지 얼마 안 된 데다가 이제 겨우 작은 가게를 내기 시작한 곳이거든."

"엑."

휴가 마련한 곳이라기에 나는 루빈스타인 후작가 상회까지는 아니라고 하더라도 그래도 이곳에서는 꽤 알아주는 괜찮은 곳일 거라고 예상했다. 그런데 상회이라고도 할 수 없을 정도로 작은 데다가, 그것도 생긴 지 오래되어 뭔가 탄탄한 바탕이라도 있는 것이 아닌 얼마 전에 생긴 곳이라니… 이거 뭐, 자신의 능력으로 어쩌구저쩌구하는 거 보니 그냥 선애가 귀찮은 존재가 되어서 아무 데나 쿡 쑤셔 박으려고 하는 건 아닌가 하는 의심까지 들 정도였다.

선애 또한 당혹스러웠는지 표정이 굳어졌다.

그에 휴가 머쓱한 웃음을 지어 보였다.

"어어, 그렇다고 너무 실망하지는 말구. 사실대로 말하자면, 그 상회 주인은 우리 '고객'이거든."

"'고객'이요? 작은 곳이라면서요?"

"맞아."

"혹시… 그 상회을 차린 사람이 부사예요?"

"뭐, 그것도 있지. 그래서 솔직히 상회이 망해도 우리가 손해 보는 건 없어. 단지 개인적으로 그 상회 주인이 내 마음에 들어서 말이지. 그쪽에서 대가를 치르는 대로 우리가 돕기는 하겠지만, 그것 말고도 그 상회이 잘되었으면 좋겠다 싶어서 말이지. 내 개인적으로 뭔가 도울 게 없을까 생각하니까……."

거기서 잠시 말을 멈춘 휴가 선애를 보더니 씨이익 웃어 보였다.

"딱 하나 생각이 나더라구."

"저… 요?"

자신을 가리키며 묻는 선애에게 휴는 크게 고개를 끄덕였다.

"응. 내 예측상 미래에 꽤 큰 인물이 될 거라는 선애가 그 상회에 가면 도움이 되지 않을까 싶어서 말야. 아, 그 상회 주인도 꽤 하는 사람이라 쉽게 망하지는 않을 거야. 내 마음에 든 두 사람이 힘을 합치면 과연 내가 예측한 것처럼 대단한 결과를 낼 수 있을지 한번 보고 싶거든."

'이거, 선애를 띄워주려고 아부성으로 하는 말인 거야?'

왠지 그런 의심이 쪼까 드는 것이…….

"그 반대로 상회이 쫄딱 망한다면요?"

선애가 묻자 휴가 어깨를 으쓱해 보였다.

"음, 뭐, 그럼 할 수 없는 거지. 앞서 말했듯이 그래 봤자 우리 길드가 손해 보는 건 없으니까. 그때 선애는 다른 자리를 찾아보면 되는 거야."

"허어."

선애가 좀 당혹스러운 표정을 보이자 휴가 물었다.

"왜, 안 내켜? 만약 안 내킨다면 다른 곳을 알아봐 줄게."

휴의 말에 선애가 휴를 바라보며 물었다.

"휴의 마음에 들었다는 그 사람이 누군데요?"

그에 휴가 쓴웃음을 지어 보였다.

"으음, 미안하지만 그건 노코맨트. 그쪽이 자신의 정체를 될 수 있는 한 숨기길 바라거든. 그래서 그의 진짜 정체는 몇몇 윗줄밖에 몰라."

"제가 그 사람과 같이 일하는데도요?"

"으음, 하지만 선애가 그 사람과 일하는 데는 큰 지장이 없을 거야. 게다가 필요한 만큼은 그가 알려주겠지. 하지만 나중에 그의 정보가 필요한 사항이 되면 그가 원하지 않더라도 알려줄게. 그러나 지금은 우선은 고객의 조건은 지켜줘야지. 그게 바로 신용 아니겠어?"

휴의 말에 선애가 못마땅한 표정이었지만 고개를 끄덕였다.

"그렇겠죠."

"그래서… 싫어?"

휴가 다시 묻자 선애가 심각하게 고민하더니 결국 고개를 끄덕였다.

"아뇨, 하겠습니다. 하게 해주세요. 그 사람이 누군지는 모르겠지만, 어쨌든 휴가 그렇게 추천하니까 뭔가 있기는 한 거잖아요. 휴를 믿어 볼래요."

선애의 대답에 휴가 만족스러운 표정으로 고개를 끄덕였다.

"나를 믿어주다니 고마운걸? 어쨌든 선애가 하겠다니 잘됐네."

"언제부터 일하는 거죠?"

"응, 내일. 내가 내일 길드 연락책을 보내겠다고 했거든."

휴의 말에 선애와 나는 다시 기가 막힌 표정을 지었다.

"엑, 길드… 연락책이요?"

'이거, 하겠다는 게 정말 잘한 거야?

다음날, 다른 때보다 일찍 일어나 아침을 챙겨 먹은 선애는 휴가 그려준 약도를 들고 길을 나섰다. 그리고 그 뒤는 당연하겠지만 내가 졸졸 쫓아가고 있었다.

[에휴, 이거 괜찮은 일인가 모르겠다. 그냥 상회에 취직시켜 주는 게

아니라 연락책이라니.]

어제 휴가 말하기를, 자신이 그 상회 주인과 평소 안면을 트고 친하게 지낸 사이도 아니고, 그렇다고 길드와 거래를 위해 자신이 나선 것이 아니기 때문에 개인적인 힘으로 선애를 단지 취직만 시켜주기 어렵다고 했다. 오직 연락책으로 들여보내 줄 수 있는 거라나?

그래 놓고는 뻔뻔스레 자리가 났다고 선애에게 말하다니.

생각할수록 괘씸하고 휴가 무책임하게 생각되고, 이 일을 하는 것이 과연 잘한 일인지 의심스럽기만 했다.

선애가 자신을 연락책이라고 밝힌다면 아무래도 그 상회 주인이 선애를 완전히 신뢰하지 못할 것 아니겠는가?

지금이야 작은 곳이라니 크게 감출 비밀 같은 것도 별로 없겠지만, 나중에 그 상회 주인이나 선애가 열심히 해서 좀 규모를 키운다면 신뢰받지 못하는 선애에게 어디 중책을 맡기겠느냐 말이다.

그런데 휴는 그걸 한마디로 말했다.

"그러니까 그 모든 게 다 네 능력에 따라 달린 거지."

[아니, 그걸 누가 모르남? 하지만 도와준다고 했으면 최소한 방해는 하지 말아야 할 것 아니냐? 차라리 이런 자리가 있으니 가서 네 능력으로 취직을 해보라고 하든지.]

자신과는 상관없다는 양 태연하게 말하던 휴의 태도가 떠오르자 다시 화가 나기 시작했다.

[너무 무책임하잖아? 네가 길드랑 관계 있다는 걸 다 떠벌리고 들어가다니.]

"언니."

내 투덜거림을 묵묵히 들으며 걸음을 옮기고 있던 선애가 갑자기 발걸음을 멈추더니 날 불렀다.

[응?]

"이거… 이쪽이 오른쪽이지? 맞나?"

[엥?]

'뭐냐. 이 녀석, 지금까지 내 말을 듣지도 않았던 거냐?'

선애는 약도가 그려진 종이를 옆으로 기울였다가 뒤집어 봤다가 하고 있었다.

그러고 보니 나는 선애 뒤만 졸졸 쫓아오느라 진작 눈치채지 못했는데, 우리는 어느새 휴의 집이 있던 언덕을 다 내려와 골목 안을 한창 들어와 있었다. 우리가 서 있는 곳은 약간 허름한 주택가였는데, 약도에서 이 부근은 큰 골목만 대충 그려져 있었기 때문에 어디가 어디인지 헷갈렸다.

우리가 목표로 하는 그 작은 상회의 가게는 시내 중심가의 가게들이 모여 있는 곳에 있었기에 시내 쪽으로 나가야 했다. 뭐, 중심 쪽이 아니라 변두리 쪽이긴 했지만.

선애가 보여주는 약도를 물끄러미 들여다보다 주변을 휘휘 둘러보던 나는 적당한 해결책을 제시했다.

[그냥 한 사람 잡고 물어봐, 시내로 가려면 어떻게 가야 하는지.]

"언니가 해라."

[내가 어떻게?]

"아, 맞다. 쳇, 언니라면서 이런 때 도움이 하나도 안 돼요."

[이봐, 이봐. 내가 안 되고 싶어서 안 되냐? 앙?]

선애 녀석은 한국에 있을 때 이렇게 앞으로 나서는 일은 꼬옥 나를 시켰다. 자기는 소극적이라서 그런 일 하기 힘들다나 어쨌다나 하면서 말이다. 집에서 음식을 시켜먹을 때도 자신은 절대로 주문을 하려고 하지 않더니만, 그게 이제는 아예 습관이 되어서 지금의 나보고도 시키려고 한다. 만약 내가 다른 사람들 눈에 보일 수만 있다면 유령이고 뭐고에 상관없이 무조건 나를 시키려고 했을지도 몰랐다.

내 말에 선애는 쳇쳇거리면서 두리번거리다가 마침 옆으로 이어진 좁은 골목길에서 걸어나오는 한 소년을 발견했다. 대충 열 살쯤 되어 보이는 소년이라 만만해 보였는지 선애는 주저 않고 그 애에게 다가갔다.

"애, 미안하지만 중심가로 나가려면 어떻게 가야 하니?"

갑자기 다가와 말을 거는 사람에게 고개를 돌리던 소년은 선애의 외모를 보더니 신기하다는 눈빛을 띠었다.

뭐, 처음 만나는 대부분의 사람들이 모두 그런 눈빛을 보였기에 이제는 익숙해진 선애는 별로 개의치 않았지만, 소년이 좀 오래 대답 안 하고 가만히 있는 것이 마음에 안 들었는지 다시 입을 열었다.

"저기, 길 모르니? 이 근처에 사는 게 아니었니?"

선애의 말에 그제야 제정신을 차린 소년의 눈동자가 묘하게 가늘어졌다.

"저, 이 근처에 살긴 사는데요, 잘 모르겠는데요."

"그래? 그렇다면 하는 수 없지."

소년이 모르겠다며 고개를 흔들자 선애는 아쉬운 표정이었지만, 주저없이 몸을 돌렸다. 모른다는 애를 붙잡고 있을 필요성을 느끼지 못한 것이다.

그런데 선애가 막 몸을 돌리는 순간 선애의 옷자락을 그 소년이 덥석 잡더니 이렇게 말하는 것이었다.

“그런데 1실링을 받는다면 어쩌면 생각날지도 몰라요.”

“엥?”

선애는 어이없다는 표정으로 소년을 돌아봤다. 세상에, 길을 가르쳐 주는 데 돈을 달라니… 한국에서라면 생각지도 못하는 일이었으니 선애가 황당해하는 건 당연했다.

“1실링?”

1실링은 이곳에서 가장 낮은 화폐 단위였다. 구리 동전 하나가 바로 1실링이었는데 이걸로 검은 빵을 하나 살 수 있었다.

검은 빵은 빵 중에서 가장 가격이 낮은 빵이었다.

이 세계에서는 빵이 주식이었는데, 빵을 만드는 여러 재료 중 가장 비싼 게 밀가루였다. 뭐, 부수적으로 들어가는 버터라든지 우유라든지 설탕 같은 건 제쳐 놓고 말이다.

그런데 이 검은 빵은 밀가루가 하나도 들어가지 않고 대신 좀 더 싼 호밀이 들어갔는데, 그것도 호밀로만 만들어진 게 아니라 호밀은 반 정도 들어가고, 나머지 반은 귀리라는 식물이 들어가 만들어지는 거였다. 먹으면 소화는 잘되겠지만, 먹기에는 무척이나 딱딱하고 맛이 없는 게 특징이라 돈이 없는 가난한 사람들이나 사 먹는 빵이었다.

이 세계에서는 빵보다 과자가 훨씬 더 비싸기 때문에 빵보다 과자가 싼 한국과 화폐 가치를 비교하기가 좀 어렵지만… 대략 따진다면 1실링에 500원 정도일까? 하여간 500원이든 50원이든 까짓 길 하나 가르쳐 주는 데 돈을 달라는 건 정말 황당스러웠다. 만약 한국에서 그런 소리를 들었다면 어땠을까?

선애는 기가 막힌 얼굴로 되묻다가 그냥 흘려 버리려는 양 대답 들을 생각은 안 하고 그대로 몸을 돌려 버렸다.

하지만 곧바로 뒤에서 옷자락을 놓지 않은 그 소년의 말이 들려왔다.

"여기는 굉장히 복잡해서 말로는 시내까지 나가는 길을 설명하는 건 어려워요. 그냥 나가려면 많이 헤매실걸요? 여길 잘 아는 사람의 안내를 받는 게 좋아요."

'물론 그렇게 된다면야 좋기야 하겠지만.'

현재 선애에게는 돈이 있었다, 그것도 1실링보다 훨씬 많은 돈이.

후작가의 저택에서 나올 때 켐벨 집사가 넉넉하게 챙겨준 돈은 무려 은화 20개였다.

화폐 단위를 잠깐 설명하자면 은화 한 개는 100실링이었다. 그리고 은화 위에는 금화가 있었고, 금화 위에는 백금화까지 있었다. 금화 한 개는 100개의 은화이고, 백금화 한 개는 100개의 금화이고 말이다.

보통 한 집안의 생활비가 얼마인지는 모르겠지만, 후작가의 저택에 있을 때 신입 하녀의 신분을 벗어나면 기본 월급이 은화 네 개였다. 그러니까 일주일에 은화 한 개씩 받는 것이다. 본관 하녀가 되면 월급이 은화 여섯 개씩이라고 알고 있었다.

숙식까지 제공되는 상태라고 하지만 제법 괜찮게 받는다는 이야기를 들었던 걸 감안해 본다면 선애는 대략 보통 월급의 세 달치를 받은 것이었다.

게다가 그것 말고도 휴에게서 보석을 처분한 돈도 받았다. 그것도 무려 금화가 30개에다가 은화가 50개였다. 아직 이곳에 대한 물가를 적응 못해서 얼마나 대단한 가치인지는 잘 모르겠지만, 그래도 1실링에 비한다면 정말 많은 돈이었다.

오늘은 혹시나 싶어 그중에서 약간의 돈을 가지고 나왔다.

그걸 생각하면 돈도 많은데 그냥 1실링을 주고 길을 아는 게 어떨까 싶기도 하겠지만, 문제는 선애가 가진 최소의 화폐가 은화라는 거다. 구리 동전이 하나도 없었던 것이다. 그러니 돈을 주고 길을 알고 싶어도 은화를 주면서 '너, 99실링 거슬러 와라' 그럴 수는 없는 거 아닌가?

아마 선애는 1실링을 달라는 말이 황당하기도 했지만, 구리 동전을 가진 게 없어서 아쉽지만 그 소년의 제의를 거절하는 것일 게다.

"됐어. 다른 사람에게 물어보지 뭐."

그러며 선애가 슬며시 자신의 옷자락을 잡은 소년의 손을 빼내자 그 소년이 다시금 잡아왔다.

"그건 힘들걸요? 어른들은 모두 일 나가시고 이 근처에서는 제가 제일 나이가 많아요. 다른 애들은 모두 저보다 어린애들인걸요. 그 애들이 제대로 대답을 해주리라 생각하세요?"

정말… 끈질기기도 하지만서도 조목조목 잘 말하는 게 제법 똘망똘망한 애 같았다. 아니면 이런 일을 많이 해서 익숙한 걸까?

그 애 말이 진실인지 거짓인지 모르겠지만, 끈질기게 달라붙는데 자꾸 매몰차게 거절하는 게 어려웠던지 선애가 한숨을 내쉬며 말했다.

"미안하지만, 내가 잔돈이 없거든?"

그러자 소년이 승리의 미소를 씨익 지으며 말했다.

"그건 전혀 문제가 안 돼요. 제가 누나를 시내 중심가까지 안전하게 모셔다 드릴 테니까 누나는 절 기특하게 여겨주셔서 그곳에서 맛난 빵 하나를 사주시면 돼요."

그 녀석의 말에 나는 헛웃음을 흘렸다.

'이 녀석, 정말 영리한 놈이다.'

아까 말했듯 1실링이면 검은 빵 하나를 살 수 있다. 그 빵이 제일 싼 건데, 돈도 충분한 상황에서 이 소년에게 어떻게 검은 빵을 사주겠는가? 좀 더 나은 호밀빵이라면 몰라도 말이다. 참고로, 호밀빵은 2실링이었다.

그럼 꼬맹이는 처음에 제시했던 대가보다 더 많은 대가를 받게 되는 것이었다.

"너… 나참, 그래, 그러자. 너 정말 장난이 아닌 녀석이구나? 이름이 뭐니?"

선애가 항복한다는 듯 한숨을 내쉬며 허락하자 소년이 싱글싱글 웃으며 당장 앞장을 섰다. 그러면서 명랑한 목소리로 대답했다.

"카밀이에요."

나중에 알고 보니 이 녀석은 휴가 미래의 길드원으로 점찍어놓은 녀석이었다.

녀석의 행동에 감탄을 한 선애는 그 애가 무사히 중심가까지 데려다주자 그곳에서 제일 먼저 눈에 보인, 꿀빵 장수에게서 꿀빵을 열 개나 사서 안겨주었다. 꿀빵이란, 하나가 꼬마 붕어빵만큼 자그마한 건데, 안에 꿀 같은 달콤한 시럽이—진짜 꿀은 엄청 비쌌으므로 아마 설탕 시럽일 거다—들어 있는, 과자 비슷한 거였다. 일반 빵의 1/4 정도의 크기인데도 하나에 2실링이나 했다. 하지만 좀 넉넉하게 돈을 가지고 있던 선애는 자신도 몇 개 사 들고는 그 소년과 헤어진 뒤 본격적으로 휴가 가르쳐 준 가게를 찾기 시작했다.

중심가는 커다란 대로가 반듯하게 뚫려 있는 데다가 번듯한 건물들도 있어서 약도를 알아보는 건 어렵지 않았다. 게다가 우리가 찾는 가게는 복잡하지 않는 변두리 쪽에 있는 거라 크게 헤매지도 않았다.

지은 지 얼마 되지 않았거나, 아니면 수리한 지 얼마 되지 않은 듯 제법 깨끗한 외관을 가진 1층의 작은 목조 건물에 네모 반듯한 자그마한 간판에는 '타이거 가게'라고 쓰여 있었다. 그 글자 바로 밑에 꽃잎 다섯 개의 꽃이 새겨져 있는 것과 비교해 볼 때 정말 안 어울리는 이름이었다.

[여기 무슨 가게인데 꽃이 그려져 있지?]

"들어가 보면 알겠지."

그렇게 대꾸한 선애는 일반 집이나 보통 가게들 같은 밋밋한 네모난 나무 문을 열고 안으로 들어섰다.

CHAPTER
12
FANTASY FRONTIER
FANTA SPIRIT

Chapter 12

문을 열고 들어가니 문에 달려 있던 자그마한 종에서 딸랑~ 하는 소리가 났다. 손님이 들어온 걸 쉽게 알 수 있게 하기 위하여 가게 문에 종을 달아놓는 건 한국이나 여기나 같은 모양이었다.

가게 안도 겉에서처럼 깨끗했다.

그것도 너무.

대략 20여 평의 작은 가게 안은 정말 가게가 맞는지, 아니면 아직 정식으로 오픈된 게 아닌지 헷갈릴 정도로 물건이 없어도 너무 없었다.

안쪽에 카운터로 보이는 곳이 있었고, 그곳과 직각인 곳에는 진열장이 있었는데 그 안은 거의 텅텅 비어 있었다. 오직 한쪽 구석에 색색의 액체가 담긴 내 손바닥 반만한 유리병 다섯 개가 전부였다. 거기에 깨끗한 마룻바닥과 나뭇결을 그대로 살린 벽이 가게 안을 꾸미고 있는 전부였다.

[여기 가게 맞아?]

"글쎄."

선애도 당혹스러운 표정으로 애매하게 말을 흘리며 가게 안만 둘러볼 뿐이었다.

그런데 더 당혹스러운 일은, 우리가 들어오고 나서 가게 안을 대충 다 둘러보는 동안에도 아무도 나와보지 않는 거였다. 그러니 정말 여기가 가게가 맞는 건지도 헷갈리기 시작했다.

분명히 약도에 그려진 위치에 있었고, 약도에 적힌 상호명과 같다는 걸 확인하고 들어온 거였으니 틀리진 않은 것 같지만, 그래도 가장 확실한 건 이곳 주인에게 확인하는 게 아니겠는가 말이다. 게다가 혹시 아니면, 같은 상호를 가진 다른 가게 위치를 물어볼 수도 있고 말이다.

"우리가 너무 일찍 왔나?"

선애의 말에 나는 고개를 저었다.

[가게 문은 열려 있었잖아. 그런데… 없어도 너무 없다. 도둑이 들어도 가지고 갈 게 없으니까 마음 놓고 자리를 비운 건가?]

"그러게."

그렇게 선애와 내가 기다리며 수다를 떠는데 맑은 종소리와 함께 문이 열리며 누군가 들어섰다. 그는 들어오자마자 가게 가운데 서 있는 선애를 보더니 황급히 미소를 지으며 다가왔다.

"앗! 이런, 죄송합니다. 기다리셨습니까? 볼일이 있어서 잠시 나갔다 왔는데 제가 너무 늦은 모양이군요."

사람 좋은 미소를 지어 보이며 다가온 사람은 남자였다.

대략 20대 중반쯤을 보이는 남자로 180은 되어 보이는 키에 길고 가는 팔다리를 가지고 있어 모델을 해도 될 만큼 스타일이 좋아 보였다.

약간 어두운 갈색 머리에 파란 눈을 가지고 있는 그는 이목구비가 뚜렷한 데도 불구하고 묘한 이질감이 느껴졌다. 뭐랄까… 어색한 서양인이라고나 할까?

"이야, 서대륙인이시군요. 이거 반가운데요? 저도 반은 서대륙인이거든요."

"예?"

"혼혈인이라구요. 아버지 쪽이 서대륙인이시거든요."

"아, 예, 그러시군요."

'어쩐지 뭔가 이쪽 사람치고 좀 달라 보이더라니.'

나는 보통 혼혈인이든 그냥 서양인이든 둘 다 똑같은 서양인으로 보였는데, 이곳에서 오랫동안 서양인들에 둘러싸여 생활하다 보니 어느새 혼혈인을 구별해 낼 수 있는 안목을 기른 모양이었다.

"자, 그럼 어떻게 오신 거죠? 뭐가 필요해서 오신 겁니까?"

그 갈색 머리 남자의 말에 나는 여기가 가게는 가게구나… 라고 생각했다.

'그런데 도대체 여기서 뭘 판다는 거지? 아무것도 없는 것 같은데.'

이런 내 생각을 뚫고 선애의 목소리가 들려왔다.

"저, 길드에서 보내서 왔는데요."

선애의 말에 싱글싱글 웃고 있던 남자의 얼굴이 한순간에 딱 굳었다.

"길… 드?"

"예."

휴가 선애에게 약도를 그려주며 말하길, 절대 휴의 이름은 말하지 말고 단지 '길드가 보내서 왔다' 라고만 말하라고 했었다.

그에 그렇게 말했는데 남자의 표정이 굳어지자 선애는 자신이 잘못 찾아온 건 아닌가 싶었던 모양이다.

"저기, 벨타이거 씨… 아니세요?"

그랬다.

이 남자의 이름은 벨타이거였다.

그것도 이름이 벨이고, 성이 타이거인 게 아니라 이름이 벨타이거였다. 성은 안 말해 줘서 모르고 말이다.

그 이름을 듣자마자 떠오른 건 '종범'이었다. '벨=종', '타이거=범' 딱 맞지 않은가?

처음 그 이름을 듣고 참 특이한 이름을 가지고 있구나… 생각을 했는데, 아버지가 서대륙인이라서 그런 모양이었다.

가게 이름도 자신의 이름을 따서 지은 모양이었다.

선애의 질문에 남자가 표정을 풀더니 대답했다.

"맞아. 내가 벨타이거야. 흠, 길드에서 보내준다는 사람이 너였나? 서대륙인이 그 길드에 가입해 있다니 신기하군."

그러면서 선애를 아래위로 다시 한 번 살펴보는 거였다.

그에 선애는 기분 나쁘다는 티를 팍팍 내며 대꾸했다.

"정확하게 말하면 저는 길드원이 아닌데요."

"상관없어. 어차피 길드와 관련이 있는 거 아냐?"

'뭐, 틀린 말은 아니지.'

선애도 나와 같은 생각인지 아무 말 없이 입을 다물고 있었다.

선애가 가만히 있자 한 손으로 머리를 쓸어 올리던 벨타이거가 다시 선애를 힐끔 바라보며 입을 열었다.

"전에 가게 같은 데서 일한 적 있나?"

"아뇨."

"그래? 그런데 잘할 수 있겠어?"

"뭘요?"

선애의 말에 그가 한심하다는 듯이 선애를 바라봤다.

"아니, 아무것도 모르고 온 건가?"

왠지 못마땅하다는 듯한 그의 말에 선애의 눈에 힘이 들어갔다.

"알아듣게 설명을 해주신다면 제가 알고 왔는지 모르고 왔는지 말씀
드리겠습니다."

"정말 몰라서 묻는 건가? 길드에서는 가게 일을 도울 사람을 연락책
으로 보낸다고 했는데……."

"가게 일을 도우라는 말은 들었습니다만, 제가 할 일이 무엇인지도
모르는데 잘할지 못할지 대답 못해 드리는 건 당연한 일 아닙니까?"

화가 난 선애가 딱딱거리며 대답하자 남자가 슬머시 미소 지었다.

"헤에, 이 아가씨, 성깔있네. 그래 가지고 어디 점원 일을 제대로 하
겠나? 손님들에게 이렇게 땍땍거리면 큰일인데."

"점원… 말씀이십니까?"

"그래, 점원. 당신 같은 여자가 여기서 할 수 있는 일이 손님 상대
말고 또 뭐가 있다고 생각하지?"

어째 선애를 무시하는 듯한 발언에 나까지 열이 받기 시작했다.

"이래 뵈도 장부 정리 정도는 할 줄 압니다만?"

"호오, 그래? 그거참 잘됐군. 그럼, 그것도 좀 부탁하지."

선애가 약간 삐딱선을 타며 말했지만, 남자는 전혀 개의치 않은 투
로 말했다.

"뭐, 잘하든 못하든 길드에서 보냈으니 어쨌든 쓰긴 써야겠지. 아,

그런데… 이름이 뭐지?”

‘빨리도 물어본다.’

“선애라고 합니다.”

“그래, 내 이름은 벨타이거… 알고 있겠지만. 그냥 벨이라고 불러라.”

“예.”

별로 부르고 싶지는 않지만 예의상 대답해 준다는 식으로 선애가 시큰둥하게 대답하자, 벨타이거가 다시 히죽 웃었다.

“궁금한 거 있냐?”

“여기는 무슨 가게인가요?”

벨타이거, 아니, 벨의 그 말에 선애는 기다렸다는 듯이 입을 열었다.

‘맞아, 나도 그게 제일 궁금했어.’

“어? 너는 그것도 모르고 여기 왔냐? 왔어도 보면 알 거 아니야?”

‘알기는 개뿔이……’

기가 막힌다는 듯 말한 그는 가게 한쪽에 놓여 있는 진열대로 가서 그 안에 단 다섯 개 있는 유리병을 몽땅 꺼냈다.

“이걸 파는 거야.”

“이게 뭔데요?”

신애의 질문에 그는 그중 투명한 녹색 액체가 들어 있는 병을 선애에게 넘겨줬다.

“향수. 냄새 맡아볼래?”

그의 말에 선애는 냉큼 유리병 뚜껑을 열고 냄새를 맡았다.

향수의 냄새를 맡을 때의 상식은 유리병을 코에서 약간 떨어뜨려 놓은 뒤 손으로 냄새를 코 쪽으로 오도록 바람을 일으켜서 맡아야 한다는 거다. 직접 향수 병에 코를 대고 맡으면 너무 진한 냄새가 나기 때문에 오히려 향을 잘 모를 수 있다고 한다. 뭐, 원래 정석으로는 한지에다가 향수 몇 방울을 떨어뜨린 뒤 그걸 코앞에서 살살 흔들어서 풍기는 냄새를 맡는 거라지만, 그렇게 하려면 향수 한번 사러 가서 그 많은 향수 냄새를 언제 어떻게 다 맡겠는가. 게다가 향수 가게에서도 오는 손님들에게 족족 한지를 준다면, 그 많은 양을 감당하기도 힘들 거다.

내가 성년의 날에 향수를 선물 받으며 익히게 되었던 상식들을 선애에게 가르쳐 줬기 때문에 선애는 내가 가르쳐 준 상식대로 향수 병을 약간 멀찍이 든 채 손으로 바람을 일으켜 냄새를 맡았다.

"아, 향이 시원하군요. 독하지도 않고… 좋은데요?"

향수 병 뚜껑을 닫아 벨에게 내밀며 선애가 말하자 벨이 선애를 물끄러미 바라보더니 싱긋 웃었다.

"이야, 너 향수 향기를 맡을 줄 안다?"

"그런가요? 다른 것도 맡아봐도 될까요?"

"그래라. 이제 네가 팔 건데."

그의 허락에 선애는 냉큼 다른 향수 병들을 집어 들며 하나하나 향을 맡기 시작했다.

나도 옆에서 같이 맡고 싶었지만… 이런 몸이 된 뒤로 시각과 청각을 뺀 나머지 감각들을 모조리 잃어버렸기 때문에 맡을 수가 없었다. 뭐, 약간 아쉽기는 했지만 향수에 별로 흥미를 가지는 편이 아닌 터라 크게 섭섭하지는 않았다.

"다른 것들도 다 괜찮네요. 그런데… 향수가 이것뿐인가요?"

향수 종류가 너무 많아서 뭘 골라야 할지 엄청 고민되게 만드는 한국의 향수, 아니, 화장품 가게를 생각해 볼 때, 달랑 다섯 개의 향수만 판다는 건 정말 적어도 너무 적었다. 하기야 적어서 뭘 살지 고민하는 시간은 줄어들어 좋겠지만.

"가게가 작으니까 어쩔 수 없지. 지금 만들 수 있는 향수는 이게 다야. 게다가 양도 별로 없지."

"어, 이거 직접 만들어요?"

선애가 놀랍다는 듯이 되묻자 벨이 오히려 황당하다는 듯 선애를 바라보는 거였다.

"그럼 당연하지. 다른 데서 만들어 우리에게 넘기는 줄 아냐? 그럴 거면 그쪽에서 직접 팔겠지."

아마 여기는 향수를 파는 곳에서 제조까지 같이 담당하는 모양이다. 뭐, 그거야 한국과 여기가 여러 가지로 문화가 다르니 그런가 보다 하고 이해할 수 있었다.

그러나 그 다음에 벨이 보여준, 판매하는 향수 병이 유리가 아니라 나무로 된 통이라는 건 너무 황당했다. 그러니까 향수 병이 아니라 향수 통이었다. 굵기는 내 손가락 두 개 정도 합쳐 놓은 정도에 길이는 내 가운뎃손가락 길이 정도였다. 거기다가 향수가 들어 있는 그 통을 놓고 파는 게 아니라 향수가 들어 있는 커다란 통 다섯 개가 대기하고 있다가 향수를 사러 온 사람이 원하는 향수를 그 자그마한 통에 넣어서 판매하는 것이었다.

"그럼 이거는 뭐예요?"

선애가 진열대에 유일하게 자리한 다섯 개의 유리병을 보며 말하자 벨이 당연하다는 듯 대답하는 거였다.

"그거야 진열용 상품이지."

"너무한 거 아닙니까? 향수 병이 나무통이라니요. 차라리 이렇게 파는 게 어때요?"

기가 막힌다는 표정의 선애가 유리병에 담긴 향수를 가리키며 말하자 벨이 고개를 저었다.

"그건 안 돼. 유리병이 얼마나 비싼 줄 알아? 만약 유리병에 담아서 팔면 향수 가격이 몇 배로 뛴단 말이야. 우리 가게에 오는 손님들은 부유한 고객이 아니라서 비싼 향수는 사기 어렵다구."

"하아."

솔직히 진열대에 진열된 향수 병은… 좋게 말해서 투박하고 나쁘게 말하면 꼭 대충대충 만들어놓은 것만 같은 모양이었다. 한국에서 쉽게 볼 수 있는 예쁜 모양의 병이 그리워지는 순간이었다.

"별로 예쁘지도 않은 모양인데 비싸면 얼마나 비싸다고."

나와 같은 생각이었던지 선애가 작게 중얼거리자 벨이 기가 막힌다는 어투로 말했다.

"유리 제품이 얼마나 비싼데. 이것도 모양이 이런 데도 불구하고 은화 세 냥이란 말이야. 이건 실습하는 녀석이 만든 거라 재료 값에 수고비만 살짝 얹어주고 사 온 건데… 정식 세공사가 만든 게 얼마나 비싼 줄 알아? 최소한이 은화 다섯 냥 이상이고, 비싼 건 그에 몇 배라고."

"아무리 그래도 그렇지."

선애가 마음에 안 든다는 듯 툴툴댔다. 그런데 그 다음에는 더 황당한 말이 기다리고 있었다.

"아, 그리고… 이 향수들은 한 달 후면 상하니까 그 기간이 넘어가면 팔지 마라."

"예?"

내가 비록 오랜 세월을 산 건 아니었지만, 살다 살다 향수가 상한다는 이야기는 처음 들어봤다.

예전에 친하게 지냈던 후배 녀석이 수학여행을 갔다 와서 기념품이라고 6,000원짜리 향수를 사다 준 적이 있었다. 좀… 이 아니라 무지 싼 향수였지만, 내 기념품을 챙긴 그 마음이 너무나 기특해서 고맙게 받기는 했는데, 원래 향수는 잘 사용하는 편이 아니라서 내 검지 손가락만한 길이의 병에 있던 향수는 몇 년이 지나도 다 사용하지 못했었다. 결국 반은 때때로 기억날 때마다 사용하고, 반은 그냥 말라 버리기는 했지만, 그래도 그 향수는 텅 빌 때까지 절대로 상하지는 않았다.

그런데 한 달이면 향수가 상하다니.

"향수가… 상해요?"

"응. 화학 물질을 별로 사용하지 않고 거의 꽃 원액만 이용해서 만들다 보니 쉽게 상하더라고. 그러니까 조금씩 파는 거야, 한 달 안에 다 쓸 수 있을 정도로. 아, 여기 있는 거 열흘 지난 거니까 날짜 잘 기억해 둬. 향수는 15일에 한 번씩 새로 들여오니까 그것도 알아두고."

"헐렉스."

"뭐?"

선애가 기가 막힌다는 표정으로 중얼거린 말에 벨타이어가 의아한 얼굴로 바라봤다.

"아니에요. 그리고 다른 기는요?"

그 뒤로도 벨타이거는 선애에게 가게 일을 계속해서 설명해 줬다. 가게는 몇 시에 문을 열고 몇 시에 닫으며, 점심 시간은 몇 시라는 등등.

웃긴 건, 설명하는 시간이 꽤 길었는데도 불구하고 그동안 손님은 한 사람도 없었다는 거였다. 처음에는 너무 이른 시간이라서 그런가 보다라고 생각했지만… 원래 향수 가게에 손님이 없는 건지, 아니면

이 가게에만 손님이 없는 건지는 몰라도 점심 시간이 다 되도록 손님이 없다면 좀 문제 있는 게 아닐까?

슬슬 걱정이 되는 내 심정과는 상관없이 대략적으로 설명을 끝낸 벨타이거는 가게 안쪽에다 고이 보관해 두었던 장부들을 모조리 꺼내 선애에게 넘겼다. 처음에 선애가 장부 정리를 할 수 있다는 말에 반색하는 걸 그냥 비꼬는 걸로만 생각했는데, 정말 잘됐다고 생각한 모양이었다. 잘 부탁한다는 말까지 덧붙이는 걸 보니.

가게 안 구조는 단순하게 방 세 개에 차나 간단한 요리 정도만 할 수 있게끔 만들어진 자그마한 부엌이 다였다. 제일 넓은 공간은 손님들을 상대하는 곳이었고, 나머지 두 방은 대략 3평과 4평쯤 되는 정도의 크기였다. 작은 방은 창고로 쓰이는 곳인 듯 비어 있는 향수 통들과 여러 가지 자질구레한 물건들이 쌓여 있었고, 나머지 하나는 사무실로 쓰는 듯 작은 3단짜리 서류함 두 개와 책상, 의자, 그리고 면담 정도 할 수 있는 2인용 소파 두 개, 그 가운데 작은 탁자 하나가 있었다.

"네가 가게를 봐준다니 잘된 일이야. 다른 곳은 네 마음대로 사용해도 좋지만, 이곳만은 마음대로 들어오지 않았으면 좋겠어. 음, 내가 가게에 없을 때는 이곳을 잠그고 다녀도 괜찮겠지?"

사무실 안을 보여주며 하는 벨타이거의 말에 선애는 묵묵히 고개를 끄덕였다.

아무래도 선애를 어지간히 신뢰하지 못하는 모양이다. 하기야 내가 그의 입장이라 하더라도 그렇겠지만.

"좋아. 그럼 오늘부터 잘 부탁해. 나는 다른 일이 많아서 가게를 자주 비울 테니 내가 그리 신경 쓰이거나 부담되지 않을 거야. 웬만한 일은 다 니에게 맡길 테니 네가 알아서 하도록 하고."

“예.”

“아까도 말했다시피 점심때는 알아서 챙겨 먹어. 내가 따로 점심 시간을 챙겨주지는 않을 테니까. 가게에서 먹어도 되고 잠시 가게를 비우고 나가서 먹고 와도 되고. 하지만 비울 때 내가 없으면 문은 잠그고 가도록 해. 열쇠는… 조금 있다가 내가 하나 주지.”

“네.”

“그럼 질문할 건?”

“아직은 없어요. 나중에 생기면 물어보지요.”

“좋을 대로 해. 가게에 있을 때 나는 아마 거의 이곳에 있을 것 같으니까. 그럼 이제 좀 나가주겠어? 나도 할 일이 있거든.”

“예.”

그의 축객령에 선애는 순순히 대꾸하고 밖으로 나왔다.

그 뒤를 졸졸 따라 나오는 나는 솔직히 걱정이 태산같았다. 가게에서 일해 보기는커녕 아르바이트 한 번 안 해본 평범한 인문계 고등학생이 바로 선애였는데 덜컥 향수 가게를 맡게 되었으니 걱정이 안 될래야 안 될 수가 없었던 것이다. 이럴 줄 알았다면, 차라리 방학 때 아르바이트 한 번 해보겠다고 떼를 쓸 때 사회 경험 삼아 시킬 걸 그랬다. 그랬다면 이럴 때 아르바이트 한 경험이 도움이 좀 되었을 텐데 말이다.

대학교 다니던 시절에 잠깐 아르바이트를 해본 나는—향수 가게가 아니라 옷 가게였지만—이런 일이 얼마나 힘든지 잘 알고 있었다. 그래 부모님이 꼬맹이가 아르바이트 해보겠다는 걸 반대할 때 나도 옆에서 부모님 편을 들어서 반대했던 것이다.

‘잘못했어. 뭐든 기회가 있을 때 한 번 해보라고 시켜보는 건데.’

향수에 대해서는 내가 이야기해 준 몇 가지 상식 외에는 아는 것이 없었던 선애였으니 더 더욱 걱정이 되었다.

"음, 뭐부터 해야 하지?"

선애 역시 대답하고 나오기는 했지만 막막했던지 머쓱한 표정으로 날 돌아봤다. 그에 나는 한숨을 내쉬고는 입을 열었다.

[청소는 내가 알아서 하마. 너는 우선 장부나 살펴보고 향수도 다시 한 번 살펴봐라. 집에 가서는… 혹시 향수에 대한 책 있으면 찾아서 읽는 게 낫겠다. 나도 향수에 대해서 아는 게 별로 없어서…….]

"알게써."

내 말에 순순히 고개를 끄덕인 선애는 가게 구석에 있던 의자에 앉아 장부를 펼쳐 보기 시작했다.

녀석이 그러는 동안 나는 아까 창고에서 봐뒀던 걸레와 대걸레, 그리고 빗자루를 가지고 가게로 나왔다. 어차피 꼬맹이가 날 시킬 거라고 생각하고 있었기에 창고에 갔을 때 미리미리 봐뒀던 것이다.

제법 깨끗하기는 했지만, 그래도 다시 바닥을 쓸었다.

생각 같아서는 창문이나 문을 활짝 열어놓고 싶었지만, 아무도 없는데 저절로 열리는 창문이나 문을 혹시나 보는 사람이 있을까 봐 그건 못했다. 그렇지 않아도 사무실에 있는 벨타이어가가 갑자기 나올까 봐 사방 기척에 최대한 신경 쓰고 있던 터였다.

다행히 전부터 계속 청소를 해왔는지 지저분하지 않아서 먼지가 일어나지는 않았다.

대충대충 바닥을 쓸고 진열대와 창틀을 닦으려고 걸레를 드는데 선애가 기가 막힌다는 표정으로 나를 불렀다.

"인니, 인니, 일루 외봐."

[왜?]

선애는 날 부르는 것으로는 만족 못하겠는지 아예 자기가 일어나 나에게 다가와 진열대 위에 장부를 턱 하니 펼쳐 놨다.

"나원 참, 정말 기가 막혀서. 이것 좀 봐봐. 뭐 이런 데가 다 있지?"

[왜에?]

나는 선애의 말에 의아한 눈으로 녀석이 가리키는 장부를 들여다보았다. 그리고는 잠시 후.

[헐.]

내 입에서 기가 막힌다는 웃음소리가 새어나가자 선애가 기다렸다는 듯이 재잘댔다.

"언니도 기가 막히지? 그치? 아니, 어쩌면 이럴 수가 있지? 참내, 이러고서도 용케 지금까지 문 안 닫고 계속 유지해 왔네."

그 장부에 기록된 걸 보자면, 이 가게가 문을 연 지는 지금이 7개월째였다. 작년 가을에 문을 열은 셈이었는데 웃기게도 한 달 장부가 모두 한 장씩이었다. 그것도 한 장을 꽉 채운 건 거의 없고, 대부분 반에서 간당간당거렸다.

최소한 루빈스타인 후작가에서 다루던 장부를 생각하지 않더라도―거기는 한 달 장부가 한 권이었다. 물론 본관 총장부 이야기지만―한 달 장부가 한 장, 그것도 꽉 채운 게 아닌 반 정도에서 달랑달랑거린다는 건 문제가 있어도 좀 심각하게 있는 거였다. 보통 작은 집안의 가게부도 아니고 한 가게의 입출금 장부라면 말이다.

"이걸 보면… 참내, 손님이 없어도 너무 없네. 이렇게 따지자면 저 큰 향수 한 통을 완전히 판 적이 거의 없다는 소리잖아?"

나는 아르바이트만 한 달 정도 한 것뿐이라 가게의 일은 잘 모른다.

그래 가게 문을 처음 열고는 홍보를 잘하지 않는 이상은 가게가 좀 알려질 때까지는 적자를 각오해야 한다는 건 알지만, 그 기간이 보통 어느 정도인지는 몰랐다. 하지만 6개월 동안 적자라는 건 좀 심한 게 아닌가 싶었다. 이곳이 한국의 IMF 시대랑 비슷한 기간이 아니라면 말이다.

커다란 향수 한 통의 분량은 작은 향수 통 30개 정도의 분량이라고 했다. 그러니까 내가 말로는 커다란 향수 통이라고 하기는 하지만, 그 크기는 커~다란 맥주 통 정도가 아니라 대략 농구공이나 혹은 축구공만 했다. 그러니 그 작은 향수 통 30개 정도의 분량이겠지. 만약 커다란 맥주 통 정도의 크기였다면 몇백 개 분량은 가뿐히 넘어갔을 거다.

그러나 문제는… 그 정도의 분량을 한 달 동안 다 팔지 못하는 경우가 많았다는 데 있었다.

아니, 많은 게 아니라 지금까지 한 달 안에 한 통을 다 판 적이 한 번도 없었다.

[그럼 남는 건 어떻게 하지?]

"버리지 않을까? 아니면 제조하는 데 돌려주거나. 그걸로 혹시 여러 가지 시험을 해볼 수도 있잖아?"

[상한 향수로? 나원 참, 향수가 상한다는 이야기는 내 처음 들어본다. 그것도 한 달 정도에 상하다니. 이거 혹시 냉장 보관 하면 보관 기간이 늘어나는 거 아냐?]

내 기가 막힌다는 말에 선애가 키득키득 웃었다.

"킥킥킥, 어쩌면 그럴지도. 냉장고를 구해야 하나?"

[야, 지금 웃음이 나오냐?]

하지만 한 가지는 안심이 됐다. 벨타이거가 이 가게의 적자를 별로 상관하지 않으니 선애가 크게 힘들 일이 없다는 것.

한 달 정도의 아르바이트를 하면서 느낀 건데, 역시 상업에서 가장 힘든 건 손님을 상대하는 거였다. 뭐, 내가 일했던 곳은 여성용 옷을 판매하는 곳인데다가 밤 9시면 문을 닫았기 때문에 술 취한 손님은 아예 없었고 사나운 남자 손님도 거의 없었지만, 그래도 손님 대하는 거에 어려움이 없었던 것은 아니었다. 험하고 사나운 손님은 없어도 까다로운 손님은 많았으니까 말이다. 그런 손님들에게 항상 친절한 미소를 띠며 사근사근 대한다는 건 정말 인내심을 시험하는 일이었다.

하지만 여기는 손님이 많지 않으니—계산해 보니 하루에 대여섯 병 파는 게 많이 판매하는 거였다—손님 상대할 일이 줄어든다는 건 어려움이 줄어든다는 것과 같았다.

[어쨌든 손님들이 적다니 그나마 다행이네. 많았으면 정말 큰일 아니냐. 생 초짜인 네가 감당하기는 힘들어. 하기야 만약 손님이 많았다면 저 녀석이 너에게 덥석 이 일을 맡기지도 않았을 테지만.]

"그건 그렇지? 나도 솔직히 조금 안심했어."

하지만 그건 절대로 다행한 일도 아니었고, 안심할 일도 아니었다.

선애가 가게 일을 시작한 지 사흘째 되는 날이었다.

그날도 평소처럼 한가한 가게 안을 지루하게 지키던 선애가 퇴근할 시간이 되자—여기는 시간이 없었기에 대략 노을이 지기 시작하면 문을 닫는다—칼같이 일어나서 문 닫을 정리를 하고 있는데 평소 아침에만 잠깐 얼굴을 비추던 벨타이거가 웬일로 선애를 불렀다.

"부탁할 게 있는데."

"예."

"이것 좀 가지고 갈래?"

그가 내민 건 A4보다 약간 커 보이는 종이 봉투였다. 안에 뭐가 들었는지는 모르겠지만 가지고 가라는 건 뻔했다. 정보 길드에 넘겨달라는 것.

선애가 이곳에 온 이후 처음으로 길드에서 보낸 연락책 역할을 하게된 것이었다. 뭐, 선애야 집에 가서 휴에게 넘기면 되는 아주 단순한일이었지만.

"알겠습니다."

"잘 부탁해. 아, 가게일은 할 만해?"

지나가는 듯이 묻는 벨타이거의 질문에 선애의 눈초리가 저절로 위로 치켜 올라갔다.

"할 만하고 자시고 할 것도 없네요, 할 일이 거의 없으니."

선애의 뼈가 있는 말에 그가 비죽이 웃었다.

"뭐, 나쁘지는 않잖아?"

그리고는 쓰윽 하고 자기가 먼저 앞서서 밖으로 나가는 것이었다.

"쳇."

그의 뒷모습을 바라보던 선애는 곧바로 고개를 돌리고는 가게 안을마저 정리하기 시작했다. 금방 그 일을 끝낸 선애는 밖으로 나와 가게문을 닫고 집으로 향했는데, 평소와는 달리 시무룩한 표정이었다.

"어? 누나~ 이제 돌아가는 거야?"

허름한 집들의 골목으로 들어서자 그 골목 주위를 뱅뱅 돌고 있던카밀이 손을 번쩍 쳐들며 반갑게 인사했다.

"그래."

카밀은 길을 가르쳐 준 인연 덕분인지 그 길을 지나치다가 마주칠때면 반갑게 아는 체를 해왔다. 아무래도 그날 꿀빵을 사준 게 무지 좋았던 모양이다.

선애도 그 애를 향해 손을 들어주자 카밀이 가까이 다가오더니 고개를 갸웃했다.

"어라? 어째 기분이 안 좋아 보이네. 무슨 일 있었어?"

"아니, 별일은 없었고. 그냥 그저 그래."

"흐음, 무슨 일인지는 모르겠지만 힘내. 누나는 이래 뵈도 나 카밀의 마음에 든 사람이라고. 그런 사람이 풀 죽어 지낼 리는 없어. 뭔 일인지 잘 해결될 거야."

작은 주먹으로 자신의 가슴을 탕탕 치며 호언장담하는 녀석을 보던 선애가 피식 웃었다.

선애는 좋게 말해도 절대로 괜찮은 성격이라고 할 수 없었기에 기분 안 좋을 때 누가 말을 걸면 무지 쌀쌀맞게 대했다. 그게 나라고 해도 말이다.

하지만 이 카밀이라는 애는 아직 어려서 그런지 아니면 하는 행동이 귀여워서 그런지 이 애 앞에서는 그 못된 성격을 드러내지 않는 것이었다.

'호오, 애는 귀찮아하는 녀석인데… 하긴, 저 카밀이라는 애가 영리하게 굴기는 하지.'

"위로 고맙다. 나중에 꿀빵이라도 하나 사주마."

"에헤, 그래 주면 나야 고맙지. 그럼 잘 가."

"응."

크게 팔을 휘저어 인사를 해보인 카밀이 얼른 다른 쪽으로 뛰어가자 선애도 다시 멈췄던 발걸음을 옮겼다.

[헤에, 저 애가 꽤 마음에 든 모양이네?]

"뭐, 그럭저럭."

카밀에게는 성실하게 대답해 줘놓고서는 내 말에는 금방 쌀쌀한 어
투로 대꾸한다. 이럴 때 계속 말 걸면 짜증만 돌아온다는 걸 알기 때문
에 나는 속으로만 투덜투덜거리며 입을 다물었다.

'쳇, 쳇, 내가 저 꼬맹이보다 못하다는 소리냐아?'

집에 돌아와서도 선애는 표정이 별로 좋지 못했다.

'가게 일이 재미없나? 하기야… 지루할 만하겠지만.'

선애가 사흘간 가게를 지키는 동안 온 손님이라고 해봐야 열 명이
되지도 않았다. 첫날에는 오후에 어떤 아가씨가 기웃기웃하며 들어와
가게만 둘러보고 갔고, 둘째 날에는 그래도 어떤 아가씨 셋이 와서 향
수 한 통을 사 가기는 했다. 그러나 그 외에는 모두 와서 한 번 보고만
갈 뿐이었다. 그것도 들어와서 구경하는 건 정말 드문 일이었다. 모두
들 바깥에서 한 번씩 기웃기웃 해보고는 그대로 발걸음을 돌렸으니 말
이다. 하기야 나 같아도 거의 텅 빈 가게에는 들어가 보고 싶지 않을
것 같았다.

그날, 퇴근해서 밤늦게까지 심각한 표정으로 무엇인가를 골똘하게
생각하는 선애의 모습에 나는 가게 일은 포기하고 전에 말하던 그 수
학자가 되는 걸 진지하게 생각해 보나… 했었다. 그러나 밤늦게 돌아
오는 휴를 기다려 벨타이거가 가져다주라고 하던 종이 봉투를 넘겨줄
때도 선애는 별말없었다. 단지 선애가 가게를 나가기 시작한 지 처음
만나는 휴가 인사조의 말을 걸어왔다.

"어이, 그래, 가게 일은 익숙해졌어?"

그에 그렇지 않아도 가라앉아 있던 선애의 얼굴이 팍 찡그려졌다.

"가게 일에 익숙해진 게 아니라 쓸모없는 취급을 받는 데 익숙해졌

어요.”

선애의 말에 휴가 놀랍다는 듯이 눈을 힐끔 떠 보였다.

“호오, 이런이런. 그 사람이 선애의 가치를 못 알아보나? 사람 보는 눈이 없었을 줄이야. 그래, 앞으로도 그러고 있을 생각이야?”

“아니요. 자존심 상해서라도 절대로 이대로는 못 있을 것 같아요.”

주먹 쥔 손을 바르르 떨어가며 곱씹듯 말하는 거 보니 아무래도 벨타이거 녀석에게 쌓인 게 많았던 모양이다.

“잘해봐. 전에도 말했지만, 모든 건 네가 하기 나름이라고. 아, 혹시 뭔가 도움을 요청할 건 없고?”

휴의 말에 선애는 기다렸다는 듯이 입을 열었다.

“휴, 혹시 향수 가게나 화장품 가게에 대해 아는 거 있어요? 아니면 잘 아는 사람을 알거나.”

“헤에, 뭔가 본격적으로 할 생각인가 보지? 음, 나는 잘 모르겠고⋯ 그런 건 자스민에게 조언을 구해봐. 아마 도움이 될 거야.”

“자스민이요?”

의외의 인물을 들었다는 듯 선애가 되묻자 휴가 그럴 줄 알았다는 표정으로 웃어 보였다.

“의외인가 보지? 하지만 자스민이 그런 쪽으로는 좀 아는 게 많지.”

“에에, 몰랐어요. 어쨌든 고마워요.”

“응. 어떻게 할지 기대하고 있으니 잘해봐. 그럼 잘 자.”

“예.”

휴가 손을 흔들며 자신의 방을 향해 가버리자 선애가 약간 얼떨떨한 표정으로 나를 돌아보았다.

“자스민이 그런 쪽을 좀 안다구?”

그래서 나도 같이 얼떨떨한 표정으로 마주 봐줬다.

[그러게 말야.]

사실 자스민을 무시하는 건 아니지만, 평소 그녀의 행동이 집안일에만 전념하는 주부 같이 보여서 그런 데에 별 관심이 없는 줄 알았다. 항상 깨끗하고 깔끔한 차림을 하고는 있었지만, 액세서리를 한다든지 화장을 한다든지 멋들어진 옷을 입는다는지 하는 모습을 한 번도 보지 못했던 것이다. 뭐, 색조 화장을 안 해도 기본 화장은 하겠지만서도… 하여간, 그리하여 후각이 마비된 나도 그녀가 향수를 뿌릴 거라고는 생각을 못했었다.

그랬기에 그동안 선애가 가게를 다니면서도 자스민에게 자세한 이야기는 하지 않았었다. 그냥 다니기 괜찮다, 힘들지 않다 정도만? 그러고 보니 향수 가게를 다닌다고 말하지도 않았었다.

"에, 나 자스민이 향수 뿌리는 거 한 번도 못 봤는데."

[척 보기에도 그런 거 하고 다닐 사람처럼은 안 보이잖아. 하지만 그렇다고 휴가 허튼소리 할 사람은 아니지.]

"흠, 어쨌든 내일 자스민에게 물어보면 알겠지."

[아니, 그 자스민에게 물어보는 건 둘째 치고… 너 뭘 생각하는 거야?]

선애와 휴의 대화에서 선애가 뭔가 해보려는 기색을 읽은 내가 방으로 향하는 선애의 뒤를 쫓아가며 묻자, 선애는 오후의 그 가라앉았던 기분이 그나마 좀 풀어졌는지 순순히 대답해 줬다.

"아니, 그동안 좀 생각을 해봤는데 내가 다니는 향수 가게는 왠지 눈가림용으로 세워진 것 같아. 아니면 심심해서 한번 세워봤거나. 적자라는 것에 전혀 아랑곳하지 않는 거 보면 말이지. 그렇다는 건, 재미없거나 필요가 없어지면 그냥 문 닫는다는 소리 아냐? 아마… 그때가 오래지 않아 올 것 같아."

[으음, 일리있는 말이다. 그래서?]

"그래서는 뭐가 그래서야? 그 벨타이거인지 벨표범인지 하는 자식이 날 그런 데다 박아 넣은 거 보면 날 어떻게 생각하는지 충분히 짐작이 가잖아? 내가 그렇게 만만해 보이나? 엘리엇 놈도 그렇고, 벨표범인지 벨타이거인지 하는 놈도 그렇고. 아아, 내가 왜 이리 치이고 저리 치이는 신세가 된 거야?"

투덜투덜 길게 푸념을 늘어놓던 선애가 갑자기 고개를 뻣뻣하게 들더니 두 주먹을 꽈악 움켜쥐었다.

"그래서 도저히 이대로 가만있을 수가 없어! 되든 안 되든 놈들이 원하는 대로 휘둘리지 않을 거야. 뭐, 나보고 가게를 마음대로 하라고 했으니."

[제대로 한번 해보게?]

"응. 이대로 있다가는 나 또한 시간만 낭비할 뿐이잖아. 차라리 그 시간에 뭔가를 하는 게 낫지, 이렇게 어영부영 보내고 싶지 않아. 괜찮게 키우고 있다가 만약 나중에 가게를 없앤다고 하면 아예 내가 인수를 하면 되잖아."

선애의 다부진 표정과 말에 나는 박수를 쳤다.

[오오, 멋진 생각이다. 그래, 잘 생각했어.]

기실, 나 또한 힘들지는 않다고 해도 선애가 지루하게 손님도 없는 가게에 앉아 있는 게 좋아 보이지는 않았던 것이다. 그러느니 차라리 힘들더라도 손님이 많은 곳으로 가는 게 낫지 않겠나 싶은 생각도 들 정도였으니 말이다.

"아, 게다가 이제 생각난 건데 말이지. 나, 그 벨타이거인지 벨표범인지 하는 놈한테 월급 이야기는 하나도 못 들었어. 혹시 그놈 나에게 월급 줄 생각도 없었던 거 아냐? 내일 가서 그 사람이랑 할 이야기가 많겠어. 담판을 지어놔야지."

다음날, 평소보다 조금 일찍 일어난 선애는 아침 준비를 하느라 한창 바쁜 자스민을 붙들고 입을 열었다.

"자스민, 의논할 게 있는데요."

"응? 나에게?"

평소 자스민에게 이런 이야기를 한 적이 없었던 선애였기에 좀 의외였던 모양이다. 하기야 선애나 나나 평소 자스민을 뭔가를 상담할 상대라고 생각하지 않기는 했었다. 편견이었지만 말이다.

'음음, 반성해야지.'

선애 또한 나와 비슷한 심정이었는지 머쓱한 표정으로 입을 열었다.

"음, 제가 다니는 가게가 향수 가게라는 거 말씀드렸던가요?"

"어머나, 너 향수 가게에 나가는 거였니? 음, 그런데 별로 그런 거 같지 않은데."

선애의 모습을 살피며 고개를 갸웃 하는 자스민의 태도에 선애가 의아하게 물었다.

"에? 왜 그렇게 생각하세요?"

"아니, 향수를 파는 가게에서 일하는 걸로는 안 보여서. 우선… 너에게서는 향수 냄새가 안 나니까. 향수 가게에서 일하면 그 냄새가 배는 게 당연한 거 아니니? 하지만… 단 며칠이었지만 향수 냄새가 나는 걸 맡아본 적이 없는걸. 게다가 옷도……."

그거야 당연했다. 손님이 별로 없었으니 선애가 향수 냄새를 맡으려고 하지 않는 이상은 향수 통 뚜껑을 열 일이 없었으니까 말이다. 뭐, 나야 냄새를 못 맡기 때문에 그 가게에서 향수 냄새가 나는지 안 나는지, 선애에게 향수 냄새가 배어 있는지 아닌지도 몰랐지만.

자스민의 이야기를 듣고 있던 선애의 눈빛이 반짝이더니 자스민이 말을 흐리자 얼른 재촉했다.

"제 옷이 왜요?"

"아니, 향수 가게 점원이 입을 옷은 아닌 것 같아서. 음, 제복이 따로 있나 보지?"

선애 옷은… 이곳에 와서 자스민이 준 옷이었다. 아름다움보다는 단정하고 실용적인 데만 신경을 쓴 것이라서 디자인도 단순하고 옷감도 광택이 흐르고 하늘하늘한 것이 아니라 튼튼하고 질긴 것이었다. 이 세계에 와서 정신없이 지내다 보니 쇼핑 같은 건 생각도 못하고 있어 선애 자신의 취향에 맞는 옷이나 예쁜 옷들은 가지고 있지도 않았다.

자스민의 이야기를 듣던 선애가 별안간 자스민의 손을 꼬옥 잡았다.

"그래서 말인데요. 자스민, 당신의 도움이 필요해요."

"엥?"

갑작스러운 선애의 행동에 자스민이 얼떨떨한 표정이었지만, 그러든 말든 선애의 입에서는 현 타이거 향수 가게에 대한 상황이 봇물 쏟아지듯 쏟아졌다. 누가 보면 그 가게에 한이라도 맺힌 줄 알 것 같았다.

'하긴, 한이 맺힌 건 맺힌 거지. 그동안 계속 쓸모없는 존재 취급을 받았으니.'

가끔 고개를 끄덕여 가며 선애의 설명을 듣고 있던 자스민의 얼굴이 점차 굳어져 갔다. 그래도 선애를 마치 친동생처럼 아껴주던 자스민이었으니 거의 형식적이라고 할 수 있는 가게에 선애를 냅둔 것이 거슬리는 건 당연했다.

"좀… 문제가 많네."

선애의 설명을 듣고 난 자스민이 입을 열자, 기다렸다는 듯 선애가 말을 받았다.

"좀이 아니죠, 좀이. 이건 완전 문제 덩어리예요. 휴한테 작은 곳이라는 이야기는 듣고 각오는 했지만, 이건 작은 게 아니라 완전히 말뿐인 가게라니까요!"

선애가 흥분하며 말하자 자스민이 진정시키려는 듯 탁자 위에 올라가 있는 주먹 쥔 선애의 손을 톡톡 두드렸다.

"그래, 그런 것 같네. 그래서 선애는 어떻게 하고 싶은데?"

"그 가게 운영을 아예 저에게 맡긴다고 했으니 멋들어진 가게로 탈바꿈시키려고요. 그래서 그 벨타이거인지 뭔지 하는 남자가 놀라서 입이 떠억 벌어지게 만들어주고 싶어요."

"쉬운 일은 아닐 텐데. 그냥 다른 곳으로 옮기는 건 어때? 선애가 말하기 어려우면 내가 휴에게 말해 줄게."

자스민의 말에 선애는 고개를 설레설레 저었다.

벌써 그에 대한 생각도 해본 모양이었다.

"사실 처음에는 내가 이런 취급당하면서까지 여기 있어야 하나… 하는 생각이 들더라고요. 이건 아예 기회를 줄 생각도 안 하고 처음부터 나를 필요없는 존재 취급했으니까요. 당장 이런 데 때려치우고 날 절실하게 필요로 하는 곳으로 가고 싶었어요. 그런데……."

"그런데?"

"화가 좀 가라앉으니까 오기가 생기더라고요. 이대로 내가 다른 데 기비린다고 해도 그놈은 아무렇지도 않을 거잖아요. 그 생각이 떠오르니까 내가 지는 것 같더라고요. 그 녀석에게는 절대로 얌전하게 등 돌리고 물러나고 싶지가 않아요."

그렇게 말하는 선애의 눈초리는 사나워져 있었다.

아무래도 벨타이거 녀석이 타이밍을 잘못 맞춘 것 같았다. 루빈스타인 후작가 저택에서 엘리엇 놈에게 당한 게 쌓여 있는 데다가 벨타이거 녀석이 부채질을 한 꼴이었으니, 그 모든 화가 벨타이거에게 몰린 모양이었다.

엘리엇 녀석에게는 그놈 사무실을 불태워 주기는 했지만, 자기가 직접 한 게 아닌데다가 그 뒤의 얼이 빠진 엘리엇 녀석의 모습을 보지도 못했으니 놈에게 받은 울분을 완전히 해소시키지 못했나 보다.

선애의 말에 꼬맹이의 눈을 가만히 바라보며 자스민이 다시 한 번 다짐하듯 말했다.

"가게를 꾸려 나간다는 건 쉬운 일이 아니야. 그래도 할 거야?"

"해볼래요. 젊다는 게 뭐예요?"

"한번 해보겠다는 각오로는 안 돼. 오기만으로는 힘들걸?"

"꼭 할래요. 그래서 자스민에게 도움을 요청하는 거잖아요. 도와줄 수 있죠, 자스민?"

"나중에 힘들다고 울면 안 돼?"

자스민의 말에 선애는 환하게 웃어 보였다.

"열심히 할게요."

그리고 잠시 후, 아침을 챙겨 먹은 선애는 가벼운 발걸음으로 자신의 일터로 향했다. 이미 자스민으로부터 여러 가지 조언을 들은 선애는 아마 머리 속으로 자스민의 말을 정리하고 있을 터였다.

한참 뒤에 선애가 고개를 끄덕거리는 걸 본 나는 대충 뭔가 정리가 되었음을 눈치채고 말을 걸었다.

[뭐부터 하게?]

"우선은… 벨타이거 녀석하고 월급 이야기를 담판 지어야지. 그 다음 휴가를 달라고 할 거야."

[월급은 몰라도 가게 나온 지 사흘 만에 휴가를 달라고 하면 주겠냐?]

"그럼 며칠 가게 문을 닫겠다고 하든지, 아니면 점심 시간을 좀 늘려야지. 점심 시간은 내 맘대로 하랬으니 자기가 뭐라고 하지는 못하겠지. 그동안 다른 가게들을 둘러볼 거야."

자스민이 제일 먼저 한 조언이 그거였다. 경쟁 상점의 모습을 알아둘 것. 이것이 바로 손자병법에 나오는 '적을 알고 나를 알아야 백전백승이다' 란 항목과 따악 맞는 조언이 아니겠는가?

[저기, 가게에 있는 향수 자스민에게 선물해 주는 게 어때? 여러 가지 조언을 해줘서 고맙다는 뜻도 있고, 앞으로도 잘 부탁한다는 뜻도 있고, 게다가 그 향수가 어떤지 알아보는 차원에서……]

"맞아, 좋은 생각이네. 에, 그리고 또……."

앞으로 해야 할 것들을 하나하나 정리해 가면서 발걸음을 한 탓인지 어째 평소보다 빨리 가게에 도착한 것 같았다.

라이벌 가게들을 둘러보는 건 내일부터 할 생각이었다. 자스민이 오늘 저녁까지 요 근래 유명한 화장품 가게들을 알아봐준다고 했으니, 그걸 바탕으로 돌아다닐 생각이라고 했다. 그리고 그렇게 돌아다니는 겸사겸사 쇼핑도 하고 말이다.

선애가 출근을 시작한 후부터는 벨타이거는 마음 놓고 늦게 왔기 때문에, 그날도 벨타이거는 점심 시간이 거의 다 되어서야 가게에 들어왔다.

“여~ 어제 부탁한 일은 잘했겠지?”

“예. 아, 그리고 물어보고 싶은 게 있는데요.”

“응? 뭔데?”

“제 월급에 대해서는 한마디도 안 하셨던 것 같은데, 월급은 어떻게 되나요?”

선애가 당당하게 묻는 폼을 껌뻑껌뻑거리며 바라보던 벨타이거가 피식 웃었다.

“아아, 월급?”

“예, 월급이요. 아, 여긴 주급으로 주시나요?”

“그렇군. 내가 깜빡 이야기를 안 했나 보군. 월급은 내가 안 주는데?”

재미있다는 듯 빙글빙글 웃으며 하는 말에 선애의 눈이 크게 떠졌다.

“예?”

“진작 말 안 해서 미안한데, 내가 이 가게 운영을 모두 선애에게 맡겼잖아. 그러니 월급도 선애가 알아서 해야지. 나는 총수입에서 향수 원제조비만 받을 테니까, 나머지 수익은 모두 선애 가지도록 해. 그게 선애 월급이야.”

“예에에?”

‘가게 수익을 가지라고?’

말은 좋았다. 하지만 현실적으로는 전혀 좋은 게 아니었다.

향수 원제조비는 커다란 통 하나당 은화 두 개. 커다란 통 하나당 작은 통 30개가 나오는 데다가 자그마한 통 하나당 가격이 향수마다 다르긴 해도 20실링에서 30실링 사이다. 그러니 제일 가격이 싼 향수만 해도 다 팔면 은화 여섯 개니까 원제조비를 지불한다고 해도 은화 네 개의 수익이 남는다.

그.러.나. 이건 어디까지나 한 달 안에 향수를 다 팔았을 때의 이야기다. 장부상에 의하면 워낙 향수가 안 팔렸기 때문에 원제조비를 건진 적은 한 번도 없었다. 향수가 다섯 개니까 총향수 원제조비는 은화 열 개인데 지난달과 지지난달 판매량은 각각 열다섯 개와 열일곱 개. 그것도 많은 거다. 맨 처음 가게를 열었을 때 두 달 동안은 하나도 못 팔았고, 세 달째에 겨우 다섯 개 팔았으니 말이다.

이번 달에 제일 가격이 싼 걸로 20통을 판다고 설정을 해보면, 총수익은 겨우 은화 네 개. 원제조비를 건네주면 은화 두 개가 적자가 난다. 이건, 다른 건 다 제외하고 단순하게 향수 제조비만 가지고 따진 거였다.

이런 상황에 향수 원제조비만 자기에게 넘기고 나머지는 월급으로 하라고 하는 건, 오히려 선애에게서 돈을 뜯어내겠다는 소리와 다름없었다.

'세상에… 이놈은 엘리엇 놈보다 더한 놈이잖아?'

기가 막힌 선애의 입이 떠억 벌어졌지만, 그 얄미운 벨타이거 놈은 싱글싱글 웃는 얼굴로 '그럼 됐지?' 하고 자기 사무실로 들어가려고 한다.

[야, 정신 차려. 아직 할 이야기가 남아 있잖아?]

"아하하하하~"

"자스민, 그게 그렇게 웃을 일만은 아니라고요. 이게 말이 돼요?"

선애가 식식대면서 말을 하다 목이 타는지 자신 앞에 놓인 물잔을 거칠게 들어 꼴깍꼴깍 마셔댔다.

그런 선애를 보며 자스민은 터져 나오는 웃음을 겨우겨우 추스르며 너무 웃어 새어 나온 눈물을 닦았다.

"아, 정말 대단한 사람이구나. 몰랐다면 처음에 돈 뜯길 때 엄청 당혹스러워했겠다."

"지금도 당혹스러워요. 말을 들었을 때 너무 기가 막혀 가지고 아무 생각도 안 날 정도였다니까요."

다시금 낮의 일이 생각났는지 선애가 이를 빠드득 갈았다.

"정~말 마음에 안 드는 놈이에요. 후작가의 저택에 있던 놈보다 몇 십 배는 더욱더 마음에 안 들어요. 아주 아작아작 씹어 먹고 으드득 갈아먹고 싶을 지경이에요."

"이런, 이런, 선애에게 너무 미움을 샀네. 그래, 이제 어쩔 거야? 가게를 키우기는커녕 그럴듯하게 만들려고 해도 돈이 많이 들 텐데, 말을 들어보니 그 사장이라는 사람에게는 돈을 한 푼도 지원받을 수 없겠는걸?"

기실 사무실로 들어가려는 벨타이거를 붙잡고 가게를 좀 더 꾸며도 되냐구 물으니 마음대로 하라고 했다. 단지 모든 걸 스.스.로. 알아서 하라는 조건이 붙었지만 말이다.

가게 문을 닫는 것도 마음대로 하라고 했다. 며칠 안 나올 건지만 통보해 달라고, 그날은 자신이 대신 문을 열겠다고 하는 걸 듣고 선애가 얼마나 기가 막혀 했는지.

"저에게 돈이 좀 있는데… 그걸로 어떻게 안 될까요? 안 되면 돈을 좀 빌리든지 할래요. 그 소리까지 들었는데 절대로 물러날 수 없죠. 크게 이익을 남겨서 그놈 콧대를 꽉 눌러주고 말겠어요."

[흠, 다시 한 번 미란다 녀석 방을 털 수도 있으니까 너무 염려 마.]

내 말에 선애가 약간 고개를 끄덕이며 자스민을 바라보았다.

자스민은 진지한 표정으로 생각하더니 선애가 가져다 준 다섯 가지 향수의 향기를 다시 한 번 맡았다.

“내가 맡기에도 이 향수들은 상당히 괜찮은 거야. 조건만 제대로 갖춘다면 나쁘지 않겠어. 가격도 괜찮은 편이고.”

그러면서 고개를 끄덕이더니 생긋 웃으며 선애를 바라봤다.

“좋아. 돈은… 정확하게 얼마가 들지 모르니 그건 일단 나중으로 미뤄두지. 하지만 빌릴 수는 있을 거야. 어쨌든 일은 제대로 시작해 볼까? 가게는 며칠 동안 안 나가기로 했지?”

“우선 5일 정도요. 만약 더 빠지게 된다면 그때 다시 이야기하기로 했어요.”

“음, 5일 정도면 충분할 거야. 이건 대략 알아본 요즘 잘 나가는 향수 가게야. 혼자 다니기 어려울 테니까, 내일 도와줄 사람을 불러줄 테니 같이 돌아다니도록 해. 아마 선애에게 많은 도움이 될 거야.”

자스민이 건네준, 내 손바닥보다 약간 큰 메모지 안에는 열 개 정도의 가게 이름과 그 위치가 적혀 있었다.

“예.”

“잘해봐. 나도 열심히 응원해 줄 테니까 원하는 대로 그 벨타이거라는 남자의 콧대를 꽈악 눌러주라고.”

살짝 주먹을 쥐어 보이며 생긋 웃는 자스민에게 선애도 마주 웃어줬다.

“물론이죠. 꼬옥 콧대를 눌러주고야 말겠어요.”

하지만 그렇게 자신은 남을 것처럼 말했던 자스민은 다음날이 되자 선애의 도움을 받아 대충 그날 할 일을 끝내놓고 오랜만에 외출을 했다. 처음에는 그냥 선애에게 도움을 줄 사람만 소개시켜 주고 자신은 빠지려고 했는데, 생각해 보니 처음 만나는 두 사람만 붙여놓는 것도 너무나 어색할 것 같고, 자신도 꽤 오랫동안 하지 않았던 나들이도 해보고 싶어 이 기회에 같이 다니겠다고 한 것이었다.

이건 내 생각인데, 아무래도 휴가 그녀의 등을 떠밀었던 것 같다. 전에도 말한 것 같았지만, 휴는 자신의 부인을 끔찍하게 생각하는 사람이라 이 기회에 바람이라도 쐬라고 하면서 용돈도 넉넉하게 쥐어줬을 거란 걸 어렵지 않게 생각해 낼 수 있었다.

평소에 입고 다니는 편한 옷이 아닌, 오랜만에 레이스가 달린 예쁜 나들이옷을 입은 자스민이 자신의 옷차림이 어색한 듯 미소를 지었다. 옷차림에 맞게 얼굴에도 가볍게 화장을 했고, 손에도 옷 색과 같은 연두색의 양산을 들었다.

"와, 예쁘네요."

"어색하지는 않구? 이게 좀 오래된 옷이라……."

"설마요. 너무 잘 어울려요."

선애의 칭찬에 어색하게 웃어 보인 그녀는 선애의 옷차림을 바라보고는 한숨을 폭 내쉬었다.

"아무래도 넌 옷부터 사야 할 것 같다. 아마 그 애도 널 옷부터 바꿔 입히려고 할 거야."

자스민의 말은 적중했다.

자스민의 소개로 만난 캐더린이라는, 자스민과 비슷한 나이 또래의 캐더린이란 여성은 선애를 보자마자 다짜고짜로 이렇게 말했던 것이다.

"옷부터 사야겠군."

"하하하, 내 그렇게 말할 줄 알았어."

캐더린이란 여성은 자스민과는 전혀 반대의 타입이었다. 화려하게 생긴 외모에 걸맞게 잘 손질된 금발 머리를 우아하게 틀어 올려 망사가 달린 자그맣지만 척 보기에도 고급스러운 모자를 쓴 그녀는 화장도 참 화려하게 하고 있었다. 그렇다고 너무 짙은 게 아닌 세련되었다라고 할 수 있는 화장이었다.

옷차림 또한 하늘하늘거리는 실크 드레스를 입은 그녀는 선애를 보자마자 마치 감정을 매기는 듯한 차가운 눈동자로 훑어보더니 옷 이야기부터 했던 것이다.

그에 자스민은 웃었고 말이다.

"오랜만이지? 언니는 정말 여전하네."

"너야말로 하나도 안 변했다. 그래, 네 남편은 여전히 잘해주고?"

"후후후, 그렇지 뭐."

잘 아는 사이인 듯—캐더린이 언니인 모양—다정스레 이야기를 나누는 둘 사이에 끼어들지 못한 선애는 한쪽에 얌전히 서 있었다.

캐더린이라는 여성은 말하는 폼이나 행동이 자신감에 차 당당한 걸 보니 아무래도 커리어우먼 같았다. 무슨 일을 하는지는 모르겠지만, 어느 정도 능력을 인정받아 잘 나가는 자리에 있는 듯싶었다.

"뭐, 그건 그렇고. 이 애가 향수 가게를 하고 싶어 한다고?"

다시 한 번 선애를 훑어보는 캐더린의 말에 자스민이 고개를 끄덕였다.

"응. 그런데 아직 아는 게 별로 없어서 언니의 도움이 좀 많이 필요해."

"흠, 네가 도와달라고 하는 거 보니 아무것도 모르는 철부지 아가씨는 아니겠고… 눈빛을 보니 꽤나 당찬 녀석 같은데? 어디, 너 돈은 얼마나 있니? 얼마나 크게 가게를 내려고 하지? 향수 제조업자하고 길은 뚫어놨고?"

"가게는 지금 있습니다. 단지 아직 꾸미고 있는 게 전혀 없어서요.

향수는 다섯 가지를 가지고 있고요.”

“다섯 개? 달랑 고거? 너무 적은 것 같은데… 대표로 내세울 게 다섯 가지면 몰라도…….”

선애의 대답에 캐더린이 인상을 찡그리자 자스민이 끼어들었다.

“그런데 그 향수들이 대표라고 해도 좋을 정도로 괜찮은 것 같더라. 언니도 보면 괜찮다고 할걸?”

“그으래? 그럼 우선 네 가게라는 곳과 향수 좀 구경이나 할까?”

그렇게 해서 시작된 행보는… 한마디로 거침없는 광풍이라고 표현할 수 있었다.

선애가 안내를 해야 하는데 위치만 대충 들은 캐더린이 앞장서서 둘을 이끌고 타이거 가게로 쳐들어가다시피 들어서서는, 선애가 휴가를 가지겠다고 해서 홀로 가게를 지키고 있던 벨타이거 녀석이 당혹스러워하든 말든 가게 안을 샅샅이 뒤집어보고 향수들도 일일이 향을 맡고 색을 보고 농도를 확인하더니 고개만 끄덕이고는 그 가게를 나왔다.

아마 뒤에 남은 벨타이거 녀석은 한바탕 광풍이 휘몰아치고 나간 기분이었을 것이다.

가게를 나와 둘을 이끌고 캐더린이 간 곳은 척 보기에도 꽤나 잘 나가는 것 같은 옷 가게였다. 무려 2층짜리의 가게로 우아한 디자인으로 꾸며진 가게는 일명 ‘유명 메이커 가게’ 였던 것이다. 캐더린이 들어서자 곧바로 제복을 깔끔하게 차려입은 두 명의 여성 직원이 달려와 맞이하는 게 교육이 잘되어 있다는 걸 느끼게 했다. 그 두 직원은 한국의 유명 백화점 직원들과 비교해도 전혀 뒤떨어짐이 없어 보였으니 말이다.

그곳을 시작으로 케더린은 둘을 이끌고 대여섯 곳이나 되는 커다란 옷 가게를 모조리 휘젓고 다녔다. 그러는 동안 가게를 나와 다음 가게를 이동하는 사이사이 선애에게 여러 가지 어드바이스를 쏟아냈다.

"네 생각에는 전전 가게와 전 가게의 차이점이 뭐라고 생각해?"

"그, 글쎄요. 전전 가게는 직원들이 격식이 있고, 전 가게는 좀 아부가 강하달까? 너무 달라붙어서 떠들어대는 것 같았어요."

"맞았다. 가게를 하려면 이걸 잘 기억해 둬. 가게에 이미지는 그 가게 직원들이 만들어내는 거야. 어떤 손님들이 모여들게 하느냐는 그 직원들 손에 달려 있지. 옆에 달라붙어 수다 떠는 걸 싫어하는 손님들은 첫 가게를 즐겨 찾겠고, 아부를 좋아하는 손님들은 두 번째 가게를 찾겠지. 어떤 손님들을 끌어들이냐는 네 행동에 달려 있어. 뭐, 상품이 이 도시 전체를 샅샅이 뒤져도 찾을 수 없을 정도로 뛰어나다면 두 종류 손님이 다 찾아오겠지만, 네 가게에 있는 향수는 상급이라고 할 수는 있어도 최상급은 아니거든."

"예."

"어떻게 행동할지는 미리미리 결정해 둬."

"예."

"인테리어도 잘 봐둬. 비록 종류는 다르지만 비슷한 손님들이 찾는 곳이야."

"옙."

"좋아, 그럼 내일은 네 라이벌들을 살펴보러 가자. 너, 내일은 오늘 내가 사준 옷들을 입고 오도록 해, 알았지? 안 그러면 안 데리고 다닐 거다."

"예."

"사람이란 첫인상이 무지 중요하다는 거 알지? 거기에 향수 가게를 꾸려 나가려면 손님 맞을 때의 옷차림은 센스있어 보여야 해. 그럼 손님이 '아, 이 사람 센스는 괜찮구나' 라고 느끼고, 향수 또한 센스있을 거라고 생각한단 말이야."

"넵."

"라이벌 가게에 가면 진열 상태도 잘 봐둬. 가게에서 상품 진열도 무척 중요하다고. 그리고 마지막으로, 라이벌 가게의 상품 체크도 잊지 말고."

너무나 수많은 이야기들이 쏟아져서 그것들을 모두 제대로 기억할 수 있을지 걱정이 될 정도였다. 하루에 이렇게 많은 이야기를 할 줄 알았으면 메모지라도 가지고 올 걸… 하는 후회가 들기도 했다. 뭐, 나는 못 쓸 테지만 선애는 쓸 수 있을 테니 말이다. 하지만 이야기들이 너무 봇물 쏟아지듯 쏟아져서 그걸 다 받아 적을 수 있었을지.

다음날, 자스민의 도움으로 그래도 그럴듯하게 차려입고 나가자 캐더린은 냉정하게 '봐줄 만하군' 이라고 말한 뒤 그대로 몸을 돌려 버렸다. 그리고 끌고 다닌 곳은, 앞으로 선애의 라이벌이 될 향수 가게들.

향수만 전문적으로 취급하는 곳도 있고 화장품들과 같이 판매하는 곳도 있었다.

그날은 제법 그럴듯해 보이는 곳들로만 골라 다녔는데, 인테리어라든지 진열된 향수들은 한국에 있는 큰 매장 못지않았다. 게다가 그곳에 있는 향수 병들은 모두 유리병 아니면 크리스털 병들이었다.

[역시… 향수 병은 유리병으로 해야 해.]

어떤 곳에서는 타이거 상회에서 사용하는 나무 향수 통을 취급하기도 했지만, 어떤 곳은 그런 건 취급하지도 않았다. 그런 곳에서 캐더린의 지시에 의해 모든 향수들을 일일이 향을 맡아보고 살펴보는 선애는 나중에는 질린 표정이었다.

"아우, 향들을 너무 맡아서 머리가 어질어질할 지경이에요."

"그래도 맡아야지. 그쪽 길을 걷는 사람으로 나중에 네가 죽으면 네 몸에서는 향수 냄새가 폴폴 풍겨야 할 정도가 되어야 해. 그나저나 지금까지 맡아보니까 어때?"

"음, 제가 취급할 향수는 역시 화학 물품이 많이 사용되지 않았다는 거요. 케더린의 말대로 고급 축에 속한다고 할 수 있겠던데요."

"맞아. 볼 거 없는 가게에서 그나마 봐줄 만한 게 향수였어. 만약 그 향수들이 변변치 않았다면 난 아마도 가게 때려치라고 했을 거다."

"그리고 향수 통은… 역시 유리병으로 해야겠어요. 비싸더라도 말이죠. 향수가 고급인데 향수 통도 그에 준하는 수준으로 해야 할 것 같아요. 안 그러면 오히려 향수의 고급스러운 이미지마저도 깎일 것 같아요."

선애의 말에 캐더린이 선애를 만난 뒤 처음으로 만족스럽다는 표정을 지었다.

"호오, 머리가 좀 돌아가는데? 맞아. 제법 괜찮은 향수에 일반 나무 통을 쓴다면 오히려 향수의 이미지마저도 깎일 거다. 좋아, 그렇게 머리를 굴리면서 다음 가게로 향하자고."

아름다움만 강조하여 전혀 편해 보이지도 않는 구두를 신었는데도 캐더린은 조금도 힘든 기색이 없었다. 오히려 그녀에 비해 편한 신을 신고 있는 자스민이나 선애가 그녀의 말을 듣고 핼쑥해지는 것이었다.

"어허, 그 표정들은 뭐야? 이런 일에 종사하려면 이 정도는 기본이지. 너, 잘 기억해 둬. 이렇게 라이벌 가게들을 살펴보는 걸 이번으로 끝내서는 절대로 안 돼. 늦어도 두 달에 한 번은 이렇게 순례를 해야 한다고. 알간? 될 수 있으면 한 달에 한 번이 좋겠지만."

“네.”

“그리고 너도 그 향수들이 제법 고급이라고 해서 그걸로 만족해서는 안 돼. 계속해서 신상품이 나오지 않는 가게는 서서히 잊혀질 뿐이라고. 그 향수 제조사를 닦달해서라도 신상품을 개발하라고 해야 해.”

“넵.”

향수 가게들은 라이벌이라서 그런지 꽤 잘 나가는 곳 말고도 좀 적은 곳이나 알려지지 않은 곳까지 모조리 찾아다녔다. 그러느라고 향수 가게를 둘러보는 건 무려 사흘이나 걸렸다.

캐더린의 도움은 그것으로도 끝나지 않았다. 그녀는 유리 공예소에도 선애를 데리고 다녔던 것이다.

유리 공예소는 시내 중심가에 있지 않았다. 일명 수공예 공장이라고 할 수 있는 그곳은 도시 변두리 쪽에 있었기에 아마 선애 혼자서는 올 수 없었을 것이다.

유리 공예품을 파는 곳은 시내에도 얼마든지 있었지만, 향수병으로 사용할 작은 유리병을 따로 주문하려고 하는 데다가 앞으로 거래량이 커질지도 모르니 직접 이런 곳과 거래를 트는 것이 좋다고 캐더린이 충고해 주며 직접 끌고 왔던 것이다.

그렇게 캐더린이 자신있게 끌고 올 수 있었던 것은 그녀 또한 이곳과 직접적으로 거래를 하고 있었기 때문이다.

“나는 저쪽과 거래를 하고 있지만, 내 생각에 너는 작은 물품을 전문으로 취급하는 쪽이 좋을 것 같아. 뭐, 어디와 거래를 틀지 결정하는 건 바로 너겠지만 말이야.”

그곳에는 유리 공예소만 다섯 개가 모여 있었다. 그렇다고 유리 공예소만 있는 건 아니었고, 대장간과 다른 공예소들도 같이 있는, 공예소 거리라고 할 수 있는 곳이었다. 그런 곳이다 보니 아무래도 거친 남자들이 주를 이루고 있어 나중에 온다고 해도 절대 선애 혼자서는 보내지 말아야겠다는 생각이 들게 했다.

하지만 캐더린은 달랑 선애와 자스민 둘만 이끌고도 아무렇지도 않은지 거침없이 그곳에 있는 다섯 개의 유리 공예소를 모두 둘러보았다.

각각의 공예소에는 캐더린이나 선애처럼 직접 거래를 원하는 사람들을 위하여 자신들이 만들어내는 공예품들을 진열해 놓은 곳이 있었다. 그것들을 보고 거래를 할지 말지를 결정하는 것이었다.

유리 공예품의 크기와 디자인들이 천차만별이듯이 가격도 천차만별이었다. 그래도 대부분은 은화에서 놀았다. 제일 비싸 봐야 금화 한 개나 두 개 정도? 솔직히 내 생각으로는 유리 공예품 가격이 금화까지 올라가는 건 너무 비싼 거 아닌가 싶었지만, 여기는 유리 공예품이 고급 장식품에 속한다니까 그런가 보다 하고 넘어갔다. 뭐, 내가 너무 비싸게 여긴다 한들 뭘 어쩌겠는가. 게다가, 사실 예전에 TV에서 본 유리 수공예품은 몇천만 원씩 했으니 말이다. 이름 있는 장인이 만든 데다 공예품도 무척 아름다웠지만, 몇천만 원이라는 이야기에 입이 떠억 벌어졌던 기억이 난다.

그런데 여기도 그런 것이 있었다.

맨 마지막 공예소인, 캐더린과 거래를 하고 있는 공예소의 전시실로 들어갔는데 떡하니 가운데에, 그것도 유리관 안에 넣어져 정중하게 놓여진 공예품 밑에 쓰여 있는 가격이 무려…….

"백금화 100개?"

은화도 아니고, 금화도 아니고, 이 세계의 화폐 중 가장 상위를 차지하는 백금화가 한두 개도 아니고 무려 100개였디. 가격에 너무 놀라

떡 벌어진 입은 그래도 그 공예품을 바라보고는 조금은 이해가 갈 것 같았지만, 그래도 인간적으로 너무 비쌌다.

그 공예품은 무척 컸다. 대략 1m 정도? 유리 공예품치고 이만한 크기는 처음 보는 것이었다. 그 정도의 크기로 우아한 백조를 만들어놓은 것이다. 고개는 살짝 숙였으면서 날개는 약간 펼친… 너무나 사실적으로 생생하게 만들어져서 손을 가져다 대면 당장에라도 푸드득 날아올라 갈 것만 같았다. 너무나 세밀하고 커다란 유리 공예품이라 그곳에 있는 사람들은 그 비싼 가격이 조금은 납득이 간다는 표정이었다.

"대단… 하군요. 이거 전에 왔을 때는 없었는데… 여기 수장께서 만드신 건가요?"

캐더린이 우리를 맞이한 직공에게 묻자 그가 허탈한 표정으로 웃었다.

"하하하, 그러면 얼마나 좋겠습니까마는, 그거 드워프제 작품이에요. 수장께서 자극을 받고 싶다시며 큰돈을 들여서 사놓은 거지요. 그걸 사신 후부터는 정말 미친 듯이 공예에 몰두하시더라고요. 정말 멋지죠? 저는 이거 보니까 일할 맛이 싹~ 가시데요."

'드워프? 다른 곳 공예소를 말하는 건가?'

일할 맛이 가신다는 그 직공의 마음이 왠지 이해가 갈 것 같았다. 그만큼이나 그 유리 공예는 아름다웠던 것이다. 그것을 처음 본 사람들이 말을 잃을 만큼.

한참 동안이나 그 작품에 넋을 잃고 바라보던 사람들은 한참 후에야 겨우겨우 정신을 수습하고 다른 공예품들을 둘러보았다.

그런데 솔직히 너무 대단한 걸 봐서 그런지 다른 것들은 눈에 별로 차지 않았다. 그것들도 처음 봤으면 멋지다고 생각했을 텐데 말이다.

캐더린은 여기까지 온 김에 자신의 볼일도 볼 셈이었는지 진열된 물품들을 다 구경한 후 그곳에서 새로 물품들을 구하려고 했다. 그래 직공과 계약서를 작성하는 동안 진열품들을 자세하게 살펴보고 있는 선애에게 자스민이 조심스레 다가왔다.

"어때, 뭔가 계획이 잡혀가고 있니?"

"예, 대충은요."

"사실 캐더린도 무척 바쁜 사람이거든. 아마 앞으로 계속 보기는 힘들 테니까 있을 때 배워둘 건 다 배워두도록 해."

"예. 그런데… 가게를 좀 꾸미고 싶은데 그것도 캐더린에게 부탁할 수 있을까요?"

"부탁해 봐. 자기가 직접 도와주지는 못해도 잘 아는 사람은 소개시켜 줄 수 있을걸? 캐더린이 발이 넓거든."

"헤에, 대단하신 분이네요."

"그러엄. 저래 뵈도 이 도시에서 알아주는 커다란 클럽을 운영하고 있는걸."

'크, 클럽? 그럼 클럽 사장님이었단 말이야?'

선애의 눈이 놀라움을 커졌지만, 곧 녀석은 납득했다는 듯 고개를 끄덕였다. 하기야 화려한 차림새에 당당한 그녀의 행동거지를 볼 때 딱 어울리는 위치이기는 했다.

'그런데 자스민은 도대체 그런 사람이랑 어떻게 알고 지내는 걸까나? 휴의 부인이기 때문일까?'

그렇게 선애와 자스민이 속삭이는 동안 거래를 끝마쳤는지 캐더린이 그녀 특유의 당당한 걸음으로 다가왔다.

"자, 내 일은 끝났으니까 구경 다 했으면 나가자."

그렇게 둘을 이끌고 밖으로 나간 캐더린이 다짜고짜 선애를 날카로운 눈빛으로 쏘아봤다.

"어때, 뭔가 계획이 세워졌냐?"

"예, 덕분에요."

"잘해봐라. 이 내가 직접 데리고 다니면서 어드바이스를 해줬는데 못하고 망해 버리면 내가 직접 쫓아가서 네 목을 잡고 달달달 흔들어 주고 말 테다."

그녀의 험악한 선언에 선애가 풋 웃더니 진지한 표정으로 그녀를 마주 봤다.

"예, 기필코 성공하겠습니다."

그렇게 선언하는 선애의 뒷모습을 물끄러미 바라보고 있자니, 언제 이 녀석이 이만큼 컸나 하는 생각이 들었다. 얼마 전까지만 해도 아직 어린 티를 간직하고 있었는데, 이제 보니 그 어린 티를 거의 다 벗어버리고 있었다.

하기야 이 녀석 이 세계의 나이로 올해 스무 살이었다. 한국 나이로는 스물한 살.

언제 이렇게 나이를 먹었는지 모르겠지만, 한국에 있었으면 대학을 다니면서 성년의 날을 맞이할 때였다.

'다 컸네.'

Chapter 13

그 다음날부터 가게는 본격적으로 공사에 들어갔다.

선애가 없더라도 가게는 꼬옥 열려고 하는 벨타이거 녀석은 공사하는 걸 무지 못마땅해했지만, 자신이 마음대로 하라고 했으니 어쩔 수 없었는지 아무 말도 못하고 슬그머니 모습을 감추었다.

인테리어와 공사는 캐더린이 소개해 준 사람들이 맡아서 했다.

이 세계에서도 건축 말고도 인테리어를 하는 사람이 따로 있어서 정말 다행이었다.

가게는 아예 1층짜리 독채였기 때문에 전체적으로 조금씩조금씩 뜯어 고치기로 했다.

그리고 가게 공사가 진행되는 동안 선애도 나름대로 바쁘게 움직였다.

우선 향수를 담을 사그마힌 유리병들을 구했다. 벨타이거가 진열해

놓은 밋밋한 것보다는 훨씬 예쁜 걸로 구했다. 그리고 커다란 유리병
도 구했다. 아무래도 나무통에 담긴 건 별로 모습이 보기 좋지 않았던
것이다. 그걸 대신한 커다란 유리병, 그리고 팔 자그마한 여러 가지 유
리병들은 공사가 끝나는 날에 맞춰 유리 공예사에서 배달해 주기로 했
다. 그곳에서는 유리 공예를 만들어놓고 있다가 손님이 오면 파는 게
아니라, 진열된 것들을 보고 주문을 하면 그제야 주문 개수에 맞춰서
제작에 들어가는 것이라 주문한 물품이 다 만들어지면 배달까지 해주
고 있었다. 대신 한 번에 일정량 이상의 물품을 주문해야 했지만 말이
다.

그리고 향수에 대해 공부하는 틈틈이 아직 돌아보지 못했던 향수 가
게들을 꼼꼼하게 둘러보았다.

캐더린은 유리 공예사에 데리고 가준 다음날부터는 만날 수 없었다.
아무래도 커다란 클럽 사장이니 며칠씩이나 자리를 비울 수는 없을 터
였다. 그동안 선애를 데리고 다녀준 것만 해도 선애에게는 커다란 호
의를 베푼 것이라 할 수 있었다.

대신 자스민이 계속 옆에 붙어 있어줬다.

유리 공예사나 향수 가게를 돌아다닐 때도 같이 가준 것도 그녀였고,
인테리어를 맡은 중년 여성이—이곳에서는 따로 인테리어가 있는 건 아니
고 집 안을 꾸미는 벽지나 커텐, 장식물들을 파는 상인들이 그런 일을 같이 하고
있었다—어떤 디자인으로 할지 의논하러 왔을 때도 같이 봐준 것이 그
녀였다.

비록 그녀가 직장 여성은 아니었으나, 직장 여성 못지않게 일이 많
다는 걸 알고 있는 나는 굉장히 미안해서 될 수 있는 한 그녀 몰래몰래
그녀 일을 해주고는 했다.

“아무래도 가게에서 파는 향수 이름을 바꿔야겠어요.”

어느 날 저녁, 자스민의 일을 돕고 있던 선애가 뜬금없이 말을 꺼내자 자스민이 무지 동의한다는 표정으로 고개를 끄덕였다.

“그래라. 사실 타이거 1호, 타이거 2호라고 붙인 건 좀 너무했어.”

“개인적으로는 가게 이름도 바꾸고 싶어요. 그런데 가게가 제 것이 아니라서…….”

“말이라도 해보지 그래? 대부분 마음대로 하라고 했다면서?”

“예, 나중에 만나면 말은 해야죠. 가게 간판을 아직 새기지 않아서 다행이에요. 가게가 어떤 모양이 될 줄 몰라서 아직 그건 안 했거든요. 나중에 완성된 모양을 보고 거기에 어울리는 걸로 고르려고…….”

“그런데 왜 하필 향수 가게 이름이 타이거라니?”

“자기 이름을 따서 붙인 거래요. 이름이 벨타이거잖아요.”

“향수 가게 이름으로는 너무 안 어울린다.”

“동감이에요.”

그러나 벨타이거 녀석은 가게 이름 좀 바꾸자는 데 강력하게 반대했다. 그동안 가게를 뜯어고치는 것도 인상만 찌푸렸을 뿐, 뭐라고 하지도 않아서 이번에도 그럭저럭 받아들여질 것이라 생각했는데, 의외의 반응에 선애나 나나 무척이나 당혹스러웠다.

“왜 그렇게 반대하는데요?”

“처음부터 이 가게 이름은 타이거 가게였어. 그러니 다른 걸로 할 생각은 하지 마.”

평소 가게에 대한 미련이 별로 없어 보여서, 아니, 사실 뭔가에 집착하는 걸 본 적이 없어서 쿨한 타입이라고 생각했는데 의외였다.

“꼭 타이거라는 이름을 붙여야 해요? 향수 가게 이름으로는 너무 안 어울린다구요.”

“그래도 안 돼. 싫다면 차라리 가게 업종을 바꾸든지.”

강력하게 그 이름을 고수하는 그를 바라보던 나는 문득 처음에 휴가 벨타이거를 소개하면서 했던 말이 떠올랐다.

[선애야, 그때 휴가 말하기를 이거 상회이라고 하지 않았었냐? 그럼 타이거라는 건 상회 이름이잖아?]

내 말에 뭔 이야기를 하고 싶냐는 듯한 선애의 눈초리가 날아들었다.

[아니, 내 생각인데 저 녀석은 타이거 이름을 고수하고 싶어 하고, 그건 향수 가게 이름에 안 어울리니까 차라리 타이거 상회 소속 무슨무슨 향수 가게라고 이름을 붙이는 건 어떠냐고.]

내 말에 선애는 눈을 반짝이더니 벨타이거를 돌아봤다.

“좋은 생각이 있는데요.”

선애가 말을 걸자 벨타이가 단호한 표정으로 돌아보았다. 가게 이름은 절대로 양보할 수 없다는 의지가 가득 들어 있었지만, 선애는 그런 그에게 씨익 웃으며 입을 열었다.

“제가 여기 오기 전에 들은 이야기로는 벨타이거 씨가 ‘상회’ 을 한다고 들었거든요. 그럼 이 가게도 그 상회에 소속된 가게라는 거 맞죠? 타이거는 상회 이름이고요. 그러니까 타이거 상회 소속이라고 간판에 확실하게 넣으면 되잖아요.”

녀석의 말에 벨타이거의 눈에 감탄했다는 빛이 스치고 지나갔다. 그걸 아는지 모르는지 선애는 벨타이거에게 단호하게 못 박았다.

“그 정도면 괜찮죠? 저도 절대로 향수 가게 이름이 타이거인 거 못

봐준다고요."

선애의 말에 잠시 침묵을 고수하던 벨타이거가 고개를 끄덕였다.

"좋아. 나도 그쯤에서 양보하도록 하지."

"이야기가 통해서 잘됐군요. 아, 그리고 궁금한 게 있는데……."

"뭐지?"

"상회이라면 다른 사업도 한다는 건데, 다른 건 뭐 해요?"

단순한 호기심으로 묻는 건데 벨타이거 녀석이 띠껍게 받아쳤다.

"내가 알려줄 의무라도 있나?"

그 말에 선애의 눈썹이 치켜 올라갔지만, 그대로 입을 다물었다. 아마 열받아서라도 더 이상 물으려고 하지 않는 것 같았다.

그걸 물끄러미 바라보고 있던 벨타이거 녀석이 인심 쓴다는 듯이 말을 툭 내뱉었다.

"나중에… 알려줄 수 있으면 알려주지."

"거참, 대~단히 고마운 말씀이시군요."

선애가 비비꼬며 말하자 녀석이 한 번 피식 웃었다.

가게 공사는 2주일이 걸렸다. 꾸며놓은 게 너무 없어서 뜯어고칠 건 별로 없었지만, 대신 여러 가지를 새로 꾸미는 게 많았다.

있던 창을 좀 더 크게 내고 직사각형이었던 현관문을 둥근 아치형으로 다듬은 다음 그곳에다 야생 꽃의 한 종류인 초롱꽃을 조각해 넣었다. 가느다란 한줄기에 초롱같이 생긴 여러 개의 꽃이 조각되자 꽤나 그럴듯해 보였다.

거기에 현관문 옆에 각각 하나씩 있는 창문과 현관문에 달린 자그마한 창을 유리로 댔다. 선애가 그러겠다고 하니까 사람들이 놀라며 돈이 많이 들 거라 염려를 했지만, 선애는 밀어붙였다. 어차피 캐더린이 선애의 재산을 보고 충분할 거라고 했으니 돈 걱정은 안 했다. 단, 가게를 뜯어고치는 데에만… 이라는 단서가 붙었지만 말이다.

그래서 커다랗게 낸 창도 현관문에 맞춰서 큰 아치형을 그리게 되었고, 난간을 넓게 잡아 그 위에 여러 가지를 올려놓을 수 있게 했다.

그러다 보니 욕심이 좀 생겨서 가게 바깥쪽의 창문 아래에 자그마한 화단을 만들어놓고, 현관문 앞에 세 개의 하얀 계단과 그 계단 양옆으로 수려한 곡선을 지닌 난간까지 만들어놓으니까 마치 동화책 속에나 나오는 아기지가지한 집이 되어버렸다.

이왕 하는 거 외관도 뜯어고치자고 해서 바깥 벽은 빨간 벽돌로 쌓았고 처마를 넓게 잡은 지붕은 연두색 기와를 깔았다.

놀랍게도 이 세계에는 기와라는 게 있었다. 이게 서대륙에서 건너온 건데, 그쪽에서는 어두운 색 계통밖에 없었지만 이곳에 와서 다양한 칼라와 예쁜 디자인으로 변형되었다고 한다. 뭐, 덕분에 잘 써먹게 되었으니 우리로서는 나쁠 건 없었다.

안 또한 바깥과 마찬가지로 동화에나 나올 것처럼 아기자기하고 예쁘게 꾸몄다.

우선 벽은 연두색의 자잘한 나뭇잎이 그려져 있는 벽지를 발랐고, 진열대는 현관문이 있는 벽과 그 반대편 벽을 제외한 나머지 두 벽 앞에 나란히 놓았다. 그렇다고 가게 한구석에 있는 커다란 벽난로를 막지는 않게끔 살짝 방향을 틀었다.

빨간 벽돌로 만들어진 벽난로 위에는 유리로 만들어진 촛대들을 장식품으로 놓아두었다. 해가 지기 전에 가게 문을 닫으니 별로 사용하지는 않을 테지만, 혹시 날이 흐리거나 비가 올 때는 사용하게 될지도 몰라 혹시나 해서 몇 개 마련해 둔 것이었다. 그리고 벽난로 위쪽의 텅 빈 벽 공간에는 자스민이 선물해 준 커다란 풍경화를 걸어놨다.

진열대 위를 대부분 채우는 것은 선애가 열심히 고른 향수 병들이었다.

진열대는 나뭇결이 그대로 드러나는 것으로, 단지 다른 장식이나 조각은 넣지 않은 것으로 들여놔서 들어오면 연두색 벽지와 함께 숲 속에 있는 것 같은 기분을 들게 해줬다.

창가에는 향기는 없지만 대신 공기 정화 성분인지 뭔지 해서 냄새를 없애주는 능력이 있다는 식물을 화분에 담아 들여놨다. 캐더린이 개업 선물이라며 다섯 개나 보내준 거다. 이름이 케르… 뭐시기 하는, 듣도 보도 못한 거였는데, 가늘고 기다란 잎을 가진 게 꼭 난처럼 생겼다. 가을에 보랏빛의 자그마한 꽃이 핀다고 들었다. 하지만 꽃이 없어도 꽤나 그럴듯해서 그걸 창문가에 가져다 놨다.

그리고 한쪽 창문가에는 둥그런 원목 탁자와 마찬가지로 원목 안락의자를 가져다 놨다. 손님을 접대할 경우라든지, 아니면 장부를 정리할 때나 잠시 쉴 때 사용하면 딱 좋을 것 같았다.

그렇게 꾸미고 나니 가게는 정말 그럴듯해 보였다. 비록 금화 열 개라는 거금이 들었지만, 돈 들인 보람이 있다는 생각이 들 정도였다.

너무나 멋들어지게 변하니까 공사하는 걸 별로 안 좋아하던 벨타이거까지 감탄할 정도였다. 그는 그 영향인지는 모르겠지만, 가게 정리를 끝내고 오픈할 날을 정할 즈음 슬그머니 다가와서는 선애를 보고 향수 값 더 낼 수 있냐고 물어보더니 신상품 두 개를 더 가져다주었다. 향수 제조사에서 얼마 전에 두 개를 새로 만들어냈는데 이 가게에서는 별로 팔리지 않을 것 같아서 다른 곳에 넘기려 했었다나 어쨌다나?

그래서 총 향수는 일곱 개. 출발도 산뜻할 것 같았다.

가게 이름은 '야생화'로 했다. 그러니까 정식 명칭은 '타이거 상회 소속 야생화 향수 가게'인 셈이다.

원래 선애는 '블루 로즈'라든지 '하얀 백합' 등등 좀 멋들어진 이름으로 하려고 했는데, 신제품을 가져다주면서 벨타이거가 하는 말이 이 향수 제조사 사장이 자신이 앞으로 계속 신제품을 만들면 여기다 줄 테니 가게 이름을 '야생화'로 해달라고 했다고 부탁을 했다나 어쨌다나.

뭐, 특별하게 나쁜 이름은 아닌 것 같아서 가게 건물에 맞게 아기자기한 예쁜 간판에는 멋들어진 필기체로 '야생화 향수 가게'로 적히게 되었다. 그리고 가게에서 판매하는 향수도 '야생화 향수 1호, 야생화 향수 2호' 등등으로 바뀌게 되었다.

여기서는 보통 향수 이름이 제조사가 따로 붙이지 않는 한 가게 이름으로 붙이는 게 관례란다. 그래서 처음에 여기 향수 이름이 타이거 1호, 타이거 2호라고 붙여졌던 것이다. 그랬던 게 야생화로 이름이 바뀌어서 얼마나 다행인지 모르겠다.

가게 현관문 앞 계단 앞에는 하얗게 칠해진 기다란 판을 가져다 놓았다. 그 판을 반원형으로 둘러싼 테를 설치해 놨는데, 거기에는 가느다란 줄기를 가진 덩굴 식물을 휘감기게 할 예정이었다. 그 판에는 몇 월 며칠에 가게 문을 연다는 것과, 그날 향수를 세일하여 한 통에 5실링 한다는 것까지 쓰여 있었다. 이건 카페나 식당들이 그 입구에 이렇게 그날 특선 메뉴나 광고 같은 걸 간단하게 적어놓는 걸 따라 한 것이었다. 한국에서는 광고지라도 많겠지만, 여기에는 그런 게 별로 없으니 꽤나 좋은 광고가 될 것 같았다.

세일하는 건 오픈인 기념도 있지만, 향수의 유통 기한이 한 달 정도인 걸 보고 생각해 낸 것이었다. 왜 대형 할인 매장 같은 데서 유통 기한이 가까워지는 걸 단체로 세일하는 경우가 종종 있던 걸 기억해 내 흉내 낸 것이었다. 어차피 남은 향수는 향수 제조사에 돌려줘야 했는데 그러면서도 향수 값은 꼬박꼬박 내야 했으니 차라리 그러느니 세일해서 파는 게 나을 것 같았던 것이다. 사실 유통 기한이 며칠 안 남은 향수를 제값 받고 파는 것도 그렇고 말이다. 그걸 기점으로 해서 앞으로도 유통 기한이 얼마 안 남은 향수들은 계속 싸게 팔기로 했다.

그렇게 하나하나 가게의 오픈을 앞두고 정리가 되어 드디어 가게 오픈 당일 날이 되었다.

드디어 시작이라 생각하니 선애도 긴장되어 참을 수가 없었는지 다른 때보다도 아주 이른 시각에 가게로 가서 이것저것 정리하고 있는 그때 갑자기 가게 문이 벌컥 열렸다.

"어, 죄송하지만 아직 개점 시간이… 어머, 캐더린."

들어선 사람은 그동안 바쁘다고 보이지 않던 캐더린이었다. 개업 날 못 와볼 것 같다며 사람을 시켜 식물을 보내서 그녀를 보는 건 생각지도 않고 있었는데 갑작스레 나타나니 선애는 반가우면서도 얼떨떨한 모양이었다.

이른 아침인데도 한 점 흐트러짐이 없이 여전히 화려하고 세련된 차림의 그녀는 당당한 걸음걸이로 들어서더니 가게 안을 한 번 휘익 둘러보았다.

"흠, 제법 괜찮게 꾸몄구나. 돈 좀 썼다는 이야기는 들었는데 말야."

선애에게는 아주 고마운 사람이었기에 선애는 환한 표정으로 그녀에게 다가갔다.

“그거야 다 캐더린 덕분이죠. 소개해 주신 분들이 일을 너무나 잘해 주셨어요. 그런 분들을 소개해 주서 정말 감사드려요.”

뭐, 그에 대한 감사의 마음을 전하기 위하여 이 가게에서 파는 향수들을 각각 종류별로 한 병씩 선물하기는 했다. 물론 유리병에 담아서 말이다. 그렇게 하고 나니 또 자스민이 마음에 걸려 자스민에게도 신상품을 유리병에 고이 담아 선물해 줬다.

우리 꼬맹이 녀석이 한국에 있을 때는 자기는 소심하다 어쩐다 하면서 별로 친하지 않은 사람에게는 말도 잘 안 걸던 녀석이었는데, 이제 가게를 하나 차린다 생각하니 마음가짐이 달라졌는지 제법 부드럽게 말을 술술 내뱉는다.

“됐다. 잘됐으면 좋은 거지.”

“그런데 이렇게 이른 시간에 어쩐 일이세요? 아, 차라도 한잔 드릴까요?”

“아니다. 잠깐 틈을 내서 들른 거라 곧 가봐야 해. 내가 이렇게 들른 건, 너, 이 가게 혼자서 한다고 했지?”

“예? 아, 그런 셈이죠. 사장님이 계시지만 거의 관심이 없으셔서…….”

“그러냐? 그럼 종업원 하나 들여놔라.”

“예?”

뜬금없는 캐더린의 말에 선애가 되물었지만, 캐더린은 대답 대신 자신의 뒤쪽에 엉거주춤 서 있던 소녀를 앞으로 끌어냈다. 워낙 캐더린의 존재감이 크다 보니 그 소녀가 캐더린의 뒤에 있는지도 이제야 알았다.

“애 좀 네 밑에 데리고 있으련? 빠릿빠릿하지는 않지만 그래도 시키는 일은 잘하는 성실한 애다.”

잘 먹지 못하고 살았는지 뺨이 홀쭉한 빼빼 마른 소녀였다. 얼굴에는 주근깨가 있었고, 머리는 금발이라기보다는 노란색이라고 하는 게 더 맞을 듯한, 잘 익은 벼나 밀 색이었다.

자신과는 다른 외모를 가진 선애를 신기하다는 듯 힐끔힐끔 살펴보고 있다가 선애와 눈이 마주치자 화들짝 고개를 숙이는 폼이 휴의 집에서 보던 빠릿빠릿하고 눈에 정기가 도는 애들과는 반대인 타입 같았다.

"에, 너무 어린 게 아닐까요? 잘해야 열다섯 살 정도로 보이는데……."

"괜찮을 거다. 이래 뵈도 열여덟 살이니까."

"엑? 정말요?"

나도 놀랐다. 나도 이제 막 15세 정도로 생각했었는데 말이다.

"우리 가게에 들어온 앤데, 아무리 생각해도 거기서는 제대로 일을 하지 못할 것 같아서 말이다. 그렇다고 마땅히 맡길 데가 없어서… 월급은 많이 안 줘도 돼. 단지 재워주고 먹여주는 것만 확실히 하면 되니까. 그럼 좀 부탁한다."

"어, 저, 저기……."

캐더린은 자신이 하고 싶은 말만 하고는 소녀만 남겨놓은 채 선애가 뭐라 할 사이도 없이 빠르게 몸을 돌려 나가 버렸다.

선애가 얼른 따라 나가봤지만, 캐더린은 대기시켜 놨던 마차를 타고 막 출발하고 있는 참이었다. 그리고 남아 있는, 고개만 푹 숙인 채 손가락을 꼼지락대고 있는 소녀 하나.

"나원, 어떻게 하지?"

[잘됐네. 사실 나는 너 혼자 할 수 있을까 걱정됐거든. 이제 손님들

이 많아지면 내가 쉽게 도와줄 수도 없잖아.]

"그래도 가게를 맡은 *거 처음 해보는데 거기다가 종업원까지 두라고?*"

[에이, 한 명인데 뭐 어때? 거기다 이제 앞으로 가게를 계속 번창시키면 종업원도 많아질 테니까 연습한다 생각해.]

"*허, 참.*"

선애가 앞에서 중얼거렸지만, 한국말로 한 거라 알아듣지 못하는 소녀는 계속 불안한 얼굴로 선애만 힐끔힐끔 보고만 있었다.

"하는 수 없지, 어차피 곧 있으면 가게 문도 열어야 되니. 그래, 너 이름은 뭐니?"

"예? 아, 사라라고 합니다."

"그래, 사라… 뭐 이렇게 된 거 잘해보자. 아침은 먹었니?"

"예, 먹었어요."

기어들어 가는 목소리로 대답하는 사라라는 애를 보는 선애의 눈에 살포시 짜증이 스쳐 지나가는 게 보였다. 선애 녀석은 자기도 낯선 사람에게 말을 잘 못하는 주제에 버벅거리고 우물쭈물거리는 애들은 못 참아했던 것이다.

'성격이 더럽다니까. 쯧쯧.'

"좋아. 그럼… 아, 그러고 보니 너 재워줘야 한다고 했던가?"

"네, 네."

"큰일이네. 갑자기 어디다가……."

선애가 난처한 표정을 지었다. 그도 그럴 것이 선애도 휴네 집에서 신세를 지고 있는데, 거기다가 혹을 데려가기가 어디 쉽겠는가 말이다.

"아, 저기… 캐더린님이 친구 분께 잘 말씀드렸다고… 걱정 마시라고 하던데요."

선애가 난처한 표정으로 생각에 잠기자 사라가 생각났다는 듯 얼른 입을 열었다.

"그래? 그럼 다행이네. 좋아. 그럼… 짐은? 어라? 그러고 보니 맨몸이네?"

재워줘야 한다고 한 소녀는 작은 손가방 하나 들고 있지 않았다. 그에 의아하게 쳐다보자 사라가 얼른 대답했다.

"저, 짐은… 미리 그 집으로 보내준다고 하셔서……."

좀 더듬기는 했지만.

하지만 선애 첫인상에 무서워하던 애가 한둘이 아니었기에 나는 사라의 반응을 이해할 수 있었다.

그 애의 말에 선애가 가볍게 고개를 끄덕이고는 소녀의 옷차림을 바라봤다. 이 얼굴에 18세라고 하면 무지 가난한 집에서 못 먹고 자라서 그런 것 같은데 다행히도 옷차림은 깨끗했다. 머리와 잘 어울리는 샛노란 원피스였다. 거기에 머리도 두 갈래로 땋아 얌전하게 묶고 있었다.

그 모습에 만족한 선애는 다시 한 번 가볍게 고개를 끄덕였다.

선애가 입고 있는 건 연두색 원피스에 노란색 앞치마. 분위기와 잘 어울릴 것 같아서 앞으로도 연두색에 노란색을 고수할 생각이었다.

"옷을 사야겠군. 그래도 뭐… 오늘 하루는……."

그러면서 선애는 몸을 돌려 창고 쪽으로 걸어가더니 자신이 하고 있는 것과 똑같은 노란색 앞치마를 꺼내서 건네줬다. 혹시 여기서 앞치마가 지저분해질 일이 있으면 그때그때 갈아입으려고 미리 똑같은 걸 여러 개 준비해 놓고 있었던 것이다.

"자아, 그럼 가게에 대해 간단하게 설명해 줄 테니 잘 들어. 나중에 모르는 거 있으면 잽싸게 물어보고."

그렇게 서두를 시작하여 사라의 손을 잡고 가게 이곳저곳 다니면서 빠른 말투로 설명을 다다다 내뱉는 선애의 모습에 사라는 감히 말을 끊고 질문할 생각은 못하고 계속 고개만 끄덕이고 있을 뿐이었다.

그 모습에 왠지 사라가 불쌍해지는 나였다.

'저거 제대로 다 기억할 수 있을라나 몰라. 나중에 고생하겠네.'

사라에게 대충 설명을 끝낼 즈음 문이 벌컥 열리고 벨타이거가 들어 왔다.

"여~ 오늘이 드디어 가게를 여는 날이던가? 그런데 벌써부터 손님 이 계시는군?"

"종업원입니다. 오늘부로 채용했어요."

그동안 벨타이거 녀석에게 당해온 게 있던 선애였으니 녀석에게 쌀 쌀한 말투로 대답하는 건 당연했다.

"호오, 그래? 이름이?"

그러나 벨타이거는 전혀 개의치 않는 듯 아무렇지도 않게 사라에게 시선을 돌리면서 물었다.

"저, 저, 사, 사라라고 합니다."

"그래? 만나서 반가워, 사라. 나는 여기 사장이지만 가게 운영은 모 두 선애에게 떠맡기고 있으니까 크게 신경 쓸 필요는 없을 거야. 그럼 잘해보라구."

사라에게 다가가 우물쭈물하는 그녀의 손을 가볍게 잡고 흔들며 인 사를 한 벨타이거는 마지막에는 선애에게 씨익 웃어 보이며 한마디 하 고는 그의 전용 사무실로 들어가 버렸다. 그에 선애는 인상을 한 번 찡그려 주고는 다시 사라에게 시선을 돌렸다.

"그럼 대충 알겠지? 질문할 거 있으면 해봐."

그러자 사라가 우물쭈물대더니 고개를 저었다.

"어, 없어요."

"그러냐? 그럼 나중에 생기면 물어보고. 가격은 확실하게 알아뒀겠지? 뭐, 적혀 있으니 모를 이유도 없겠지."

유리병은 각각 가격별로 구분해 놓고 그 앞에 가격들을 써놨던 것이다. 그러니 처음 온 사라라고 해도 헷갈릴 일은 없을 것이다.

선애는 미덥지 않다는 시선으로 사라를 봤지만, 이왕 맡은 것 어쩔 수 없다 생각했는지 길게 한숨을 내쉬고는 입을 열었다.

"자, 이제 개점 시간이다. 잘해봐."

"네."

무지 긴장해서 딱딱하게 얼어붙은 사라가 간신히 대답했다.

'잘할 수 있을라나.'

드디어 개점 시간이 다가왔다. 선애는 큰 한숨을 내쉬고 문을 열었다. 그러자 기다리고 있던 사람들이 우르르 몰려들어 와 가게 안은 북적거리기 시작했다.

"어머, 이거 냄새 좋다."

"이거 얼마예요?"

"꺄아, 이 유리병 너무 예쁘다아~"

여기저기에서 이건 뭐냐, 이건 얼마냐, 계산해 달라 하며 달려드는 통에 선애는 몸이 세 개라도 모자를 지경으로 뛰어다녔… 으면 얼마나 좋겠냐마는… 가게 문을 열고도 두 시간 정도는 손님이 한 사람도 얼씬거리지 않았다.

그러자 선애는 초조해졌는지 괜히 죄없는 사라만 달달달 볶아댔다. 사라에게는 미안한 일이지만, 나는 사라가 고마웠다. 만약 사라가 없었다면 달달달 볶이는 건 바로 나였을 테니까 말이다.

"그렇게 작은 소리로 하면 어디 손님이 듣기나 하겠니? 너 잡아먹는 사람 없으니까 큰 소리로 인사하란 말이야. 해봐."

선애의·재촉에 사라는 깊게 한숨을 내쉬고 입을 열었다.

"어서 오세요오오."

그러나 크게 심호흡을 하고 내뱉는 소리치고는 무지 가냘파서 그동안 선애가 연습시킨답시고 계속 시켰던 인사 소리와 별로 다를 바가 없었다.

'에구, 저렇게 숫기가 없어서야.'

그러자 선애의 인상이 찡그려졌다.

"그게 큰 소리냐? 아침 먹었다며? 다시."

"어서 오세요오."

선애의 매서운 눈길에 사라가 질끈 눈을 감고는 배에 힘을 줬다. 덕분에 아까보다는 조금 더 큰 목소리가 나왔다.

"그래, 그 정도는 해야지. 그런데 허리 숙이는 건 왜 빼먹어? 다시."

그러면서 막 선애가 사라에게 다시 한 번 하라고 지시를 내리려는 찰나, 사무실에 콕 박혀 있던 벨타이어가 어슬렁어슬렁거리며 밖으로 나왔다.

"어허, 손님이 없다고 엄한 애한테 화풀이 하면 쓰나?"

아무래도 선애의 행태를 좀 지켜보고 있었던 모양이다. 빙글빙글 웃으며 선애의 속을 박박 긁어놓는 녀석의 말에 선애의 눈초리가 살포시 올라갔다.

"제 태도가 마음에 안 드시면 가서 손님을 끌어 모아 오시는 건 어떠실지요, 사.장.님?"

"에이, 뭘 그러시나? 손님이 없었던 게 어디 하루 이틀이었어? 난 그저 편~하게 생각하라고 말해 주고 싶었을 뿐이야. 릴랙스~ 릴랙스~ 응? 안 그러면 그 나이에 주름 생긴다고. 어린 나이에 얼굴에 주름살이 자글자글해지고 싶지는 않겠지?"

그 녀석은 기회를 잡았다는 듯 사람 좋게 빙글빙글 웃으며 선애의 속을 조금 더 세게 빡빡 긁었다.

그러나 선애 또한 말싸움의 경지가 높았으니…….

"오호라, 사장님께서 저를 그렇게 생각해 주시는 줄은 몰랐네요~ 그럼 손님들 좀 모셔 오시죠? 그럼 제가 사장님 말대로 릴랙스으~ 하게 있죠."

벨타이거 녀석의 말투를 그대로 흉내 내며 비꼬아주었다. 하지만 벨타이거 녀석 또한 만만치 않았다.

"에이, 내가 능력있으면 가게를 선애한테 맡겼겠어? 나에게 너무 많은 걸 바라고 있군."

능글맞은 녀석의 말에 선애의 입가가 비죽이 올라가며 비웃음을 지었다.

"아, 참, 그랬었죠. 제가 깜빡했네요, 사장님이라고 계시는 분이 하.나.도 도움이 안 된다는 걸."

"어허라, 그걸 벌써 잊어버리다니. 쯧쯧, 아직 젊은 나이인데 기억력이 그렇게 형편없으면 안 되지, 선애 양."

"글쎄 말이에요 어느 누 구 가 가 이렇게 스트레스를 받게 하지만 않았다면 이 정도까지는 아닐 텐데. 사장님, 절 이렇게 만든 그 누.군. 가.에게 손해 배상 청구를 해야 하는 거 아닐까요?"

"아하하하, 그거 참 좋은 생각인데, 그 누.군.가.가 그렇게 쉽게 손해 배상을 해줄까?"

"어머나, 좋은 생각이라고 말씀해 주시다니 참 고맙네요. 거기다 절 걱정까지 해주시고. 걱정 마세요. 저는 든든한 빽이 있어서 아~주~ 손쉽게 받아낼 수 있거든요. 어쩌면 제가 청구한 거보다 훠어얼~씬 넉.넉.하게 받아내 줄지도 몰라요."

"오호라, 그런 빽이 있었을 줄은 몰랐네."

"어머나 사장님도 참, 거야 당.연.히. 제가 말씀드리지 않았으니 모르신 거죠. 사장님도 의외로 멍.청.하신 구석이 있으시군요? 호호호."

살벌했다.

무지무지 살벌했다.

바깥은 이제 봄이 거의 가고 여름이 다가오는 시점이라 무지 따뜻했는데, 가게 안은 차가운 극빙의 바람이 휘몰아치는 것 같았다.

사라는 한쪽 구석에서 어찌할 바를 몰라 안절부절못하며 둘을 번갈아 바라보기만 했다.

"훗훗훗, 그걸 이제야 눈치채다니… 선애도 보기와는 달리 둔.하. 구.만?"

"어머나, 이런, 들켰네요. 그런데 제가 아무리 둔해도 사장님을 바라보니까 제가 있던 곳에서 떠돌던 이야기가 생각나네요."

"그래? 그게 뭔데?"

"능력이 없으면 입 다물고 가만히 있어라. 그럼 중간이라도 간다라는… 호호호, 참 훌륭한 말이죠?"

선애의 말발이 한 단계 업그레이드되었다. 상대가 상대이다 보니 그런 것 같지만.

원래 선애의 말싸움 타입은 이게 아니었다. 딱 정색을 해서 카리스마를 폴폴 날리며 상대를 기죽게 한 뒤에 매서운 말들을 사정없이 쏘아대서 정신없게 만들어 KO패 시키는 거였다.

그런데 이제는 속이 사정없이 긁히는데도 생글생글 웃으며 맞받아치다니.

어디선가 읽은 건데, 포커페이스의 제왕은 어떤 일에도 눈썹 하나 흔들리지 않는 무표정이 아니라 이렇게 생글생글 웃고 있는 거라고 했다.

'이걸 기뻐해야 되는 거야, 슬퍼해야 되는 거야?'

그러나 그렇게 살벌한—뭐, 내가 보기에 선애는 열받아서 이를 아득바득 갈고 있었지만, 벨타이거 쪽은 즐기고 있는 것 같았다—상황은 제삼자에 의해서 깨졌다.

딸랑~

"여기 한번 와보고 싶더라고."

"어머, 그래? 난 왜 몰랐지?"

"어서 오세요오~"

그렇게 시킬 때는 안 나오던 명랑하고 큰 목소리가 사라의 입에서 터져 나왔다. 하기야 이 순간 저 손님들이 무지무지 반가웠으리라.

문에 달아놓은 자그마한 종소리가 들리자마자 선애는 바람 소리가 날 정도로 몸을 현관문 쪽으로 홱 돌리고 손님을 맞았다.

"어서 오세요."

들이온 건 결혼한 지 얼마 안 된 듯한 새댁 분위기를 폴폴 풍기는 두 여자였다. 그들은 주위를 두리번거리면서 감탄 어린 표정을 지었다.

"어머나, 분위기 괜찮네."

"그러게. 밖에서도 예쁘장하더니만. 여기 이번에 새로 만든 가게 맞죠? 전에는 여기에 향수 가게가 있는지도 몰랐는데."

"아, 전부터 있었는데 이번에 새로 공사를 했답니다."

'돈 들이길 잘했군' 이란 뿌듯한 표정으로 선애는 잘만 대답했다.

그에 선애 쪽으로 시선을 돌리던 두 여자의 눈에 신기하다는 빛이 피어올랐다.

"어머나, 주인이 서대륙인?"

"그런데 우리 말 잘하네. 아, 그런데 머리가 정말 까맣다. 눈동자도……."

선애 머리카락 색은 무척 진했다. 너무 검어서 오히려 햇빛 아래에서 보면 푸른빛이 돌 정도로 까맣고, 굵고, 숱이 많은 머리카락이었다. 거기다가 눈동자도 마치 어린애처럼 검은 편이었다.

그런 선애의 머리카락과 눈동자를 한참이나 신기하다는 듯 들여다보던 그녀들은 선애가 다시 한 번 생긋 웃어 보이자 그제야 자신들이 실례했다는 걸 깨닫고 얼굴을 붉혔다.

"어머, 미안해요. 좀 신기해서……."

"서대륙인은 처음 보거든요."

그래도 이 사람들은 예의가 있는 사람들이었던 모양인지 사과의 말을 건네왔다.

"아니에요. 괜찮습니다. 저도 여기 처음 와서는 이곳 사람들을 무지 신기하게 봤거든요. 아마 같은 심정이 아닐까 싶네요. 아, 향수를 좀 보여 드릴까요? 저희 가게에서 파는 향수는 제법 괜찮다는 소리를 들

거든요. 거기다가 가게 오픈 기념 세일을 해서 무척 저렴하게 판매하
고 있답니다."

'오오, 녀석이 베테랑같이 말하고 있네.'

나는 매끄럽게 말하며 그녀들을 향수를 진열해 놓은 진열대로 이끄
는 선애를 감탄 어린 표정으로 바라보았다.

"어머, 이거 정말 한 통에 5실링밖에 안 해요? 정말 괜찮은 향수인데
너무 싸다."

"그럼요. 세일한다고 말씀드렸잖아요. 단지 이 향수는 천연 재료만
사용해서 유통 기한이 있는데… 정말 죄송하지만, 이게 유통 기한이
일주일 정도밖에 안 남았어요. 그래서 이렇게 저렴하게 판매하는 거랍
니다."

"아, 하긴."

선애의 설명에 두 여자가 납득한 표정으로 다른 향수들의 향기를 맡
아보았다.

"유통 기한이 좀 남은 향수는 조금 더 비싸답니다. 그러니 일주일
안에 사용하실 게 아니면 좀 더 비싸더라도 이쪽을 권해 드리고 싶네
요. 아니면 이건 목욕할 때 목욕물에 넣어서 사용하셔도 좋을 거예요."

그렇게 선애가 사근사근 설명하고 있는 때에 현관문 쪽에서 사라의
힘찬 목소리가 들려왔다.

"어서 오세요오~"

한 번 해보고 나니 자신감이 생겼던 모양이다.

고개를 문 쪽으로 돌리니 이번에는 대략 18, 9세쯤 되어 보이는 소
녀 세 명이 기웃기웃거리며 들어오고 있었다.

'호오, 역시나 인테리어에 신경 쓰길 잘했어.'

아무래도 처음 가게 문을 열었을 때는 시간이 너무 일렀기 때문에 손님이 없었던 모양이다. 맨 처음 손님이 왔을 때가 정오가 가까워진 즈음, 그러니까 보통 전업 주부들이 대충 집안일을 끝내고 시장을 보러 나올 시간 때였다. 그 뒤를 이어서 계속 꾸준히 이어서 하나둘 들어오는데, 그 모습을 보고 있자니 돈 쓴 보람이 느껴졌다. 물론 우르르 몰려들어 빠글빠글했던 건 아니었지만, 차라리 이게 좋을 것 같았다. 만약 정말 바글바글거렸다면 그걸 선애가 어떻게 감당하겠는가 말이다.

정오가 약간 지난, 점심 시간이 되자 계속 이어졌던 손님들의 발걸음이 뜸해지고 드디어 가게 안에 손님이 아무도 없을 때 선애는 입이 찢어지는 걸 간신히 참으며 사라에게 점심을 사 오라고 시켰다. 그도 그럴 것이, 그때까지의 단 몇 시간의 매출이 공사하기 전 일주일 치─물론 장부상으로─매출을 넘었던 것이다. 게다가 운이 좋게도 잘 팔리지 않을 거라 각오했던 유리병도 다섯 개나 팔렸던 것이다. 그러니 선애의 입이 쫘악 벌어지는 것도 당연했다.

그리고 그러한 손님들의 발걸음은 오후에도, 그 다음날에도, 그 다다음 날에도 꾸준하게 이어졌다.

세일한 향수는 잘 팔릴 것이라 예상은 했지만, 그 예상치보다 훨씬 웃돌아서 일주일이 채 되기도 전에 세일하고 있던 다섯 가지 향수 중 세 가지가 모두 팔려 버렸다.

게다가 유리병도 절반 가까이가 팔려서─이건 잘 팔리지 않을 거라 생각해서 겨우 진열대 위를 허전하지 않을 정도로 채울 것만 사놨던 것이다─선애는 다시금 유리병을 주문하러 가야 했다.

그러나 여전히 어리버리해서 청소하고 손님 들어올 때나 나갈 때 인사만 담당하고 있는 사라에게 홀로 도저히 가게를 맡길 수 없었던 선애는 원치는 않았지만 가게를 벨타이거에게 맡기기로 했다. 비록 그가 평소에 가게에 와서 대부분 사무실에 박혀 있다고 해도 처음에 향수를 팔던 사람인데다가 사라보다는 야물딱졌으니 아무래도 그에게 맡기는 게 더 안심이 되었던 것이다. 게다가 그가 향수를 팔았던 때보다 늘어난 건 단 두 개인데다 유통 기한은 헷갈릴까 봐 커다란 병에 일일이 다 써놨고, 유리병들도 가격별로 다 분류를 해놨으니 그가 가게를 보는데 어려움은 없었다.

단지 그가 맡으려 하지 않는 걸 빼고는.

"호오, 왜 내가 맡아야 하지?"

"그거야 당연히 사장님이니까요."

"오오, 이렇게 멍.청.한 사장한테 맡겨도 안심이 되겠어?"

"어머나, 사장님이 멍.청.하시다는 건 잘 알고 계시네요."

"그러니 이런 나에게 맡기지 말고 아예 문을 닫는 건 어때? 하루 정도면 괜찮잖아."

"호오, 사장님이 그렇게 말씀하실 줄은 몰랐네요. 전에 제가 휴가를 받겠다고 그동안 문 좀 닫겠다고 했더니 그렇게 반대하시면서 직접 가게를 보셨잖아요?"

"하루 정도는 괜찮아."

"그래요? 하지만 전 전.혀. 안 괜찮거든요? 요 근래 매상이 올랐는데 이럴 때 문 닫는 손해 나는 짓을 왜 하나요? 전처럼 손님이 전.혀. 없을 때면 몰라도."

'안됐네. 하지만 요즘 내가 바빠서 말이야."

"그으래요? 그럼 하루 문 닫아서 생기는 손해 배상을 사장님께 청구해도 될까요?"

"뭐? 그걸 왜 나에게 하겠다는 거지?"

"그거야 사장님께서 가게를 안 봐주시니까요."

"사라가 있잖아?"

"그렇군요. 그럼 사라에게 맡기고 혹시나 생기는 손해는 사장님께 청구하죠."

"왜 나에게 청구하지?"

"그거야 사장님이 사라에게 가게를 맡기라고 하셨으니까죠. 제가 자리를 비우면 이 가게 책임자는 사장님이 되시잖아요? 그런데 사장님 책임 하에 있을 때 손해가 나면 그거야 당연히 사장님이 손해를 배상하셔야죠."

"사장인 나에게?"

"어머나, 사장인 주제에 모든 경영을 저에게 맡긴 분이 누구시더라? 적자가 나든 흑자가 나든 모든 걸 저에게 넘기시고는 단지 향수 값만 내라고 하셨잖아요? 그러니 손해가 나면 당연히 청구해야지요."

"호오, 나에게 손해 배상을 청구해서 받아낼 수 있을 것 같아?"

"어머나, 사장님도 차암, 아직 젊으신데 이렇게 기억력이 떨어지셔서야. 제가 전에 말씀드렸죠? 저에게는 든든한 빽이 있어서 얼마든지 받아낼 수 있다고. 오호호호, 믿기지 않으시면 직접 시험해 보셔도 상관없답니다."

선애의 말에 선애와 말싸움을 시작한 이래 처음으로 벨타이거의 눈썹이 꿈틀거렸다. 하지만 그건 잠깐이었고, 그는 피식 웃으며 어깨를 늘어뜨리더니 고개를 끄덕거렸다.

"시험해 보고 싶지는 않군. 좋아, 하루 정도는 봐주지."

그가 순순히 항복하자 선애도 양보했다. 이 녀석이 어느새 밀고 당기는 센스도 체득한 모양이었다.

"하루까지는 아니에요, 최대한 빨리 보고 돌아올 테니까. 한나절 정도만 부탁드릴게요."

승리자의 사근사근한 말투로 말하자 벨타이거가 허탈하게 웃었다.

"그거참 고맙군."

그렇게 벨타이거 녀석에게 항복을 받아낸 선애는 그 다음날 당장 유리 공예소로 향했다. 물론 가기 전에 가게에 들러 약속대로 일찍 나온 벨타이거를 붙잡고 주의 사항을 말해 준다는 전제 하에 여러 가지 잔소리를 늘어놓고 노오란 앞치마를 건네주고 난 뒤였다.

그 뒤로도 가게는 제법 잘되었다.

나중에 깨달은 거지만, 가게가 잘된 건 우리가 가게 인테리어를 예쁘게 꾸민 것도 큰 덕을 봤지만, 가게의 위치도 꽤나 좋았던 덕이었다. 비록 가게의 위치가 변두리이기는 했지만, 그곳은 중산층, 그러니까 제법 넉넉하게 사는 평민들이나 기사들이 사는 주택가에서 시내로 가는 길목에 위치해 있었던 것이다. 그러니 중산층에 사는 사람들이 시내를 왔다 갔다 하면서 가게에 들를 수 있었던 것이다.

게다가 가게에서 파는 향수는 캐더린도 인정한 상급에 속하는 향수인데다, 그런 향수치고는 가격도 저렴한 것도 여성들의 마음을 끌리게 했다. 물론 유통 기한이 일주일 정도 남은 걸 아주 싸게 파는 것도 한 몫 단단히 했고 말이다. 일부러 유통 기한이 얼마 안 남아 저렴하게 팔 때를 기다리는 사람도 생길 정도였으니 말이다.

게다가 손님들의 대부분이 넉넉한 사람들이라서 그런지 유리병도 꽤나 잘 팔렸다.

하기야, 나무통은 일회용이라서 한 번 쓰면 다시 쓰기가 좀 그랬다. 습기가 새지 않게 하기 위하여 발라둔 용액이 향수에 좋지 않은 영향을 끼치는 데다가 한 달 정도 지나면 그 용액의 효과가 사라져서 향수가 배어 나오는 경우도 있었으니 말이다.

그러느니 차라리 처음에 좀 더 돈을 써서 유리병을 사두면 반영구적으로 계속 사용할 수 있는 데다가 보기에도 좋았으니 유리병을 꽤나 선호했던 것이다.

게다가 유리병도 선애가 자신의 안목으로 특별하게 고른 예쁜 것이라서 향수병이 아닌 그냥 장식용이나 다른 용도로 사가는 사람들도 꽤 있었다. 그걸 안 선애가 그 뒤로 향수병의 작은 것 말고도 여러 가지 예쁘거나 특이한 병이나 장신구도 서서히 들여놓기 시작했고, 반응도 제법 괜찮았다. 구경하는 사람들도 제법 많이 끌어들였으니 말이다.

뭐, 손님들이 다 성격이 괜찮은 손님들만 있는 건 아니었지만, 루빈스타인 후작가에서 엘리엇 녀석이나 미란다 녀석에게 당한 경력이 있던 선애는 그럭저럭 무난하게 넘기면서 버틸 수 있었다.

그러던 어느 날, 그렇게 새롭게 인테리어를 바꾸고 가게를 연 지 한 한 달 정도 되었을 때였다. 평소에 여자 손님들만 들어오던 가게에 웬 남자가 들어섰다. 그것도 젊은 건 아니고 중년 남자였는데 키가 선애보다도 작고 비리비리하다고 할 수 있을 정도로 마른 데다가 코에는 염소수염을 달고 있었다. 그 뒤로는 가끔 봤던, 이 도시 치안을 담당하고 있는 경비병 두 명이 따라 들어왔다.

"어서 오세요."

그들을 본 사라가 평소처럼 인사는 했지만, 좀 당혹스러운지 선애를 바라봤다.

"저, 점장님."

사라는 선애의 첫인상이 무서웠는지 편하게 언니라고 부르지도 못해 무조건 선애님이라고 불렀다. 그러나 그걸 불편하게 여긴 선애가 차라리 점장님이라고 부르라고 해서—이건 내가 제의한 것이다—지금까지도 계속 그렇게 부르고 있었다.

막 손님에게 신제품의 향수를 팔아 돈을 챙기고 있던 선애는 그런 사라의 당혹스러운 부름에 즉각 반응해 고개를 돌렸다.

그러나 선애도 중년 남자가 들어서자 좀 당혹스러웠던 모양이다.

하지만 그것도 잠시, 이제는 능숙한 상인이 된 선애가 중년 남자에게 다가가며 친절하게 물었다.

"어떻게 오셨습니까?"

그러자 이 중년 남자가 선애를 빤~히 바라보더니 대놓고 반말로 내뱉었다.

"흠, 여기 사장은 어디 갔나 보지?"

하필 그때는 벨타이거 녀석이 잠시 자리를 비운 때였다.

"예, 잠시 나가셨습니다만… 사장님을 찾아오셨습니까?"

"뭐, 그런 셈인가? 나는 세금을 걷으러 왔는데."

"예? 세금… 이요?"

뜻밖의 말을 들은 선애가 무지 당황한 얼굴로 더듬거리자 염소수염의 중년 남자가 짜증스럽다는 듯 힐끔 바라봤다.

"뭘 그렇게 놀라? 그럼 세관원이 세금 받으러 왔지, 뭘 하러 왔을 것 같아? 사장이 없으면 네가 내면 되겠네."

'세금… 아, 하기야 이 세계에도 세금이 있을 테지. 중세 시대에도

있었는데. 그동안 세금 내라는 말을 못 들어서 완전히 잊고 있었네.’

한국에서는 고지서가 날아들었지만, 여기서는 이렇게 직접 걷으러 다니는 모양이다. 물론 이 세계에 와서는 한 번도 세금을 내본 적이 없었으니 알 리가 없었다.

“아, 세금… 세금이 얼마인데요?”

“여기는 한 달에 은화 두 냥이야. 아니, 이 가게가 세워진 지 제법 오래되었는데 아직도 그걸 몰랐단 말이야?”

“아, 예. 그동안은 제가 세금을 낸 게 아니라서… 자, 잠시만요.”

계속 당혹스럽다는 표정을 짓고 있던 선애는 나의 정신 차리라는 말에 그제야 표정을 평소대로 회복시키고는 얼른 돈을 챙겨서 가져다 줬다.

그러자 그 염소수염의 남자가 들고 있던 책을 터억 펴더니 펜을 꺼내 그곳에다 적는 것이었다.

“어디 보자. 그래, 여기 있군. 타이거 상회 소속 야생화 향수 가게. 이번 달 세금 완납.”

그리고는 또 다른, 이번에는 자그마한 책자를 꺼내더니 그곳에다 몇 자 끄적이고는 그 종이를 뜯어 선애에게 내밀었다.

“옛다, 여기 영수증. 앞으로도 이렇게만 세금 잘 내라.”

“아, 예.”

어벙한 얼굴로 선애가 영수증을 받아 들자마자 염소수염의 중년 남자는 바쁘다는 듯 휙 몸을 돌려 나가 버렸다. 그리고 그 뒤로는 언제나 경쾌한, 이제는 무척이나 익숙해진 어투의 사라 인사가 뒤따랐다.

“안녕히 가세요오오~”

이제는 사라도 가게 일에 많이 익숙해져 있는 모양이었다. 그래도 아직 손님 상대하는 건 어설퍼서 가게를 맡길 정도는 아니었지만 말이다.

'헤에, 여기도 영수증이라는 게 있구나.'

나는 여전히 어벙한 채로 영수증을 들여다보고 있는 선애 뒤로 가서 같이 들여다봤다. 거기에는 커다란 직인이 찍힌―아마도 미리 찍어놓는 거겠지만―종이에 '타이거 상회 소속 야생화 향수 가게가 은화 두 개의 세금을 냈음. 알파두르 항구 도시 시장 대리 세리 인' 이라고 적혀 있었다.

[오호라, 여기에도 시장이 있었남? 거참, 신기하네.]

그러고 보니 여기가 항구 도시라는 건 알았지만 어느 귀족의 영지라는 건 들어보지 못한 것 같았다. 귀족 계급이 있는 이 세계에는 만약 귀족의 영지였다면 아무래도 누구 령이라 불렸을 텐데 말이다.

하지만 이런 나와는 달리 선애는 찡그린 표정으로 영수증을 바라보고 있었다.

"쳇, 사장님이 있는데 왜 내가 가게 세금을 내야 하는 거야? 그렇지 않아도 투자한 돈 회수하려면 갈 길이 멀구만."

그렇게 투덜투덜거리던 선애는 얼마 안 있어 벨타이거가 돌아오자마자 들고 있던 영수증을 떡하니 내밀었다.

갑자기 코앞으로 내밀어진 영수증에 당황한 벨타이거가 얼결에 그걸 받아 들고 보더니 다시 선애에게 건네주는 것이었다.

"아, 세금 영수증. 그런데 이걸 왜 나에게 줘?"

"그거야 당연히 사장님이 낼 세금을 제가 대신 냈으니 저에게 달라는 의미죠."

선애가 허리에 양손을 터억 걸친 채 당당하게 대꾸하자 벨타이거가 모르겠다는 듯 고개를 갸웃거렸다.

"당연히 내가 내야 했다고? 왜? 이제 이 가게를 운영하는 건 선애인데?"

"그러는 게 어디 있어요? 물론 운영이야 제가 하지만 이 가게는 엄연히 사장님 거잖아요. 사장님 가게에 붙는 세금을 왜 제가 내야 하죠? 그러니 빨랑 세금으로 뜯긴 은화 두 개 주세요."

선애의 말에 벨타이거는 말도 안 된다는 표정을 지었다.

"무슨 소리야? 이 가게에서 나오는 이익은 모두 선애가 가지고 가잖아? 그런데 나보고 세금을 내라니. 그런 억지가 어디 있어?"

그러자 선애의 눈초리가 사나워졌다.

"누가 억지를 부리는데 그러세요? 제가 운영을 맡고 싶어서 맡은 겁니까? 사장님이 저에게 다 떠넘기신 거잖아요? 그리고 처음에 운영을 맡기면서 세금 문제는 한마디도 언급 안 하셨으면서 이제 와서 제 돈을 떼먹으시다니요?"

"아니, 운영을 맡겼으면 세금 문제까지 당연히 맡는 거 아니야?"

"왜 거기서 당연히란 말이 나오죠? 됐으니까 빨리 돈이나 내놔요."

선애가 척 손을 내밀며 하는 말에 벨타이거가 턱 하니 팔짱을 끼며 시선을 돌렸다.

"싫어."

"뭐, 뭐라구요?"

기가 막힌다는 선애의 얼굴에 대고 벨타이거는 단호한 표정이었다.

"세금 문제는 운영자가 알아서 하는 거 아니야? 왜 나보고 달래? 나 돈 없어. 그래서 여기서 나오는 이익금이 선애 월급이잖아?"

"저 지금 장난칠 기분 아니거든요? 장난 그만 하시고 돈 안 내놔요?"

"나 돈 없다니까. 뒤져 봐라, 돈이 나오나."

"이러시는 게 어딨어욧?"

"없는 걸 어쩌라고? 배 쨀래?"

"뭐, 뭐, 이런."

너무 기가 막혀 입만 떡 벌린 채 평소의 그 날리던 말발을 행사 못하는 선애에게 벨타이거는 빙글빙글 웃으며 손을 흔들어 보이고는 들어가는 것이었다.

"그러니까 가게를 잘 운영해서 이익을 많이 남기면 되잖아? 잘해봐."

벨타이거 녀석의 모습이 사무실로 사라지고 나서야 이성을 되찾은 선애는 매서운 눈초리로 사무실을 바라보며 이를 빠드득 갈았다.

"그래애~ 그렇게 나오겠다 이거지? 어디 두고 보자고."

이번 달에는 가게가 그럭저럭 잘되어서 이익이 꽤 남았긴 했지만, 유리병들을 좀 더 사고 향수 값을 지불하고 나니 남는 돈이 별로 없었다. 그런데 거기다가 세금까지 지불하고 나자 남은 순 이익은 겨우 은화 세 개였다.

이건 인테리어 값은 물론이고, 가게를 열기 전 선애의 돈으로 유리병을 산 걸 모두 제외하고 생긴 이익이었다.

"쳇, 그래도 아예 안 남는 것보다는 낫지만… 빌어먹을 사장 같으니라고. 인테리어 하느라 돈 꽤 들어간 거 뻔히 알면서 꼭 나에게 세금까지 내게 해야 하냐고."

그날 가게 문 닫을 시간이 다가올 즈음, 오늘 하루 매상과 가게를 오픈한 뒤 지금까지의 매상을 장부로 정리하며 선애가 투덜거렸다.

"아아, 그나마 휴네 집에서 공짜로 먹고 자고 하니 다행이지 안 그랬으면 엄청난 적자였을 거야."

그렇게 중얼거리던 선애는 가게 안을 정리하고 있는 사라를 불렀다.

"사라야아~"

"네에~ 점장님."

처음에는 선애를 무서워하더니 그동안 익숙해졌는지 선애가 부르자 미지 웃으면서 쪼르르 달려왔다.

처음부터 느낀 거지만, 사라라는 애는 너무 착했다. 그러니 선애 밑에서 일할 수 있는 건지도 모르겠지만.

"자, 이거."

그런 사라를 물끄러미 보던 선애가 은화 하나를 사라 앞으로 밀었다.

"에?"

"너 이번 달 월급. 순이익이 얼마 없어서 외면하고 싶었지만… 그래도 첫 월급을 그럴 수야 있냐. 많이 못 줘서 미안하다."

입맛을 쩝쩝 다시며 아까움 반 미안함 반 뒤섞인 시선으로 바라보자, 사라가 바들바들 떨리는 손으로 선애가 내민 은화 하나를 집어 들더니 무지 감격에 찬 눈으로 선애를 바라봤다.

"저, 점장님. 으흑."

그러더니 곧이어 그 큰 눈에 눈물을 가득 담은 채 울먹이는 것이었다.

"그렇게 감격했냐? 뭐, 이해 못할 바는 아니지만… 어쨌든 한 달 동안 수고했고 앞으로도 더욱 열심히 해라."

이제 성인이 되었다고 제법 어른스러운 말도 할 줄 아는 꼬맹이었다.

“으흑흑, 네에에. 정말 감사합니다아.”

이렇게 감동이 풀풀 넘치는 분위기에서 가게 문을 닫게 되었으면 다음날은 좀 더 기분 좋게 가게 문을 열어야 하건만…….

“으아아아악~ 이게 도대체 어떻게 된 거아아아아~!!”

정말 황당하고 기가 막히게도 그 비싼 돈을 들여서 해놓은 유리 창문이 모조리 깨어져 있는 것이었다. 그것도 사람이 없을 때 혹시나 있을 사건을 방지하기 위하여 유리 창문 겉에다가 나무로 튼튼하게 겉창까지 걸어놓았건만, 그 겉창을 부수어놓고 그 안에 있는 유리 창문까지 깨어놓은 것이다. 이건 누가 봐도 일부러 유리 창문을 깨려고 했다는 걸 알 수 있었다. 게다가 창문을 깨는 데 창 아래에 예쁘게 만들어놓은 화단이 방해가 되었는지 그것까지 모조리 짓밟아놓았다.

너무나 의도적인 그 행태에 선애가 말을 잃고 서 있자 사라는 옆에서 어찌할 바를 모르고 안절부절못하고 서 있을 뿐이었다.

[야, 정신 차려. 혹시나 뭘 훔쳐 갔는지도 봐야 하잖아?]

내 말에 그제야 정신을 차린 선애가 황급히 잠긴 문을 열고 안으로 뛰어들어 갔다.

안도 엉망이었다.

왠지 유리창을 깨기 위한 목적만은 아니었던 듯, 창을 부수며 들어온 커다란 돌이 거의 십여 개 가까이 가게 안을 뒹굴고 있었다. 그리고 그와 함께 들어온 유리창의 파편들이나 돌에 묻어 있던 흙들도 잔뜩 들어와서는 여기저기 흩어져 있었다. 얼마나 돌을 강하게 던졌는지 창문을 깨고도 더 날아들어 와서 진열장에도 여러 개가 부딪쳤던 모양인 지 진열장에 여러 개의 기다란 흠집이 나 있었다. 그 위에 전시된 유리병들은 가게 문 닫을 즈음 고이 싸서 창고에 넣어놨기에 망정이지 안 그랬다간 유리병들도 몇 개 깨졌을 뻔했다.

그러나 선애는 그런 것은 거들떠보지도 않고 잽싸게 다다다 달려가 창고의 문을 열어젖혔다.

매일 벌어들이는 돈이야 곧바로 정산해서 집으로 가져가고 가게에는 아침마다 필요한 돈만 가지고 왔지만, 향수들은 부피가 큼지막한 데다가 유리병에 담겨 있었기 때문에 가지고 다니기가 어려워 창고에다 보관하고 있었던 것이다.

다행스럽게도 창고에는 누가 침입한 흔적이 없었고, 물건들도 어제 들여놓은 그대로 얌전하게 놓여 있었다. 하기야 가게 안에도 밖에서 던져진 돌만 있었지 누가 침입한 흔적은 없었다.

그 모습에 크게 안도의 한숨을 내쉰 선애는 분노에 찬 얼굴을 가게 안으로 돌렸다.

“도대체 어떤 놈들이 이런 거야?”

매서운 눈초리로 가게 안을 쓸어보자 가게 한쪽에 엉거주춤 서 있던 사라가 슬그머니 물어왔다.

“저기, 청소해야 하겠죠?”

“하아, 아무래도 그래야겠지. 오늘 장사를 하려면… 아우, 유리창 값이 얼마인데… 잡히기만 하면 그냥……..”

너무너무 분한지 선애가 이를 바득바득 갈고 있는데 후다닥 하는 발걸음 소리와 함께 벨타이거가 뛰어들어 왔다.

“아니, 이게 어떻게 된 일이야?”

그는 들어오자마자 엉망이 된 가게를 보고 한 번 더 놀라더니 선애와 사라를 바라보며 물었다.

"뭐야, 너희들은 괜찮아? 다친 데는 없어?"

그동안 아웅다웅 싸우기는 했지만, 그래도 자기가 데리고 있던 사람들이라고 걱정은 되었던 모양이다. 그에 선애가 분노로 인하여 치켜 올라갔던 눈썹을 제자리로 돌리며 침울하게 말했다.

"우리도 지금 막 왔는걸요, 뭐. 와보니까 이렇게 되어 있었어요."

선에도 벨타이거 녀석에게 평소 틱틱대기는 했어도 이럴 때 의지가 되는 모양인지 좀 안심이 되는 표정이었다.

그때 사라가 창고에서 빗자루를 가지고 와 바닥을 쓸려고 하자 벨타이거가 다급하게 만류했다.

"잠깐만 기다려. 쓸지 마라."

"예?"

당혹한 사라가 선애와 벨타이거를 번갈아 바라보자 벨타이거가 선애를 보며 말했다.

"우선 경비대에 신고를 해야 해. 청소는 그리고 나서야. 내가 가서 신고하고 올 테니까 잠깐만 기다리고 있어."

아무래도 여기도 범죄가 일어나면 경찰에 신고하는 것처럼 경비대에 신고를 하는 모양이었다.

그런데 그렇게 범죄 현장(?)까지 보존하면서 기껏 벨타이거가 달려 갔건만, 벨타이거와 같이 온 두 명의 경비대원은 그 모습을 한 번 힐끗 보더니 이렇게 말하는 것이었다.

"뭐, 술 취한 사람이 돌을 던졌나 보구만. 그럴 수도 있지 뭐."

그의 무성의한 말에 선애의 쌍심지가 치켜 올라가며 뭐라 말하려고 했지만 벨타이거가 얼른 선애의 소매를 잡아 제지했기 때문에 한마디도 할 수가 없었다. 선애가 그러거나 말거나 휘이 한 번 더 건성으로

둘러본 경비원들은 귀가 가려웠던지—아마 속으로 욕을 하는 사람이 많았
던 듯—휘적휘적 후비며 가게 밖으로 나가는 것이었다.

"술 취한 사람이 그런 거 가지고 신고하면 어쩝니까? 우리가 술 취
한 사람 일일이 잡을 수도 없는 거고, 그냥 재수없었다고 생각하쇼."

그리고는 따라 나오는 벨타이거에게 그렇게 말을 던져 놓고 그냥 가
버렸다.

그 모습에 선애는 속이 부글부글 끓는다는 표정으로 이만 바득바득
갈다가 그들의 모습이 완전히 사라지고 벨타이거가 가게 안으로 들어
오자 그제야 울화를 터뜨렸다.

"아니, 뭐, 저런 인간들이 다 있지? 이걸 어떻게 술 취한 사람이 한
걸로 볼 수가 있는 거야? 그렇게 보는 눈이 삐꾸지. 세상에, 저런 세금
도둑놈들 같으니라고. 내가 저런 놈들 때문에 그 피 같은 돈을 내야 한
단 말이야아아?"

"어쩔 수 없지. 저들은 전문가도 아닌데다가 잃어버린 게 없다고 하
니까."

벨타이거의 말에 선애의 눈이 다시 치켜 올라갔다.

"전문가요? 나도 전문가가 아니지만 이게 누군가가 일부러 그랬다
는 건 알 수 있겠네요. 어휴, 저런 사람들이 경비대라니."

선애가 분노를 터뜨렸지만, 녀석 또한 더 이상 어떻게 할 수 없다는
걸 알고 있었기 때문에 결국 푸념 한마디로 끝내고는 비를 들었다.

"청소나 해야겠네요. 아, 그리고 좀 있다가 가게 좀 봐주세요. 유리
창하고 겉창을 새로 달아야 할 것 같으니까 주문하고 오게요."

"그래, 그래. 아, 바깥 화단도 정리를 좀 해야겠던데."

"그러게 말이에요. 식물들이 다 죽지 않았으면 좋겠는데."

"그리고 창고에 자물쇠를 다는 게 좋지 않겠어? 이거 보면 누군가가 마음만 먹으면 쉽게 창을 깨고 들어올 수 있다는 걸 알 수 있잖아. 만약을 대비해서 향수를 보관하는 창고 문을 잠가두는 게 좋겠어. 문은 원래 튼튼하니까 자물쇠만 달면 꽤나 안전할 거야."

벨타이거의 충고에 선애가 선선히 고개를 끄덕였다.

"그럼 자물쇠도 같이 주문할게요."

유리 창문이야 따로 주문 제작을 해야 하기 때문에 며칠 걸리지만, 겉창이나 자물쇠는 그날 안으로 사람들이 와서 수리하고 새로 달아줄 수 있었다.

창문이 뻥~ 뚫리기는 했지만 향수나 향수병이 도둑맞은 건 아니었기 때문에 청소를 깨끗이 하자 얼추 가게는 문을 열 수가 있었다.

사람들이 깨진 창문을 의아해하며 물어올 때마다 애매하게 웃으며 무성의한 경비병이 툭 내뱉고 간 말을 그대로 읊어줄 수밖에 없었던 선애는, 가게 문을 닫자 기분이 무지 가라앉아서 사라와 나는 물론이거니와 항상 틱틱 건드리던 벨타이거조차도 함부로 말을 걸지 못할 정도였다.

"언 놈인지… 잡히기만 해봐라. 절대로 그냥 두지 않겠다!"

아마 선애의 이 심정을 조금이라도 눈치챘으면 절대 다시 오지는 않았을 텐데, 그렇지 못한 그 괘씸한 범인들은 기가 막히게도 그날 밤 또 가게에 온 것이었다. 그것도 이번에는 아예 창문을 뚫고 가게 안으로 들어와 향수와 유리병을 보관하고 있던 창고 안으로 들어가려고 했다.

벨타이거의 충고도 있고, 이왕 하는 거라 생각해 튼튼한 자물쇠를 달았기에 망정이었지 안 그랬으면 창고를 뚫고 들어가 유리병까지 훔쳐 갔으리라 생각하니 온몸에 소름이 짜악 끼칠 지경이었다.

흙이 잔뜩 묻은 발을 가지고 들어와 가게 안을 둘러보던 범인들은 창고 안으로 들어가려고 자물쇠를 몇 번이나 뭔가 단단한 물건들로 두들겨 보고 칼 같은 것으로 문짝을 찔러봤지만, 여의치 않자 돌아 나오다가 괜히 죄없는 진열대만 뒤집어엎고 가버렸다.

그러한 흔적들은 정말 고스란히 남아 있었지만, 그 범인들이 누구인지에 대한 흔적들은 없어 선애의 혈압만 높아지게 만들었다.

"어떤 놈들이야~ 죽~었~어어어~!!"

이번에 벨타이어에게 불려온 경비병들은 차마 또 술 취한 사람 짓이라고 할 수는 없었는지 입맛만 쩝쩝 다시며 '도둑이네' 라고 중얼거리기만 했다. 그리고는 좀 더 자세하게 살펴보는 척하더니 선애와 벨타이거의 눈초리를 견딜 수 없었는지 한 사람이 가서 좀 더 많은 경비대원들을 불러왔다.

그중에는 열 명의 부하를 거느린 경비대 조장도 끼어 있었다. 조장이라서 그런지 모르겠지만, 185 정도는 되어 보이는 커다란 키에 탄탄한 근육질의 몸을 가진 거한이었다. 아놀드 슈왈츠제네거라는 할리우드의 액션 배우가 새카맣게 태우고 구레나룻을 기른 모습과 비슷하다고나 할까?

"조장님, 여기에 도둑이 든 모양입니다."

남아서 가게 안을 살펴보고 있던 경비대는 조장을 위시한 몇몇의 경비대원들이 우르르 가게 안으로 들어오자 즉시 차렷 자세를 취하고 경례를 붙이며 입을 열었다.

그러자 그 조장이라고 불린 거한의 사내는 시큰둥한 표정으로 물었다.

"그건 나도 봐서 알아. 훔쳐 간 물건은?"

"그게 다행히도 보관 창고 문이 튼튼해서 들어가지는 못했다고 하는데요?"

"그래? 그럼 도둑이 남긴 흔적은?"

"가게 안을 뒤진 것 외에는 다른 흔적이 없습니다."

"그럼 도둑을 어떻게 잡아? 우리가 무슨 마법사라도 되는 줄 아는감?"

가게로 들어와서 내내 시큰둥한 표정으로 말하던 조장은 계속 지켜보는 벨타이거를 돌아보며 말했다.

"없어진 물건도 없고, 그냥 가게만 조금 어지럽힌 거라 도둑을 잡고자시고 할 것도 없겠군. 내 이쪽으로 특별히 순찰을 잘 돌게 할 테니까 그냥 재수가 없었다고 생각하쇼. 만약 또 이런 일이 생기면 그때나 불러주고. 자, 그럼 가자."

어제 벌써 시큰둥하고 무성의한 경비대의 모습을 봤기 때문에 이번에도 별로 기대는 하고 있지 않았지만, 그래도 너무한 것 같았다. 어차피 한국처럼 지문 채취니 탐문 수사니 하는 것까지는 바라지도 않는다. 그래도 이렇게 도둑이 들었으니 '얼마나 놀랐습니까? 도둑을 잡는 데 최선을 다해 다시는 이런 일이 없도록 하겠습니다' 등등 말이라도 좀 친절하게 해주면 어디가 덧나남? 말 하는 데 세금 붙는 것도 아니고 말이다.

'그냥 재수가 없었다고 생각하라니. 참내, 저러고도 저 사람들은 이 시에서 나오는 월급을 받아먹고 살 수가 있는 걸까나?'

선애는 그들에게 조금도 기대하지 않았는지 가게를 나가는 경비대원들은 쳐다보지도 않고 사라와 함께 청소를 하기 시작했다.

"그래도 창고 문에 자물쇠를 단 게 다행이었어요. 그쵸?"

선애의 눈치를 슬슬 살피던 사라가 조심스레 입을 열었다. 그녀의 말에 선애가 단지 고개만 끄덕여 주는데 대꾸는 다른 데서 날아왔다.

"그러게 말이야. 거기다가 유리 창문도 도착하기 전이라서 무척이나 다행이지. 만약 창문이 또 깨졌다면 선애가 혈압으로 쓰러지기라도 했을걸?"

'헉! 그리고 보니 선애가 혈압이 좀 높은데. 이거 이러다가 완전히 고혈압 되는 거 아닌가 모르겠네.'

벨타이거 녀석의 말에 나는 은근히 걱정되어서 선애의 얼굴을 살폈다. 이런 내 시선을 아는지 모르는지 묵묵히 가게 안을 청소하던 선애가 갑자기 빗자루질을 멈추더니 몸을 바로 세웠다.

"그놈들, 또 올까? 또 오겠지?"

누구에게랄 것도 없이, 아니, 이곳에 있는 모든 이들에게 묻는 선애의 질문에 사라는 곤혹스러운 얼굴로 고개만 도리도리 저었고, 대신 벨타이거가 입을 열었다.

"아마 다시는 안 오지 않을까 싶은데… 왜, 지키고 있기라도 하게?"

"필요하다면 그렇게라도 해야죠."

선애의 눈이 활활 불타오르고 있었다.

"이번에 또 오면… 뜨거운 맛을 보여주고 말겠어!"

"그만둬. 여자의 몸으로 뭘 어쩌겠다는 거야? 오히려 네가 더 위험하겠다. 게다가 그 도둑놈들도 두 번이나 이렇게 해봤으니 우리가 이를 바득바득 갈고 있다는 걸 뻔히 알 텐데, 또 오겠어?"

"어쩌면 올지도 모르잖아요?"

"오면 네가 더 위험하다니까."

선애의 말에 벨타이거가 정색을 하고 만류했다.

“괜찮아요.”

“괜찮기는 뭐가 괜찮아? 이건 내가 허락할 수 없으니까 쓸데없는 생각은 하지도 마.”

그렇게 말한 벨타이거는 그래도 안심이 안 되었는지 오후가 되어 선애가 가게 문을 닫고 집으로 가는 걸 확실하게 확인하고 그제야 마음 놓고 자신의 갈 길로 갔다.

내가 그걸 알고 있는 이유는……

[젠장할, 그렇다고 나 혼자 남겨둘 건 또 뭐야?]

선애가 지켜달라고 부탁을 하고 갔기 때문이었다.

[어휴, 내 신세야.]

그러한 이유로 문 닫힌 가게 앞에 걸터앉아 있었기 때문에 벨타이거가 선애가 가는 걸 확실하게 확인하느라 한참 기다렸다가 돌아가는 걸 볼 수 있었던 것이다.

하지만 이 도둑들은 그날 밤 가게에 들어오지 않았다.

벨타이거도 말하기는 했지만, 솔직히 나도 벨타이거의 말이 옳다고 생각한다. 두 번이나 연속으로 가게에 해를 끼치러 왔는데, 그걸 가만 냅두는 사람이 바보가 아니던가? 뭔가 조치를 취할 게 뻔할 텐데 그 다음날 밤에 또 도둑이 든다면, 나는 그 도둑 머리에 뇌가 분명히 있는지 의심할 거다.

역시나 그 도둑의 머리에 뇌가 있기는 있었는지 오지 않았던 것이다.

“안 왔어?”

가게 안에 마련되어 있는 편안한 의자에 앉아 꾸벅꾸벅 조는데 어느덧 날이 밝아 출근한 선애가 내 앞에서 손을 슬쩍 흔들어 깨우더니 다짜고짜 묻는 말이 그거였다.

[오면 그게 바보지.]

사람이었을 때의 버릇이 여전히 남아 있어서 그런지 나는 길게 하품을 하며 대꾸했다.

"쳇, 아깝네. 왔으면 뜨거운 맛을 봤을 텐데."

선애가 실망스럽다는 듯 투덜댔다.

[오길 바랐냐?]

"당연하지."

[바랄 걸 바래라. 무뇌아가 아닌 이상 오겠어?]

"쳇, 나도 아네요."

선애는 아쉽다는 듯이 입맛을 쩝 다시면서도 확실히 자기가 생각해도 3일 연속으로 도둑님께서 방문하시는 건 무리라 생각된 듯 수긍하는 얼굴이었다.

그러나 이렇게 선애의 아쉬움을 안타까이 여겼던 것일까. 오라는 도둑님이 안 오시니 대신 강도님께서 등장하셨다. 그것도 환한 백주 대낮에 말이다.

"오오, 이것 참, 괜찮은 가게인데?"

거들먹거리며 들어오는 폼과 지저분한 옷차림들이 '나 건달이요' 라고 외치는 것만 같은 껄렁껄렁한 패거리 다섯 명이서 가게 안으로 들어서자 막 '어서 오세요~' 라고 외치려던 사라가 겁을 먹고 뒤로 물러나며 선애를 바라봤다.

손님이 없는 시간이라 그 틈새를 이용해 그 시간까지 팔아왔던 목록을 정리하고 있던 선애의 눈가가 사정없이 찡그려졌다.

그걸 봤는지 껄렁패 중 지저분한 빨강머리를 하고 있는 녀석이 히쭉 웃어 보였다. 입술은 얇은데 입이 무지 커서 꼭 합죽이같이 생겼다.

"뭐야, 우리도 손님이라고. 손님을 이렇게 맞아도 되는 거야?"

하필이면 벨타이거 녀석도 잠시 자리를 비우고 없는 때였다.

선애는 숙이고 있던 상체를 똑바로 펴더니 싸늘한 어조로 말했다.

"네놈들에게는 안 파니까 당장 나가."

"어이고, 고렇게는 못하겠는뎁쇼?"

산발한 갈색 머리에 눈가 바로 옆에 상하로 5㎝ 정도의 가늘고 긴 흉터가 있는 녀석이 껄렁대며 대꾸했다.

그 녀석이 대꾸하는 동안 유리병들을 진열해 놓은 진열대로 다가간 빨강머리 녀석이 쓰윽 훑어보더니 그곳에 있는 것 중 가장 비싼 은화 열 개짜리 유리병을 하나 집어 들었다.

"오마나, 이게 은화 열 개짜리야? 쬐끄만 게 되게 비싸네. 그렇게 생각 안 해?"

그놈은 그 옆에서 겁에 질려 바들바들 떠는 사라에게 물어보더니 대답을 들을 생각은 안 하고 대신 손에서 힘을 뺐다. 그러자 손에 들려 있던 유리병이 중력의 법칙에 의하여 그대로 바닥으로 떨어졌고, 쨍그랑~ 소리와 함께 깨져 버렸다.

"어이구, 이를 어쩌나? 손이 미끄러져서 실수를 해버렸네."

그놈이 기분 나쁘게 히죽 웃으며 사라를 향해 말했지만, 겁에 질린 사라는 선애에게만 시선을 보낼 뿐이었다.

"저, 점장니이이임."

그에 선애의 눈썹이 하늘을 향해 치솟았다. 꼬맹이는 가슴 앞에서 팔짱을 턱 하니 끼더니 차갑게 말했다.

"변상해."

"변사아앙? 나도 무지 하고 싶지만… 미안해서 어쩌나. 내가 지갑을 가지고 온 줄 알았는데 안 가지고 온 모양이네?"

양팔을 벌리며 어깨를 으쓱해 보이는 빨강머리의 태도에 선애의 눈초리가 한층 더 사나워졌다.

"그래서, 못하시겠다?"

"그런 것 같아."

여전히 히죽대며 내꾸하는 빨강머리 놈이었다.

그에 선애가 비틀린 웃음을 지으며 말했다.

"후회할 텐데?"

"후회? 후회가 뭐지?"

능청맞게 고개를 갸웃거리는 빨강머리의 말을 갈색 머리 녀석이 낄낄 웃으며 받았다.

"멍청아. 먹는 거잖아."

"아, 먹는 거였군? 그거 이만한가?"

빨강머리가 알겠다는 듯 고개를 끄덕이더니 순진하게 물으며 옆에 있던 또 은화 열 개짜리 유리병으로 손을 뻗었다.

그러자 선애가 피식 웃었다.

"또 깨게? 다시 한 번 말하지만 후회할 거야."

"그래? 그럼, 하게 좀 해줘 봐. 나도 그 후회라는 걸 좀 해보자구."

빨강머리는 그래도 낄낄 웃으며 병을 잡아챘다.

그러자,

"언니!"

[오냐.]

나는 빨강머리 녀석이 잡은 병을 들어 올리기 전에 그의 손목을 꽈악 잡고 잡힌 손 쪽의 옆구리를 팔꿈치로 인정사정없이 강하게 쳤다.
인체 중에서 강한 곳 중 하나인 팔꿈치가 약한 곳 중 하나인 옆구리를
쳤으니, 결과는 뻔했다.

"꾸엑~!"

돼지 멱따는 소리와 비슷한 소리를 흘리며 빨강머리는 잡고 있던 유
리병을 그대로 놓치며 바닥에 주저앉았다.

유리병을 진열대 위에 올려진 상태로 잡았다 놓은 것이었기에 유리
병은 단지 쓰러졌을 뿐, 무사했다.

나는 그것을 확인하고는 다시 한 번 녀석의 옆구리를 발로 세게 걷
어찼다.

"꽥!"

그러자 그 녀석이 비명을 지르며 옆으로 두어 바퀴 굴러갔다.

"뭐, 뭐야?"

"왜 그래?"

"너, 지금 쇼 하냐?"

"이봐?"

빨강머리 녀석의 갑작스러운 이해할 수 없는 행동에 나머지 네 명이
당황하며 몰려들었다.

그런 놈들을 가만 내버려 둘 내가 아니었다.

제일 먼저 다리를 높이 치켜들었다가 빨강머리 녀석에게 다가가 허
리를 굽히고 살펴보기 시작하는 사내의 뒷덜미를 발꿈치로 강하게 내
려쳤다.

"컥~!!"

영화에서 보기는 했지만 실제로 사람에게 직접 행한 적이 없었는데

제대로 먹힌 모양이었다.

허리를 굽히고 살펴보던 녀석이 비명을 내지르며 빨강머리 녀석 위로 고꾸라지자 나머지 세 녀석이 당황했다.

"어이~?"

어찌할 바를 모르고 어벙하게 그들을 부르는, 내 왼편에 있던 놈의 품으로 파고든 나는 무릎으로 가볍게 남자의 가장~ 중요하고 가장~ 약한 급소를 쳐올렸다.

"크윽."

가볍게 친다고 쳤는데, 너무 약한 부분이거나 아니면 내 무릎에 그래도 원한이 들어갔는지 녀석은 제대로 신음 소리도 못 내고 눈이 허옇게 뒤집어져서 사타구니를 두 손으로 부여잡고 앞으로 쓰러졌다.

그러자 나머지 두 녀석이 주변을 두리번거리더니 한 녀석이 선애에게 잽싸게 다가들었다.

"뭐야, 어떻게 한 거야, 너?"

그러나 그걸 가만 냅둘 내가 아니다. 녀석이 선애의 멱살을 잡기도 전애 녀석과 선애 사이에 끼어든 나는 그놈이 내민 지저분한 손을 잡은 채 그 녀석의 품 쪽으로 살며시 돌아 들어갔다. 그러자 그와 함께 내 손에 잡힌 녀석의 팔이 뒤틀려 뒤로 꺾어져 들어갔다.

"끄아아아."

나도 당해봐서 아는데, 이렇게 뒤로 꺾인 상태로 살짝만 좀 더 틀어올려주면 무지무지 아프다. 내가 당할 때는 그래도 시범이거나 연습이라 살살 당한 거지만, 지금 나는 인정사정없이 꺾었기에 아마 내가 당할 때의 통증보다 대략 열 배 정도는 더 아플 거다. 그 상태로 나는 놈의 등 가운데를 팔꿈치로 강하게 내려친 뒤 녀석의 몸이 아래로 내려

갈 때를 틈타 무릎으로 복부를 올려쳤다.

지금에서야 말하는 거지만, 이래 뵈도 나는 해동검도 2단이었다. 검도를 배우는 틈틈이 재미로 배운 호신술을 이렇게 유용하게 써먹게 될 줄은 몰랐지만, 하여간 그때 확실하게 배워두길 무지 잘했다. 뭐, 현실에서 정말 여러 명의 건달들을 만났다면 이렇게 용감하게 맞서 싸울 정도의 실력은 안 되었겠지만, 여기서는 상대에게 내 모습이 안 보인다는 것과 상대가 내지르는 주먹은 전혀 나에게 맞지 않는다는 무지 뛰어난 장점이 있었으니 전혀 몸 사릴 이유가 없었다.

그렇게 선애를 향해 달려가던 녀석도 비틀거리다 꼬꾸라지자 유일하게 서 있던 녀석이 덜덜 떨며 사방을 둘러보기 시작했다.

"이, 이게 어떻게 된 일이야."

그도 그럴 것이 아무것도 보이지 않는 상황에서 갑자기 동료들이 고통에 찬 비명을 지르며 고꾸라졌으니 두려운 게 당연했다. 그나마 보이는 상대가 쓰러뜨린 거라면 그 상대를 향해 달려들기라도 하겠지만, 녀석에게는 아무것도 보이지 않았으니 말이다.

"글쎄, 유령이라도 나타났나 보지. 그런데 계속 그렇게 서 있을 건가?"

내가 녀석에게 다가가는 때를 노려 선애가 친절하게 묻자 녀석이 주위를 두리번두리번거리다가 갑자기 몸을 돌려 뛰어나갔다. 아니, 나가려고 하다가 쿠당탕~ 하고 큰 소리를 내며 넘어졌다. 벌써 녀석에게 다가간 내가 놈의 발을 걸었던 것이다. 그래도 녀석은 빨랑 이곳을 나가고 싶었는지 심하게 넘어져 무지 아플 텐데도 아랑곳 않고 벌떡 일어나 나가려고 했다. 물론 내가 놈이 몸을 일으킬 때 엉덩이를 뻥~ 하고 차주어서 다시 고꾸라졌지만.

그리고 들리는 선애의 무지 고소하다는 목소리.

"쯧쯧, 사람들이 말이야 양심이 있어야지. 그냥 가려니까 그렇게 벌을 받는 거 아니야. 가려면 변상을 하고 가야 할 거 아냐?"

선애가 그렇게 친절하게 설명을 해줬지만 녀석은 엉금엉금 기어서 무조건 나가려고 하는 것이었다. 그래 나는 말을 안 듣는 녀석을 깨우쳐 주기 위하여 녀석의 머리카락을 조금 잡고는 강하게 뒤로 잡아당겼다.

"꽥!"

머리카락은 한꺼번에 몽땅 잡아당기는 것보다는 이렇게 일부분만 잡아당기는 게 더 아팠다. 게다가 뒤통수 부분을 세게 잡아당기는 바람에 내가 잡고 있던 머리카락의 대부분이 빠져 그 녀석은 뒤통수 부분에 백 원짜리 동전만한 땜통이 생기고야 말았다.

"어머나, 무지 아프겠네~ 거봐, 내가 뭐라고 했어? 그냥 가면 안 된다고 했지? 아마 계속 그냥 가려고 하면 더 뜨거운 맛을 보게 될 거다. 아, 나는 왜 이렇게 마음이 약한지 몰라. 이런 걸 다 일일이 설명을 해주고 말야."

'착한 사람 다 죽었다, 인석아.'

선애의 말에 내가 쓴웃음을 흘리는데, 나에게 머리카락을 한 움큼이나 쥐어뜯긴 녀석이 뒤를 돌아보았다. 놈은 갑작스러운 아픔 때문인지 눈가에 그렁그렁 눈물을 달고 있었다.

"으, 은화 열 개만 내면 돼?"

"무슨 소리. 유리병 값 은화 열 개, 사라에게 심리적인 타격을 준 값 은화 열 개, 영업을 방해한 값 은화 열 개 해서 도합 은화 서른 개야."

선애가 손가락을 하나하나 꼽아가며 계산을 하자 녀석이 눈을 부릅

떴다.

"무, 무슨 그런 말도 안 되는 억지가……!"

녀석의 말에 선애가 그제야 생각났다는 듯 작게 아~ 하는 탄성을 발했다.

"아, 깜빡했는데, 한 가지가 더 있네. 내 말을 죽어라고 안 들어서 내가 계속 설명하게 만든 값. 말을 많이 하는 게 얼마나 귀찮은 줄 알아? 그것 값 은화 열 개 해서 도합 은화 마흔 개네."

"마, 말도 안 돼!"

녀석의 입이 떡 벌어지자 선애가 나를 바라보며 말했다.

"쯧쯧, 너 아직도 정신 못 차렸구나? 넌 내 말을 거부할 수 없어."

그래서 나는 가볍게 녀석의 약한 옆구리 살을 강하게 꼬집어줬다.

"으따따따따~"

괴상한 비명을 흘리며 녀석이 펄쩍 뛰자 선애가 무지 한심하다는 듯이 말했다.

"거봐라. 내가 뭐라고 했냐? 어허, 자꾸 이렇게 날 귀찮게 해서야 값을 올려야 받아야 하는 거 아닌가 몰라. 한마디 할 때마다 은화 한 개씩 올릴까나."

선애가 은근한 표정으로 말을 흐리자, 나는 기꺼이 녀석의 반대편 옆구리도 꼬집어줬다.

"으갸갸갸~ 알았어, 알았다구! 알았으니까 그만 해!"

그 녀석은 드디어 도저히 안 되겠다 싶었는지 몸서리를 치며 품속에서 꾀죄죄한 가죽 주머니를 꺼내 선애 앞에 던졌다.

"그거면 되지?"

그에 선애는 자신의 발밑에 떨어진 주머니를 잡아서 안의 내용물을 자신의 손바닥 위에 쏟아냈다.

"에계, 이게 뭐야? 겨우 은화 세 개에… 동전 열 개? 택도 없잖아? 너 지금 장난하냐?"

평소 가지고 다니는 돈치고는 넉넉한 편이었지만, 선애는 불만이라는 듯 인상을 찡그리고 녀석을 쳐다봤다.

"아직 혼이 덜 난 모양인데……."

차갑게 말을 내뱉는 선애의 말을 중간에 끊으며 녀석이 다급하게 외쳤다.

"지금 나한테는 그것밖에 없다고! 그게 다란 말이야!"

"그럼 몸으로 때우든지."

단호하게 내뱉는 선애의 말에 녀석의 얼굴이 하얗게 질렸다.

"자, 잠깐만… 솔직히 나는 잘못이 없어. 저놈이 갈 데가 있다고 해서 같이 온 것뿐이야. 여기에 오는지도 정말 몰랐다구."

두 손까지 휘저어 내뱉는 폼을 보아하니 단단히 겁에 질린 것 같았다. 이 정도면 아마 다시 이 가게에 오기는커녕 근처에 오기도 싫어할 것 같았다.

"그건 네 사정이지. 어쨌든 이 가게에 오기는 왔잖아. 그러니까 은화 40개를 못 내놓겠으면 몸으로 때우라니까."

선애가 한 발 성큼 다가가며 말하자 녀석이 엉덩이를 끌며 뒤를 물러나더니 갑자기 뭔 생각이 들었는지 다급하게 말을 꺼냈다.

"기, 기다려! 다른 녀석들도 돈을 좀 가지고 있을지 모르니까."

"그으래?"

선애가 반응을 보이며 한 걸음 뒤로 물러나자 녀석은 이 기회를 놓치고 싶지 않았는지 후다닥 일어나서 여전히 가게 한가운데에 뒤엉켜

쓰러져 있는 괘씸한 놈들을 하나하나 헤쳐(?) 놓더니 녀석들의 품속을 본격적으로 뒤지기 시작했다.

그런데 가만히 보아하니 녀석들 그동안 정신을 잃은 듯 꼼짝 않고 있더니만 나머지 한 녀석이 자신들의 품속을 뒤적거리자 안 뺏기려고 안간힘을 쓰는 게 눈에 보였다. 아마도 벌써 정신을 차렸는데, 나머지 한 녀석이 당하는 걸 보니 그냥 기절한 척하고 있었던 모양이다.

선애도 그걸 봤는지 피식 웃었다.

"그냥… 귀찮은데 몽땅 발가벗겨 버리는 게 편하지 않을까? 일부러 뒤질 필요도 없이 말야."

그 말이 끝나자마자 품속을 뒤지지 못하게 옴질거리던 녀석들의 몸이 하나같이 축 늘어졌다. 덕분에 수월하게 품속을 뒤져 돈주머니들을 꺼냈지만, 나온 돈은 별 볼일 없었다. 한 녀석은 아예 돈을 가지고 있지도 않았고, 나머지 세 녀석도 기껏 은화 두세 개에 동전 정도만 가지고 있었던 것이다.

"보자아~ 은화가… 에게, 겨우 열 개 채웠네? 거기에 동전이… 마흔세 개군. 이거… 내가 너무 밑지잖아? 어이, 그렇게 생각 안 해?"

동료들의 품을 다 뒤적거린 후 착 하고 무릎을 꿇고 있던 녀석에게 말하자 녀석이 죽상을 하고 대꾸했다.

"좀 봐줘. 정말 그것밖에 없단 말이야."

"너, 뒤져 봐서 나오면 동전 하나당 한 대씩이다?"

선애가 한 걸음 다가오며 말했지만, 무릎 꿇은 녀석은 꿋꿋했다.

"정말이야. 정말 그게 다라니까."

"좋아, 그렇다면… 에이, 하나씩 일일이 뒤지기 귀찮다. 그냥 한꺼번에 태워보면 나오는 게 있겠지. 어차피 동전은 타지 않을 테니까. 안 그래?"

그러면서 마지막에 선애가 나를 바라보며 말하자 나는 피식 웃었다. 그리고는 곧바로 녀석들의 머리 위로 내 두 팔 가득 안아도 모자를 만큼 아주 커~다란 불덩어리를 만들어냈다.

제일 먼저 그 불덩어리를 본 무릎을 꿇고 있던 녀석은 그걸 보자마자 '히이이익~' 하는 비명을 내지르며 거의 기다시피 달아나 버렸다. 얼마나 행동이 잽쌌는지 미처 내가 잡을 새도 없었다.

그 녀석의 행동에 기절한 척하고 있던 갈색 머리 녀석이 호기심을 이기지 못했는지 가늘게 실눈을 뜨고 상황을 살펴보다가 자신들의 머리 위에 둥둥 떠 있는 불덩어리를 보고는 기겁해서 벌떡 일어났다.

"우아아악~!!"

갈색 머리의 비명에 나머지 기절한 척하고 있던 세 명이 놀라서 눈을 뜨자마자 그들 역시 갈색 머리처럼 벌떡 자리에서 일어났다.

"우아아악~!!"

그리고는 뒤도 돌아보지 않고 그대로 문을 향해 돌진했다.

"우아아아아악~!!"

메아리치는 비명 소리만 남겨놓고 말이다.

그 모습에 나는 잽싸게 불덩어리를 끄고는 문으로 달려갔다. 이왕 돈을 받기 시작한 거 변상은 제대로 받아야 하는 거 아니겠는가 말이다.

[갔다 올게.]

선애를 향해 여유있게 손까지 흔들고 작별 인사를 한 나는 본격적으로 몸을 날려 녀석들의 뒤를 쫓기 시작했다.

녀석들은 시내의 대로로 도망가는 대신 골목으로 들어가 여기저기 헤집고 다녔다. 대로인데다가 중심가가 시작되는 곳인데도 불구하고 변두리라서 그런지 대로의 뒤편에는 좁다란 골목들이 꽤나 많았다. 가끔씩 뒤도 돌아보고 너무 코너를 돌다가 가끔 달린 데 또 달리는 걸 보니 혹시나 있을 미행을 방지하려는 듯했다. 그러한 나의 추측은 인적이 별로 없는 좁은 골목길을 한참이나 헤집고 다니던 녀석들이 막다른 골목으로 들어가 몸을 숨기고 숨소리도 죽인 채 조용히 사방만 경계하는 것으로 확신이 되었다. 막다른 골목의 그림자 속으로 몸을 숨기는 동작이나, 몸을 숨기자마자 숨소리도 죽이는 게 엄청 재빠르고 익숙한 것을 보니 이런 짓을 한두 번 한 게 아닌 것 같았다.

어쩌면 다른 사람들에게는 잘 통용될지 모르는 그 수법이었지만, 그 놈들 중 한 녀석의 어깨에 매달려서 편하게 날아(?)온 나에게는 시간 낭비일 뿐이었다.

거칠어진 숨이 완전히 가라앉을 정도에서 한참이나 더 그렇게 몸을 숨기고 있던 그들은 자신들을 미행하는 어떤 기척도 없는 것에 안심하고 자리에서 일어났다.

"쫓아오는 놈은 없는 것 같지?"

"그래, 그냥 겁만 주려고 했던 모양이야."

"젠장할, 도대체 어떻게 된 거야? 마법사라도 있었나?"

나에게 마지막으로 맞는 바람에 자신의 주머니는 물론 동료들의 주머니까지 다 뒤져야 했던 녀석이 투덜거리자 갈색 머리 녀석이 고개를 저었다.

"아마 우리가 오늘 재수가 없었던 모양이다."

"재수가 없기는… 역시 오늘 가는 게 아니었다니까. 이틀이나 두둑이 들었는데 아무런 방비도 안 하고 있을 리가 없잖아?"

빨강머리 녀석이 투덜거리자 갈색 머리 녀석이 인상을 찡그리며 반박했다.

"그래서 오늘은 밤에 안 가고 낮에 갔잖아. 게다가 안 가면 어떻게 할 건데? 우리가 무슨 힘이 있냐? 시키는 대로 해야지."

"아쒸, 그렇다고 있는 돈까지 다 털어가냐. 그 서대류인도 정말 지독하다."

맨 먼저 자신의 주머니를 내주던 녀석이 투덜거리자 동료들의 사나운 눈초리가 일제히 그에게로 향했다.

"그러는 네놈은?"

"바보 같은 놈. 네 것만 내놓을 것이지 남의 주머니는 왜 뒤져?"

"너 때문에 내 돈까지 내놔야 했잖아?"

"에라이, 멍청한 자식아."

사나운 눈초리뿐만이 아닌 분노에 찬 펀치가 작렬하자 맨 처음 주머니를 털린 녀석이 두 팔로 머리를 감싸며 무지 억울하다는 눈초리를 던졌다.

"아씹, 그럼 네놈들이 안 내놓는다고 했으면 됐잖아? 왜 나한테 그래? 지들도 정면으로 대들지도 못했을 거면서. 그리고 내가 아니었으면 네놈들 다 타 죽었을지도 몰라. 그 커다란 불덩어리를 보지도 못했어?"

자신의 억울함을 토로하는 녀석이 마지막으로 내뱉은 말에 동료에게 분노의 펀치를 먹이던 나머지 네 녀석의 얼굴이 핼쑥해졌다.

"맞아. 나는 그때 정말 죽는 줄 알았어."

"너뿐이겠냐. 머리 위에 그 커다란 불덩어리라니."

"조금만 더 기절한 척했어도 우린 타 죽었을 거야."

"잽싸게 도망치길 잘했지."

네 녀석들의 말에 신나게 맞아 슬슬 얼굴이 붓기 시작하는 녀석이 의기양양하게 몸을 바로 세우며 말했다.

"그렇지? 그러니 나는 얼마나 무서웠겠냐."

"아, 젠장, 피 같은 내 돈."

빨강머리가 무지 슬프게 중얼거리자 옆에 있던 녀석이 머뭇대며 물어온다.

"저기, 형수님께 달라고 하면 좀 주지 않을까? 이거 어차피 형수님이 시키신 일이잖아."

"아서라. 성공해도 줄까 말까인데 실패하고 쫓겨온 우리에게 주기나 하겠냐? 형님께 말씀드려서 패지나 않으면 다행이지."

갈색 머리 녀석이 푸념조로 투덜거린다.

혹시나 싶었는데, 아무래도 이놈들끼리 작당을 해서 가게로 들어온 게 아닌 모양이다. 이 녀석들이 형님하고 형수님으로 모시는 사람이 시킨 일인 듯.

'흠, 언 놈인지 확실하게 이 대가는 받아내야겠어.'

"어쨌든 가자. 실패했든 성공했든 보고는 해야지. 이러다 늦었다고 또 한 소리 듣겠다."

빨강머리가 힘없이 말하자 나머지 녀석들이 고개를 끄덕끄덕하더니 어깨를 추욱 늘어뜨린 채 발을 질질 끌다시피 걸어가기 시작했다.

그렇게 대략 30여 분 정도 골목길을 따라 도착한 곳은 어떤 집의 뒷문이었다. 골목 뒤쪽에 있는 집들보다는 제법 규모가 큰 이층집이었는데, 그들은 잘 아는 곳인 듯 아무렇지도 않게 뒷문을 열고 안으로 들어갔다. 현관문이 아닌 뒷문을 통해 간다는 게 좀 이상했지만, 먼저 도착한 곳이 이쪽이라 돌아가기 귀찮아서 그런 것이려니 하고 여겼다.

그 뒷문은 주방과 통해 있었다. 작은 펌프가 있고, 여러 가지 식기들과 싱크대 역할을 하고 있는 탁자들을 지나쳐 밖으로 나가자 작은 복도가 있고 양옆과 정면에 문이 하나씩 있었다.

그들은 그 복도에서 다시 한 번 한숨을 내쉬고는 네 명은 왼쪽 문을 열고 들어갔고, 갈색 머리를 한 녀석은 정면에 있는 문으로 향했다.

네 녀석이 가는 곳이 아닌 갈색 머리 녀석이 향하는 곳으로 따라가 본 나는 좀… 이 아니라 무지 황당스러워했다. 정면에 있던 문 건너편에 있는 것은 가게였던 것이다. 그것도 내가 한 번 본 가게… 바로 향수와 화장품을 같이 팔고 있는 화장품 가게였다.

"형수님~!"

문을 빼꼼히 열고 안을 들여다본 갈색 머리 녀석이 작게 부르는 소리에 반응하는 30대 초반으로 보이는 여인이 바로 이 가게의 주인이라는 것도 알고 있었다. 이 가게에 왔을 때 제법 예쁜 얼굴에 화사한 화장이라든지 괜찮게 차려입은 옷차림에 감탄했던 것이다.

이곳은 우리 야생화 향수 가게에서 중심가로 가는 길목 가운데쯤에 있는, 크지는 않지만 제법 그럴듯한 가게였다. 그리하여 선애가 중간 목표로 설정해 놓고 있는 가게였는데, 그 가게 주인이 우리 야생화 가게에 침입한 놈들과 연관이 있다는 건 놀라운 일이었다.

'헤에, 그러니까 이게 바로 싹수 보이는 라이벌을 미리미리 제거한다는 것인가?

가게 주인이 갈색 머리 녀석의 부름에 가게 일은 자신이 데리고 있던 점원들에게 일임하고 안쪽의 방, 그러니까 네 녀석들이 기다리고 있던 방으로 오자마자 물었다.

"어떻게 됐어?"

가게에서 손님을 상대할 때는 생글생글 웃으며 나긋나긋하게 말하던 것이, 여기에서는 찬바람이 쌩쌩 불 정도로 차가운 어투였다. 그녀는 마치 대하기 싫은 사람들을 대하는 것마냥 표정도 굳어 있었다.

그녀의 질문에 빨강머리 녀석이 눈치를 보다 겨우겨우 입을 열었다.

"죄송합니다. 실패했습니다."

"바보 같은 녀석들. 남자가 있을 때는 들어가지 말라고 했잖아!"

빨강머리 녀석의 말이 끝나기도 전에 여자의 입에서 차가운 질책이 떨어졌다. 그러자 갈색 머리 녀석이 황급히 변명했다.

"아뇨, 그게… 저희는 분명히 남자 놈이 밖으로 나가는 것을 확인하고 들어간 거였습니다만… 하필이면 안에 마법사가 있었습니다."

"마법사? 이런 머저리들. 마법사가 있을 때 왜 들어가? 마법사가 들어가는 걸 봤을 거 아냐?"

"아닙니다. 가게 안에 그 계집애들 둘만 있는 걸 확인하고 들어간 거였습니다. 아마 저희가 가게에 들어간 뒤에 들어왔거나 아니면 애초에 뒷문으로 들어와 있었던 것 같습니다."

갈색 머리 녀석의 말에 여자는 인상을 팍 찡그린 채 붉게 칠해진 입술만 자근자근 씹다가 입을 열었다.

"쳇, 하는 수 없지. 어쨌든 여기까지 너희들을 따라온 사람은 아무도 없겠지?"

"물론입니다. 확실하게 확인했습니다."

빨강머리 녀석이 곧바로 고개를 끄덕이자 여자가 한 번 더 확실하게 못을 빅있다.

“내가 관련되어 있다는 걸 모르게 해야 해.”

“예, 입을 단단히 봉해놓고 있겠습니다요.”

“물론이죠.”

“저희만 믿으십시오.”

입 다물고 있던 나머지 세 녀석이 자신있게 말하자 여자는 몸을 돌리면서 말을 내뱉었다.

“그럼 가봐.”

그녀의 말에 다른 녀석들은 ‘역시나’ 하는 표정이었지만, 맨 처음 선애에게 돈주머니를 털린 녀석은 뭔가 단단히 결심한 표정으로 입을 열었다.

“저어, 형수님.”

단단히 결심한 표정에 비하여 목소리는 다 기어들어 갔지만, 어쨌든 그 여자가 문을 열기 전에 발목을 잡을 수는 있었다.

“뭐야?”

고개만 돌린 채 냉정하게 묻는 여자의 얼굴에 입을 연 녀석이 움찔하는 기색이었지만, 그래도 용기를 내어 입을 열었다.

“저, 그게… 저희가 그 가게에서 돈을 다 털렸거든요.”

그 녀석의 말에 여자가 몸까지 완전히 돌렸다. 물론 얼굴은 무지무지 싸늘했지만.

“그래서?”

“아뇨. 저기, 용돈 좀… 에헤헤헤.”

마지막에는 그래도 애교라도 부려보려고 녀석이 웃어 보였지만, 여자는 싸늘했다.

“놀고 있네.”

그리고는 몸을 휙~ 돌려 밖으로 나가 버리는 것이었다.

그녀의 반응에 말을 꺼낸 녀석은 그대로 굳어버렸지만, 나머지 동료들은 그런 그를 놀리지 않았다.

"힘들었지?"

"쯧쯧, 수고했다."

"뻔한데 뭐 하러 말을 꺼내냐? 바보같이."

"그래도 용기있네."

위로하는 분위기에 장내가 숙연해질 정도였다. 그렇게 한바탕 위로의 분위기가 휩쓸고 지나가자 그 다음에는 분노가 나타났다.

"제기랄, 저 여시 같은 계집."

"누가 지가 무서워서 자기 말을 들어주는 줄 아나?"

"지 남편만 믿고 저렇게 오만한 꼴이라니."

"남편만 없었어 봐."

"젠장, 우리 꼴이 이게 뭐냐?"

하지만 그 남편이라는 사람에게 기죽어 사는 그들은 더 이상 뭘 어떻게 하지는 못하고 축 늘어진 채로 그곳을 나오는 수밖에 없었다.

"야, 가서 한잔 마시자."

"그래, 기분도 꿀꿀한데."

"난 돈 없는데."

"그냥 외상으로 해, 외상으로."

"맞아, 우리가 외상으로 한다는데 누가 뭐라고 그러겠어?"

멀리 사라져 가는 그들의 모습을 가만히 바라보던 나는 곧바로 몸을 돌렸다. 우선 선애에게 이 일의 전모를 말해 주고 아까 그 여자의 남편이 누구인지 알아낼 생각이었다. 그리고 그녀에게 대가를 받아낼 방법도 찾아야 하고 말이다.

내 이야기를 들은 선애는 펄펄 뛰었다.
"기가 막혀! 내가 도대체 뭘 했다고 해꼬지를 하는 거야?"
[너에게 무슨 감정이 있었던 게 아니라 우리가 잘되니까 불안한 거겠지. 그래서 가게가 커지기 전에 더 이상 가게를 하지 못하게 훼방을 놓은 거야.]
"웃겨. 정말 싸… 으, 심보가 고약한 여자잖아?"
선애는 나를 한 번 힐끔 보더니 얼른 말을 고쳤다.
내가 선애에게 꼼짝을 못해도 몇 가지는 절대로 양보 안 하는 게 있었으니, 그중 한 가지는 욕을 못하게 하는 것이었다. 뭐, 내가 아니라도 울 부모님이 그런 데서 엄격하시기 때문에 선애는 집에서는 절대로 욕을 사용하지 않지만, 밖에서는 장난이 아니었다. 말싸움에서 이기는 데 한몫 단단히 할 정도라니 말이다. 뭐, 내가 직접 보지는 못했고, 녀석이 배시시 웃으며 고백하기로는 말이다. 물론 가끔 이성이 흔들릴 정도로 분노하면 몇몇 개는 튀어나오기도 한다. 지금도 튀어나오려다가 얼른 멈췄던 모양이다.
그런 꼬맹이의 모습에 성인이 되었어도 왠지 귀엽다는 생각이 들어 슬며시 웃음이 나왔다. 그러자 선애의 눈초리가 가늘어졌다.
"뭐야, 기분 나쁘게 왜 웃어?"
[쯧쯧, 말하는 거 봐라. 언니한테 기분 나쁘다고 그러다니. 뭐, 어쨌든 나는 그 여자의 남편이 누군지 좀 알아내고 대가라도 받아오도록 할게. 내가 없어도 가게 문 잘 닫고 가. 나중에 나는 집으로 가도록 하지.]

"알게써. 아, 그리고. 대가는 두둑이 받아. 지금 생각해 보니 열받아서 도저히 은화 몇 개 정도로는 안 되겠어. 최소한 금화 하나 정도는 받아와."

[오키.]

선애에게 들렀다가 다시 그 가게로 돌아가니 슬슬 문 닫을 때가 되었는지 가게 안을 정리하고 있었다. 그 여자는 장부를 정리하고 있었는데, 기분이 안 좋은지 인상이 찡그려져 있었다. 덕분에 가게 안을 정리하던 두 점원 아가씨는 주인의 심기를 거스르지 않기 위해 최대한 조심조심 하는 표정이었다.

"아, 정말 열받네. 그 야생화인지 뭔지 하는 가게가 생긴 뒤로 향수 쪽은 매출이 너무 저조해."

펜대를 잘근잘근 씹던 그녀는 잠시 후 단호한 표정으로 자리에서 벌떡 일어났다.

"역시 다른 수를 써야 되겠어."

그 말은 또다시 가게에 해를 끼치겠다는 뜻일 것이다.

'역시 오늘 안에 혼내줘야겠는걸.'

잠시 후, 가게 안을 다 정리한 두 점원을 내보내고 가게 문을 잠근 그녀는 2층으로 올라갔다. 알고 보니 1층은 가게고, 2층은 가정집이었던 것이다. 그래도 부엌이랑 식당—아까 다섯 남정네와 이 여자가 만난 곳. 응접실 겸 식당이었다—이 아래층에 있기 때문에 위층은 꽤나 널찍했다. 그렇게 넓은 곳을 제법 잘 꾸미고 사는 걸 보니 벌이가 괜찮은 모양이었다.

'맞벌이라서 그런가?'

　2층으로 올라간 그녀는 곧바로 침실로 들어갔다. 제법 커다란 방에는 여러 가지 가구가 들여놓여져 있었고, 침대 머리맡 벽에도 멋들어진 그림 액자가 붙어 있었다.

　그런데 그녀는 방에 들어서자마자 침대 머리맡에 있는 액자를 떼어내는 것이었다. 그러자 액자로 가려졌던 벽면에 쇠로 된 듯한 자그마한 문이 나타났는데, 거기에는 무지 단단해 보이는 자물쇠가 붙어 있었다. 그러니까 금고였던 셈이다.

　그녀는 자신의 목에 걸려 있던 열쇠를 꺼내 자물쇠를 열고 그 안에다 오늘 번 돈 꾸러미를 집어넣었다.

　'오호라, 금고가 있었넹.'

　그런데 금고 안에는 조금 커다란 가죽 주머니가 있었는데, 여자는 막 금고 문을 닫으려다가 그 주머니를 보고는 무지 기분이 좋은 듯 웃음을 흘렸다.

　"호호호, 내 돈, 더 큰 가게를 살 돈은 마련됐고. 이제 안을 멋들어지게 꾸밀 돈만 있으면 돼. 그 야생화인지 뭔지 하는 가게보다 훨씬 더 멋들어지게 꾸며야지. 조금만 더 모으면… 호호호."

　생각만 해도 기분이 좋은 듯 웃음을 흘린 그녀는 곧 금고 문을 닫아 걸고 액자도 제자리에 걸어놓았다.

　'으음, 금고가 침대 위에 있어서 좀 위험하겠는걸? 괜찮을라나 몰라. 하지만… 에잇, 뭐, 어떻게든 되겠지. 들킨다고 해도 날 잡을 수 있는 것도 아니고.'

　금고에 돈을 넣어둔 여자가 아래층으로 내려가 부엌으로 들어가기에 나는 얼른 생각을 접고 그녀의 뒤를 따라갔다.

　그녀가 저녁을 준비하려는 듯 부엌에서 이것저것 꺼내며 막 요리를 하려는 그 순간, 부엌과 바깥이 연결된 뒷문이 열리며 누군가가 쓱 하고 들어왔다.

"어멋, 여보오오~"

아까 다섯 건달을 상대할 때와는 180도 다른, 애교가 철철 넘치는 여자의 목소리에 나는 갑자기 이런 격언이 떠올랐다. '여자의 변신은 무죄다' 라는…….

그런데 그 격언이 이 상황과 어울리는지 안 어울리는지 고민해 볼 사이도 없이, 나는 그녀의 남편을 보고 입을 떠억 벌렸다. 그녀의 남편은 놀랍고 기가 막히게도, 어제 아침에 우리 가게에 도둑이 들었다고 해서 왔다가 시큰둥한 반응만 보이고 갔던 그 경비대의 조장이었던 것이다.

'허. 허. 허. 이런 기가 막힌 일이… 아니, 그래서 그 건달들이 꼼짝도 못했던 것이고, 저놈들이 우리 가게에 와서 그렇게 시큰둥한 반응을 보였던 거야?

왠지 모르게 불법 영업 사장에게서 뇌물을 받고 눈감아주는 경찰 이야기가 떠오르면서 나는 두 주먹을 불끈 쥐었다.

'흥, 네놈들은 크게 혼날 거야.'

이런 날 하늘이 돕는 것인지, 정말 운이 좋게도 그 경비대 조장이 오늘 야근이라서 저녁만 먹고 간단하게 씻고 다시 나가야 한다고 했다.

'그래, 그래, 열심히 야간 근무를 서도록 해라. 그래도 너그 집에 들어온 도둑은 못 잡을 것이다.'

그래도 그 둘은 알콩달콩 잘살고 있었는지 저녁을 먹고 간단하게 씻고 다시 나가려는 조장은 무지 아쉽다는 눈초리로 부인이랑 찐~한 키스를 한 뒤에 떨어지지 않는 발걸음으로 돌아갔다.

그녀 또한 아쉽다는 표정으로 남편이 사라질 때까지 문밖에서 지켜보다가 한참 후에야 들어오는 것이었다.

집에 들어온 그녀는 아무도 없는 집에 혼자 있으려니 왠지 좀 무서워졌는지 집 안 곳곳의 문을 단단히 잠그고 한 번 더 확인하고 나서야 2층으로 올라가더니 욕실로 들어갔다. 부엌은 1층에 있는데 욕실은 2층에 있었던 것이다.

남편이 집을 비우자 오랜만에 느긋한 목욕을 하고 싶었는지 물을 데워 커다란 통에 가득히 채우는 모습에 나는 회심의 미소를 지었다.

'이거 참, 너무 나한테 유리한 상황만 생기네?'

폼을 보아하니 최소한 2, 30분 정도는 뜨뜻한 물에 몸을 담그고 있을 거다. 거기에 몸을 씻을 시간까지 계산해 본다면 적어도 30분 정도는 목욕탕에 있을 거라는 계산이 나온다. 그 절반의 시간이라고 해도 나에게는 충분한 시간이었다.

나는 그녀가 옷을 다 벗고, 목에 걸린 열쇠가 달린 목걸이도 벗어서 놓을 때를 기다리며 그 옆에서 주시하고 있었는데, 이게 웬일. 목걸이는 그냥 하고 들어가는 것이었다.

'아, 이런.'

그녀가 열쇠를 벗어놓고 목욕을 하는 그 시간에 잽싸게 금고 자물쇠를 열려고 했더니만, 행운도 계속 따라주지는 않는 모양이었다. 계획에 차질이 생기자 한숨을 내쉬며 정석(?)대로 그녀가 잠든 때를 노리려 침실로 가서 기다리려고 하던 나는 번쩍 다른 생각이 들었다.

'맞아. 어차피 도둑이 들었다는 걸 다 알릴 셈이었으니 저 여자가 잠들 때까지 기다릴 필요가 없잖아?'

그렇게 생각한 나는 다시 목욕탕으로 돌아갔다.

그녀는 이제 막 간단하게 몸을 씻고 뜨뜻한 물이 가득 들어 있는 욕조 안으로 들어가려고 하고 있었다.

[미안합니다. 그러나 이건 당신이 맘씨를 곱게 못 써서 일어난 일이니 탓하려면 자신을 탓하세요.]

비록 보지도 듣지도 못하겠지만, 그래도 양심상 그녀의 뒤에다 대고 사과를 한 후 나는 옆에 있던, 바가지 대용의 작은 나무통을 집어 들었다.

그리고는…….

퍼억~

있는 힘껏 여자의 뒤통수에 대고 휘둘렀더니 여자가 비명도 못 지르고 그대로 고꾸라지는 것이었다. 그런데 하필이면 넘어지는 곳이 욕조 안쪽이라서 내가 놀라 그녀를 붙잡아야 했다. 가볍게 혼만 내줄 생각이었지 여자를 익사시키고 싶은 생각은 없었던 것이다. 게다가 감기까지 들게 하고 싶지는 않아서, 비록 알몸이었지만 여자를 들쳐 업고는 침실로 가서 시트까지 잘 덮어줬다.

그리고는 여자의 목에 걸린 열쇠를 빼내 금고를 열고, 아까 여자가 너무도 그윽하게, 사랑스럽다는 듯이 바라본 커다란 돈주머니를 빼냈다.

쩔그럭거리는 소리를 들어보니 꽤나 많은 돈이 들어 있는 듯했다.

'흠, 선애가 만족해하겠어.'

그 소리에 흐뭇해진 나는 금고 문은 활짝 열어둔 채로 몸을 돌렸다. 도둑이 들었다는 것을 확실하게 알려주기 위해서였다. 침실 문도 열어두고, 부엌과 바같이 연결된 뒷문도 확실하게 열어두었다.

시각이 밤으로 향해 가는 늦은 저녁 시간이었기에 수위에 인석은 서의 없었다. 이쪽으로는 생활 필수품을 파는 가게들만 있었기에 밤만 되면 거리가 썰렁해졌던 것이다. 이곳과는 반대편 시가지, 술집이 있는 곳들은 이 시간이면 무지 북적북적했겠지만 말이다.

그리하여 나는 편안하게 돈주머니를 들고 집으로 향할 수 있었다.

『선애야, 선애야』 3권에 계속…